細膩地描繪人心複雜
諷刺地批判虛偽醜

偶像

張恨水 —

「好一個談師道尊嚴的大藝術家，帶了女學生在這地方幹什麼?」
「摩登的風度，封建的操守，這不是一般男子對占有女人的希望嗎?」

她自賤自輕，卻能豔麗依舊；
他一生風骨剛正，卻名節盡毀；
為了兒子、為了名聲，
他只能成為一個活死人，永世不得翻身……

目錄

第一章　藝術與戰爭……007
第二章　老牌藝術家的脾氣……017
第三章　師道尊嚴法相莊嚴……027
第四章　孰能遣此……035
第五章　天人交戰……045
第六章　失了靈魂嗎……053
第七章　認定了錯路走……063
第八章　一切不知所云……073
第九章　就算合作了……083
第十章　甜的辛苦……095

目錄

第十一章　為了什麼折腰……107
第十二章　眾生相……119
第十三章　自我犧牲……129
第十四章　一切順利……141
第十五章　割鬚棄袍……153
第十六章　正期待著……167
第十七章　兩幕喜劇……181
第十八章　你真勇敢……193
第十九章　愛情與錢……203
第二十章　？？？……215
第二十一章　「尋尋覓覓冷冷清清淒淒慘慘戚戚」……227

第二十二章　完了？……237
第二十三章　活死人……249
第二十四章　各有因緣莫羨人……261

第一章

藝術與戰爭

疏建區的房子，是適合時代需要的一種形式。屋頂帶些西洋味，分著四向，不是磚，不是瓦，更不會是鉛皮，乃是就地取材的穀草。黃土築的牆，用沙灰粉飾得光滑如漆，開著洞口的大窗眼。窗格扇外層是百頁式，木板不缺。裡層大四方木格子，沒有玻璃嵌著，卻是糊的白紙。屋外也有一帶走廊，沒剝皮的樹幹，支著短短欄杆。欄杆外的芭蕉，是那樣肥大而肯長成。屋子還是新的，一列六七棵芭蕉，都有兩丈多高，每片葉子，都不小於一扇房門，因之這綠油油的顏色，映著屋子裡也是陰暗的。

屋子裡的陳設，簡陋而又摩登，那正與這屋子一樣，欄窗戶有一張立體式的寫字臺，但沒有上漆，也沒有抽屜，主角的一幅半舊的白布，遮蓋了這木料的粗糙的本色。桌上有個大白瓦盤子，盛著紅滴滴的橘子與黃澄澄的佛手柑，配著一個橢圓的白皮蘿蔔，還帶了一些綠色的莖葉，葉下正有一圈紅皮。桌子角上放了一隻三叉的小柳樹兜，上面架著鉢大的南瓜。那瓜銅色而帶些翠紋，頗有點古色斑斕。一個尺來高的瓦瓶子，在這兩種陳設之間，裡面插了二叢野菊花，又一枝鮮紅的野刺珊瑚子。這些田溝山坡上的玩意，平常滿眼皆是，不經人留意，於今放在這四周粉牆的白布桌子上，便覺得有些詩情畫意。

這屋靠左邊牆下，有一個竹子書架，雖是每格將書本列得整齊，其實並沒有百十本書。所以最上一層，又是一個小瓶子插了一叢野花，一個水盂，裡面浸了一塊圓木，木上放出兩箭青蔥的嫩芽。另有一個黃淡色的瓷碟子，蓄了一圈齊齊密密的麥芽。但右手一桌一書架，卻陳設得十分富足，那裡有大大小小幾十尊泥人。

這泥人有全身的，有半身的，也有只雕塑著一顆人頭的。這其中有個二尺高的全身像，是個中國式的紳士模樣。蓄著短髮的圓頭，下面是個長方面孔。高高的鼻子，下面垂著一部長可及胸的濃厚鬍子。身穿了長袍，外罩了馬褂。在長衣下面，還露了一對雙梁頭的鞋子。這一切，表示著這個相貌，是代表古老一派人物的，否則也不這樣道貌岸然。這是雕刻家丁古雲的作品，而這個偶像，就是他拿了自己的相片，塑捏的自己。

丁先生在藝術界，有悠久的歷史，是個有身分的知識分子。他愛藝術，愛名譽，更愛祖國。所以在中日戰事爆發以後，由華北而香港，由香港而武漢，終於來到這大後方的重慶。丁先生由東南角轉到這西南角來的時候，他沒有計劃到他藝術的本身上去。他早就想到，在對付飛機與坦克車的戰場上，那裡不需要一尊偶像。而在後方講統制貨物，增加生產的所在，也不需要大藝術家在這裡講雕刻學。

可是他想著，他是中國一個有名的藝術家。藝術家自然是知識分子。是中國人，便當抗戰，是中國知識分子，更當抗戰。這大前提是不錯的，問題是怎樣去抗戰呢？無論自己已過四十五歲，已無當兵資格，便算是個壯丁，而根本手無縛雞之力，也不能當兵。所以談抗戰，是要在衝鋒陷陣以外去想辦法的。那麼，既不必衝鋒陷陣，在前方便無法去發展能力，還是隨了政府到四川吧。到了四川，再找一樣自己可盡力的工作去做，多少總可以對抗戰有所貢獻。這樣決定著，就到了四川。在一路舟車旅行之間，雖然也偶一想到入川以後的生活問題，但是自己早已下了決心，將生活水準放低，只須每日混兩頓飯，於願已足。這還有什麼辦不到的嗎？譬喻到後方總有中小學，中小學裡去當個教員也不就解決生活了嗎？他在華北上海武漢經過，知道得前方人民，是過著一種什麼生活，他就打算著過那極艱苦的生活。誰知到了四川以後，他發現著自己有點過慮。

首先自然是住在旅館裡，後來慢慢的將朋友訪著了，依次的和朋友交換意見，也就感覺出來，生活不至於十分嚴重。先是托朋友介紹，在各種會裡，當幾名委員。有的是光有名義的，有的也能支給伕馬費，而且在機關裡作事的朋友，又設法給予一個名義，幾處湊合起來，也有二百元上下的收入，那時生活程度很低，旅館論月住，不過是四五十元的開支。兩頓飯是在小飯館裡吃，倒很自由，愛在哪裡吃就在哪裡吃。而且還可以盡量的省儉，甚至不到一塊錢可以吃飽了。

所以二百元的收入，除吃喝住旅館之外，還可以看看電影，買幾本雜誌看。只是有件事感到苦悶的，便是這樣混著將近一年，前方不需要任何一種雕刻，後方也不需要任何一種雕刻，自己的正當本領，無法表現，也無事可作。而飲食起居太自由了，又覺著這生活無軌道可循，成了個無主的遊魂。就公事上說，抗戰兩三年了，忝為知識分子，可以不作一點工作嗎？

就私事上說，終年不作事，過於無聊。自己曾好幾次奮勵起來，打算用黃土和石灰磨研細了，作一種塑像的材料。極力的教這種作品與抗戰有關，雕塑抗戰名將的肖像。並且雕塑些抗戰故事，作教育用品。這個計劃，在窮極無聊的時候，想了起來，自己很覺是個辦法。可是隨著來，又有兩個困難問題。

第一是住在旅館裡，小小的一間屋子裡，根本無法安排雕塑工作。第二點，自己的作品，向來價格很高，平常和人塑一尊石膏像，可以要到千元以上。教育用品，要大量的產生，要低價賣出，雖說為抗戰不惜犧牲，可是怕引起人家的誤會，以為丁古雲不過是個無聊作泥像的匠人，那就影響到自己的立場了。他有了這一個轉念，便停上了他的新計劃。這樣就是好幾個月，物價頗有點上漲，原來的收入，有些不易維持生活。而在重慶市上過著相類似生活的朋友，也都紛紛有了固定的職業，自己想著，抗戰還有著長期的年月，這樣游移不定，實在不是辦法，也當找個固定職業才好。有了這個意思，自不免向可以找工作的地方去尋找機會。

他到底是藝術界有名的人，有關方面想到他的藝術，儘管與抗戰無關，而究竟是國家一個文化種子，為了替國家傳揚文化起見，便是暫時用不著這一個人，也當維持他的正常生活。並且讓他繼續他的研究，留他在國家平定以後，再來發揮。在這種情形之下，於是一位教育界的權威莫先生便定了時間，約著丁古雲去談話。丁古雲生活在藝術圈子裡，本就不曾去多方求教人，所以對於有關方面，常保持一種不即不離的態度。這時接到請約談話的通知，為了找職業，不能不去。而又想著，當了教書匠二三十年，也不能成了一種召之便來，揮之便去的人物，所以他雖是照著約會的鐘點去，可是到了莫先生家裡，在傳達房裡遞過名片，就到普通會客室裡去候著，並不如其他人物，先去見莫先生的左右，也不按下什麼敲門磚。莫先生在他會過一群要錢要事問安上條呈的來賓之後，才著聽差，將丁古雲約到他屋子裡去。

他一見面之後，就覺丁先生頗有點不同凡響。他大袖郎當的高大的個兒，一件青布馬褂套著藍布夾袍子。臉上帶著沉鬱的顏色。將一部連鬢的長黑鬍子，垂到胸前，完全是種老先生的姿態。莫先生是諸葛亮在五丈原一般的人物，食少事煩，計劃勤勞，身體是瘦小而衰弱。雖然不養一根鬍鬚，可是頭髮稀疏全白。站起身來，半彎著腰，老相畢露。和丁古雲一比，便很有點分別了。

他伸出右手五個指尖，和丁古雲握了一握，然後伸手作個招呼的姿式，請他在客位上坐。這丁古雲和莫先生的教育主張，向來有點枘鑿不入，今天雖為衣食而來屈尊就駕，可是「瞧不起你」那一點意思，根本不能剷除，所以在謙遜之中，依然帶了幾分驕傲，大模大樣的在客位上坐下。莫先生在他主位上坐著，展開他書桌上放的一疊會客表格，看了兩行，然後向丁古雲道：「丁先生的藝術，我久仰得很。」丁古雲淡笑道：「自己人說話，用不著客氣，研究藝術的人，都要討飯了，哪裡還敢要人仰慕？莫先生也許是每日會客太多，無從知道每個來賓的身分。也許滿腦筋裡被政治哲學裝滿了，沒有一點空隙來裝藝術，所以對藝術家的一切，很是隔膜。」說了兩句話，將手慢慢撫摸面前的表格，又去看看表上所填的字句。這是他左右早已把丁古雲履歷及來意，已填好了的一張，所以他聽到丁先生第一句話就是牢騷語，有些莫名其妙，趕快又翻了一翻表格。

但這會客的表格，每人只有一張，無論左右填得怎樣詳細，不會把來人有某種牢騷預先推測了出來。因之莫先生在無所得的情形下，強笑著向他道：「在軍事第一的條件下，當然關於非軍事的，都得放在一邊。」丁古雲手摸了胸前的長鬍子，正色道：「不然，抗戰期間，軍事第一是當然的，但是有個第一，就有個第二第三，以至第幾十，第幾百，絕不能說第一之外，無第幾，果然第一之外無第幾，這第一也就無從算起了。而且嚴格的說，某一國的文化，就與某一國對外的戰事有關。藝術也是文化之一，未見得就與抗戰無關。若以為可以放到一邊去的話，卻多少當考量考量。許多藝術，是不能像故宮博物院的骨董，可以暫時藏到山洞裡去的。抗戰以後，骨董搬出洞來還是骨董。有若干藝術，是要活人來推動的。若是停止若干時候，這運動恐怕要脫節。等到抗戰以後，骨董回到故宮博物院，我們再來談藝術時，那麼，古雲敢斷言，有些藝術，不但會沒有進步，就是想保持到骨董一樣，原封不動，那已很困難了。」

這位莫先生，最愛聽人家談理論。丁古雲這一段話，他倒是聽得很入味，因點頭道：「兄弟所說放到一邊，也非完全不管之意。不過放在中間而已。我們現在談的是抗戰建國，就建國一方面而言，當然也包括了文化在內。就兄弟平素主張而論，至少對於培養文化種子，以為將來發展文化一層，未曾放鬆。」他說這話時，不免向丁古雲望著，見他只管用手理那長鬍子，瞪了一雙眼，挺直了腰桿，頗有些凜凜不可犯之勢。莫先生所見念書教書的多了，儘管聞名已久，等著到了見面之時，也和官場中下屬見上司一樣，很是有禮貌，一問一點頭，一答一個是，向來很少見到他這樣泰然相對，毫不在乎的。便微笑道：「中國是禮義之邦，雖然在和敵人作生死鬥爭，但為了百年大計著想，我們當然不會忘了文化，也就不會忘了藝術。丁先生是藝術大家，正希望丁先生傳播藝術的種子。我想，不但關於丁先生個人的生計，應當設法，而且關於藝術教育方面，少不了還要由大家來商量個發展計劃。這件事，我們正注意中。嚴子莊先生，想丁先生是認得的，可以去和子莊談談。」古雲知道，莫先生不會作了比這再肯定的允諾，便告辭了。

他這樣走了，自覺沒有多大的收穫，但是在莫先生一方面，有了極好的印象。他覺得社會上對藝術家的批評，一貫都是認為浪漫不羈的。可是這位丁先生，道貌岸然，在自己提倡德育的今天，這種人倒可以借用借用，以資號召。否則大家同吃教育飯，這種人不為己用，也不當失之交臂。這樣想著，他就通知了所說的那位嚴子莊先生，和丁古雲保持接觸。這位嚴先生是法國留學生，專習西洋畫，其曾出入沙龍，那是不必說。但他回國以後，卻早已從事政治，所以抗戰軍興，他並沒有遭受其他藝術家那種慘酷的境遇。只是為了和莫先生合作的原故，有關於藝術的舉動，還是出來主持，因之藝術界的人物，都和他往來。在丁莫談話之後，嚴子莊就去看望了丁古雲兩次。因為法國人談的那套藝術理論，和丁古雲談的希臘羅馬文化，相當的接近，兩人也相當談的來。兩個月內，便組織了一個戰時藝術研究會，除了在大後方的各位藝術家都被請為會員，會員之外，又有一批駐會的常務委員，這常務委員，是按月支著伕馬費的，大概可以維持個人的生活。丁古雲便被聘為常務委員之一。

因為藝術是要一種安靜的環境去研究的，所以這會址就設在離城三十里外一個疏建區裡。又為了大家研究起見，距會所不遠，還建了一片半中半西的草房，當為會員寄宿舍。丁古雲在重慶城裡，讓那游擊式的生活，困擾得實在不堪，於今能移到鄉下來，換一個環境，自是十分願意，便毫無條件的接受了這種聘請，搬到寄宿舍來住。在寄宿舍裡的會員，有畫家，有金石家，有音樂家，有戲劇家。而雕刻家卻只有丁古雲一位。大家因為他雖只略略年長幾歲，究竟長了那一部長鬍子。言行方面，都可為同人表率。隱隱之中就公認他為這寄宿舍裡的首領，對他特別優待，除了他有一間臥室而外，又有一間工作室。

這一帶寄宿舍，建築在竹木扶疏的山麓下。遠遠的是山巒包圍著。寄宿舍面前，正好有一灣流水，幾頃稻田，山水不必十分好，總算接近了大自然。丁古雲到了這裡，有飯吃，有事做，而且還可以賞鑑風景，精神上就比較的舒服。在開過一次大會，兩次常會之後，大家便得了一個唯一的工作標的，就是一方面怎樣使藝術與抗戰有關。一方面繼續研究藝術，以資發揚，免得藝術的進展脫了節。他自然也就這樣的作去。只是在這寄宿舍裡，藝術家雖多，而研究雕刻的就是自己一個。若要談到更專門一點的理論，還是找不著同志。而為了達到會場議決下來的任務起見，又必須趕出一批作品來，拿去參加一種義賣。這便由自己出了幾個題目，細心研究著下手。題目都是反映著時代的，如哨兵，負米者，俘虜，運輸商人，肉搏等等，都很具體，腦筋一運用，就有輪廓在想像中存在。

但如苦悶者，燈下回憶，藝術與抗戰，便太抽象，這題目不易塑出作品來，尤其是最後一個題目太大。要運用縮滄海於一粟的手腕，才能表現出來，未免有點棘手。但有了這個困難題目，他倒可以解除苦悶與無聊。打開工作室的窗子，望了面前的水田，遠處的山，公路上跑過去的卡車，半空裡偶然飛過的郵航機，都讓他發生一種不可連繫，而又必須連繫的感想。他端坐在一把籐椅上，在長鬍子縫裡銜著一枚菸斗，便默默的去想著一切與戰事，也就是藝術與戰爭。甚至他想到，要他這樣去想，也無非產生在藝術與戰爭這個題目裡呢。

第二章

老牌藝術家的脾氣

這是一個清朗的天氣，在四川的霧季裡，很是難得。蔚藍的天空，浮著幾片古銅色的雲朵，太陽就被這雲朵遮掩了，茅屋前便撤下了昏昏然的陽光。丁古雲對這片昏昏的陽光出神，正像那戰神之翼擋住了維納絲的面孔。藝術與戰事，便是如此一種情調。

他想著想著，口裡銜著菸斗，半晌噴出一陣來。那菸絲由菸斗裡陸續上升，在丁古雲的視線上空氣裡打著圈圈。等那菸絲繼續上升，以至於不見，他又再噴上一口菸出來，繼續著這個玩意。他這樣做，好像是說藝術與戰爭的答案，就在這個菸絲裡面，所以他只管看了下去。他身後有人輕輕笑道：「丁先生只管出神，想著你的夫人吧？」

丁古雲回頭看時，乃是同住在這寄宿舍裡的畫家王美今。他穿了一套隨帶入川的西服，頭髮正像自己吐的菸絲，捲著圈兒向上堆著。不能斷定他今天是否洗了臉，臉上黃黃的帶些灰塵。他的西服上身，是罩在毛繩褂上沒有襯衫，自也不見領子。因笑道：「老弟臺，我想什麼夫人？她在天津英租界上住著，我想會比我安適的多吧？只是你弄得這不衫不履的樣子，很需要太太在身前幫忙。」王美今將赤腳踏著的木板鞋，抬起來給丁古雲看，笑道：「我這樣弄慣了，也無所謂。抗戰期間，一切從簡，這並不影響到我們藝術家的身分吧？」丁古雲道：「正當的看法，在這抗戰期間，究竟以獨身主義為便利，家眷能放下，就放下。還有些人，因未曾帶眷入川，又重新找個太太，這大可不必。」

王美今在旁邊椅子上坐了，兩腳直著伸了個懶腰。笑道：「這有個名堂，叫做偽組織。」丁古雲噴了一口菸，搖搖頭道：「不會偽，是一個累贅。將來，戰事結束，法院裡的民事官司有得打，產業的變換與婚姻的糾葛，這幾年來，前後方知道發生多少。若都像我這鬍子長的人，家中又無一寸之田，一椽之瓦，這可為將來的司法官減去不少麻煩。」王美今道：「老先生，你有所不知。人在苦悶中，實在也需要一種精神上的安慰。說句良心的話，說到亂時男女問題，毋寧說我是同情於那些臨時組織的。」丁古雲站起來，將菸斗指了他，笑著罵道：「豈有此理，精神上的安慰，可以放在女人問題上的嗎？太侮辱女人了。像田藝夫兄那種行為，那並非找安慰，乃是找麻醉。抗戰時代的中國男子，不問他是幹什麼職業的，麻醉是絕對不許可的。」王美今道：「這話誠然。不過藝夫這一個羅曼斯有些可以原諒的地方。」丁古雲搖搖頭道：「在這個日子談戀愛，總有點不識時務。」王美今見他板了面孔，長鬍子飄飄然撒在胸前，人家這堂堂之陣，正正之旗，卻不便駁斥。只得轉了話鋒道：「丁先生，你今天老早便坐在這裡若有所思，一定有什麼事在想著吧。」

丁古雲坐下來，緩緩的吸著菸道：「我自己出了幾個題目來考自己，我要另作幾個新作品。而最難的一個題目，就是藝術與戰爭。這個題目是很抽象的，我還沒有抓住要點，當用一個什麼作品來象徵他，你能貢獻我一點意見嗎？」王美今搖搖頭道：「不行。這幾個月來腦子裡空虛的很，什麼概念也尋找不出來。」丁古雲道：「但是我看到你天天在畫。」王美今道：「我這是相應募捐運動，要畫幾張託人帶到南洋去賣。為了容易出賣起見，我就想畫得好一點。所以特地多多的畫些，要在裡面挑出幾張較好的來。我們畫匠，除了畫幾張宣傳品而外，只有這個辦法能有利於抗戰。」

丁古雲還沒有答言，窗子外的芭蕉蔭下有人插嘴道：「你能畫宣傳品，我呢？可能背一張箏到街上去彈呢？那成了西洋式的叫化子了。我們除了開音樂會，實在沒有別的辦法可以想法子募捐。前幾天我們同志出了一個新主意，說是我們可以拿了樂器，到傷兵醫院去慰勞傷兵。究竟這還是消極作用；而且我們玩的這套古樂，不入民間。傷兵醫院的榮譽弟兄，他們多半是來自田間，我拿了一張箏去彈，縱然費盡九牛二虎之力，恐怕他也莫名其妙。」丁古雲笑道：「記得我們在北平的時候，提起古箏大家陳東圃，誰人不知，若是要請陳先生表演一下，既要看人，還要看地點。於今卻是送上門表演給人聽，還怕人不肯聽，這真是未免太慘。」

說著話時，這位陳先生由芭蕉蔭下走了過來。他穿了一件半新不舊的藍布袍子，胸前還有個小小補釘；稀疏的長頭髮，正是夾著幾分之幾的白毛。雖是他嘴上剩的精光，然而他面皮上，究竟減退不了那蒼老的顏色。王美今看到他這樣子，因笑道：「陳先生大概也是無聊，秋盡冬初的日子，你會站到芭蕉樹下乘涼。」陳東圃靠了窗戶，向屋子裡看看丁古雲的作品。因嘆口氣道：「說起來是很慚愧的。我們的年紀都比丁先生小，但是為藝術而努力，我們就沒有一個趕得上。」王美今道：「最難得的，還是他沒有一點嗜好。嫖賭吃穿之類，自是不必談了；酒既不喝，紙菸也不必吸。」丁古雲將手上的菸斗，抓著舉了一舉，因笑道：「這不是菸是什麼？」王美今道：「吸這種國產菸，那就比吸紙菸便宜得多了；連吸這種老菸葉，也要說是一種嗜好，未免人生太苦。」丁古雲道：「其實不吸這種粗菸，不但與人無損，而且有益。嚴格的說起來，究竟是一種不良的習慣。我也並不是自出娘胎就會吸菸的，直到於今，我還有些不明白，為什麼當年學會了這種不良的習慣？我想愛好藝術者，他根本不必有什麼嗜好。他的作品，就是他精神所寄託，藝術便是他的嗜好；而且也唯其如此，那藝術才能和人化為一個。」陳東圃點頭道：「這話自是至理名言。但真作到這分地步，那便是藝術界的聖人了。」

丁古雲斜躺在椅子上坐著，口角裡銜著菸斗，吸了兩口，拖出菸斗來，手握了斗，將菸咀子連連指了兩下鼻子尖，笑道：「我老丁雖不及此，敢自負一句話，也相去不遠了」。王美今忽然站了起來道：「我倒想起一件事。某大學，希望我們這會裡去一個人，講一點抗戰時代的藝術。我們就想著，走了出去，貌不出眾，語不驚人，不足為本會增光。還是請鬍子長的人辛苦一趟罷。」丁古雲將手撫了長鬍子道：「我講演有一點罵人，甚至連聽講的人都會罵在內。」陳東圃笑道：「講演若不罵人，那正像我們奏古樂的人，彈著那半天響一聲的古琴，叮叮咚咚，讓聽的人閉著眼去想那滋味，那是不能叫座的。於今的學生最歡迎刺激，刺激得適當，你就是當面罵了他，他也願意聽；也許他對人這樣說，我讓藝術聖人罵過一頓，還引以為榮呢。」丁古雲聽了，張開口哈哈大笑。

陳東圃笑道：「倒不是言過其實。藝夫在身後就說了好幾回。他說丁先生說話總是義正辭嚴的，他的行為，丁先生不會諒解。因之在同桌吃飯的時候，他最怕談話談到女人問題上去。那時，你當了許多的人面指斥他起來，他真覺面子上有點混不過去。」丁古雲聽了這話，立刻收起笑容，將臉色一沉道：「並非我矯情，說是這年月就根本不許談戀愛。可是藝夫這行為，實在不對。第一，女方是他的學生，師生戀愛，有喪師道尊嚴。第二，女方是有夫之婦，無端破壞人家家庭，破壞女子的貞操，損人利己。第三，他自有太太，把太太丟在淪陷區，生死莫測，他都不問，而自己卻又愛上了別人，良心上說不過去。亂世男女，根本我還不拿法律責備他。第四，才談到抗戰時代的知識分子的立場。他任什麼幹得不起勁，只是沉醉在愛人的懷抱裡。倘若知識分子全都像他，我們中國，還談什麼抗戰？還談什麼抗戰？」他說得高興了，聲音特別提高，幾乎這全部寄宿舍，都可把他聲浪傳到。

老遠的有一陣高跟鞋聲響了過來。陳東圃伸頭望了一望，向王美今搖了兩搖手，他由芭蕉樹下，迎著出去了，丁古雲談笑道：「準是那位夏女士來了。」王美今低聲笑道：「老先生，你眼不見為淨吧。我得著一個機會，我一定和老田說，以後他們還要談戀愛的話，可以另找地方去嘀咕。」丁古雲手摸了長鬍子，微微的擺了兩擺頭。因道：「並非我喜歡干預人家的事，實在因為這件事，太讓人看不下去。她的丈夫，也算是我一個學生，我應當和我那位學生，打一點抱不平。」王美今笑道：「我又要說一句你老兄反對的話了，在現時這離亂年中，女人找男人很容易，男人找女人也不難。你怕你高足失落了這位夏女士，他不能另尋一個對象嗎？」丁古雲頭微微擺著，連身體也有些搖撼。然後他哼了道：「得鹿不免是禍，失馬焉知非福？像夏女士這般人物，得失之間，真談不到什麼悲歡。」王美今站近一步，低聲笑道：「說低一點吧。人家可進來了。」丁古雲道：「我也不怕她聽見。」王美今覺得這位丁先生有點兒彆扭，越說他越來勁，只得含著笑不作聲。就在這時，一陣皮鞋踏著地板響，他們所論到的那位田藝夫先生，穿了一套緊俏挺刮的西服走了進來。手裡提了一隻拴繩的白鐵盒子高高提起，向丁古雲點個頭笑道：「丁先生，我這裡有一盒杭州真龍井，送你助助興。」丁古雲聽說是真龍井，便站了起來，對盒子望了道：「這樣三根細繩子拴著，未免太危險。這東西現在為了交通關係，十分難到後方來，打潑了豈不可惜？」說著，立刻兩手將盒子接了，放在桌上。

田藝夫笑道：「幾千里也走了，到了目的地會打潑了？」丁古雲也笑道：「這話又說回來了。便是打潑了，也不過是沾上一點灰。這樣難得的東西，我也不會放棄了，依然要掃起來泡茶的。」陳東圃跟著後面，也走了進來了。笑道：「密斯夏這一件禮品，可說是送著了，丁先生是非常之歡喜。」丁古雲這才放下臉色，吃了一驚。因道：「什麼？這是夏小姐送的，素無來往，這可不便收。」田藝夫兩手插在褲袋裡，頭向後仰了一仰，表示著一番若有憾焉的神氣，因笑道：「這東西是我送來的，這筆人情，當然記在我帳上。我們是多少年的朋友了，難道還和我客氣嗎？」丁古雲的臉上，依然未帶著笑容，在衣袋裡掏出一隻裝菸葉的黑布小袋子，左手握了旱菸斗，提住袋上繩子，右手伸了兩個指頭到袋口子裡面去掏菸，只管望了那茶葉盒出神。

誰知那位夏女士也在門外，伸頭望了一望之後，便在門口叫了一聲丁先生。丁古雲雖然不甚歡迎這位小姐，但是人家很客氣的來到房門口，不能再加以不睬。便放出了一些笑容，向她點頭道：「請進來坐。」這在夏女士，可以說受到了特殊的榮寵，便如風擺柳似的走了進來了；迎風擺柳一個姿勢，在丁古雲眼裡，那倒是適當的。這時雖然天氣很涼，可是她還穿的是一件薄薄的呢布夾袍子。雖是布質，然而白的底子，配著紅藍格的衫子，依然透著很鮮豔，她的燙髮，不像後方一般婦女的形式，乃是前頂捲著一個峰頭，腦後捲成五六股組絲，已追上了上海的裝束。臉上的脂粉，自是塗抹得很濃，只老遠的便可以嗅到她身上傳來一陣脂粉香氣。她衣服緊緊圍了曲線，衣擺只比膝蓋長不了多少，半截腿子踏了兩支高跟鞋，便顯著她身體細長而單薄，便搖擺著不定了。

丁古雲對她冷看了一眼，覺得她為了迷惑男子，作出這極不調和的姿態，有些何苦。但是他為了同人的面子，既是叫人家進來了，也不便完全不睬，便站起來點點頭道：「對不起，我這裡椅子都沒有第三把，簡直不敢說『請坐』兩個字。」夏小姐向來沒見這位長鬍子藝術家，和她這樣客氣過。今天這樣客氣，實在是一種榮寵，倒不可以含糊接受，便笑道：「在老先生面前，根本我們沒有坐的位份。呵！這架子上這麼些個作品，讓我參觀一下，可以嗎？」丁古雲對她這個要求卻沒作聲。

夏小姐也想到，自己是一派的恭維，當然也不會有什麼反響。於是便站住了腳，挨著書架子一項項的看了去。田藝夫忘了丁先生是看不慣人家青年男女摟抱著的。因和夏小姐並肩站了，指著作品，告訴她某項是某種用意，某項是表現得如何有力。雖是搭訕著，不便就走，其實借花獻佛，也是恭維丁先生；越說越近，兩人緊緊的挨著。丁古雲口銜了菸斗，仰坐在椅子上看了很久。

王美今知道這老先生有些不高興，可又不便明白通知他兩人，只是將兩手插在西服褲子裡，在屋子裡走來走去，以便觀察丁古雲的情緒，可是偷眼看他的臉色時，他臉色沉鬱下來，頭微微的擺著，只看項下他那部長鬍子不住的抖顫，可知他氣得很厲害了。這已不容再忍了，再忍是田藝夫吃虧，便向前拉了他的臂膀，笑道：「老田，來到外面來，我有話和你說。」藝夫還不曾置可否時，已被王美今給拉了出來。那夏小姐見田藝夫出來了，也就跟著出來。這裡是進門來的一間屋子，略似堂屋，只擺了一張打撞球的白木板桌子。

王美今高聲笑道：「來來來，我們來打球。」夏小姐道：「球也沒有，拍子也沒有，打些什麼？我要把丁先生的作品，多領略一會。」說著，又持轉身向那屋子裡面去。王美今只好將她衣袖拉住，低聲笑道：「老牌藝術家有老牌藝術家的脾氣，你們何必去打攪他，他正在構思怎樣完成他的新作品呢。」田藝夫便攜了夏小姐的手，同到他屋子裡去。王美今復回到丁古雲屋子裡來，笑道：「我總算知趣的，把你這兩位惡客送走了。」丁古雲將桌上的那盒茶葉提了起來，交給他道：「王先生托你一件事，這盒茶葉請你交回夏小姐去。因為，若是由我直接送去，恐怕她面子上下不來，我很不願和她發生友誼。今天這樣相待，我已是二十四分的客氣了。」王美今道：「這又何必？人家對你是很尊敬的。」丁古雲道：「這個我不相信。一個人自己不知道尊敬自己，她會尊敬別人嗎？」王美今掉轉話鋒道：「要出去散步，一塊兒走吧。」丁古雲想了一想，因道：「也好。這樣，我可以對他作一種消極的抵抗。」

於是他拿了手杖，就和王美今一路出去了。可是他這消極的抵抗，卻是田藝夫積極的幫助。他們見這位討厭的老先生走了，落到在這寄宿舍暢敘一番。到了太陽由雲霧腳下反射出淡黃的光彩的時候，這日的時光快完了，丁古雲才緩緩的回來。然而夏小姐還是剛推開田藝夫房間的窗子，靠了窗欄，向外閒眺。丁古雲在屋外空場上，就高聲叫了一句藝夫。夏小姐抬手理著鬢髮，微笑道：「丁先生散步回來了，他睡午覺呢。」丁古雲帶笑著道：「青天白日，這樣消磨時光，真是孔夫子說的，朽木不可雕也。喂！夏小姐，天色晚了，你也該回去了，再晚就雇不到滑竿，又要老田送你走了。而我們這裡呢，一個大缺點，又沒房間容留女賓。」夏小姐聽他這話是說是笑，也是損，也是罵，真不好怎樣答覆，把臉紅著，說不出話來。

第三章

師道尊嚴法相莊嚴

那位丁古雲所痛恨的畫家田藝夫。雖然躺在他自己床上，並不曾睡著，這時聽了丁古雲挖苦夏小姐的那番話，覺得她有些受不了。但是自己心裡恰有點怯懦，又不敢和他計較著，便跳起來隔了窗戶向他點了個頭道：「我們商量著一件事情，不覺把時間混晚了，現在我馬上送她走了。」丁古雲淡笑不笑的，向他摸著鬍子點了兩下頭，自回屋子去了。

田藝夫看著西邊天腳，雲霧裡透露幾條紅霞，天空裡一兩隻鳥，扇了翅膀單調的飛著，正是鳥倦飛而知還。因向夏小姐道：「大概時候真是不早，我送你走吧。」夏小姐也沒有什麼話，只有跟了他走。離開這屋子不遠，在水田中間的人行路上，與王美今碰個正著。這路窄，彼此須側了身子讓路，便站著對看了一看。夏小姐又抬起手來理著自己的鬢髮。

王美今笑道：「夏小姐送藝夫到這裡來，於今藝夫又送夏小姐回去，你們這樣送來送去送到什麼時候為止？」藝夫笑道：「我本來可以不送她，因為老丁板著面孔，下了逐客令，夏小姐十分不高興，我只好又送出來，藉示安慰之意。」王美今笑道：「老丁就是這種脾氣，不必理他。」夏小姐笑道：「誰又理他呢，彼此不過是朋友，說得來，多見兩回面；說不來，少見兩回面。而且我在下星期一，要去上課了，你們這貴地，我根本不會多來，他也討厭不著我。」說時，將眼睛斜溜藝夫一下道：「這都是為著你！」藝夫笑道：「你還埋怨作什麼？反正下星期一你就走了。」夏小姐倒是大方，伸著手和王美今握了一握，笑道：「再會再會。」王美今站在路邊，見他兩人緩緩的走著，將頭低了，好像是極不高興，倒不免替他們難過一陣。

於是緩緩的走回寄宿舍，見著丁古雲笑道：「老先生，我勸你馬虎一點；結果，你還是給他們一個釘子碰，將他們碰走了。」丁古雲道：「他們這種行為，應該給他們一些釘子碰。」王美今道：「他們也不會再討你的厭了。夏小姐在下星期一就要去上課了。」丁古雲道：「上課？她是當學生呢？還是先生呢？」王美今道：「既非先生，也非學生，她是去當職員。」丁古雲點點頭道：「我懂了她這種用意，目的是離開她的丈夫和兩個小孩。」王美今笑道：「你始終也不會對她有點好感。」丁古雲道：「你如不信，緩緩的向後看吧，反正藝夫是不會離開這裡的。」王美今把這話放在心裡，且向後看。

到了下個星期，在藝夫口裡聽到的消息，夏小姐果然要與她丈夫離婚，而且她丈夫在貴陽得著訊息，因她離開了家庭，丟了孩子不問，也很快的要回到重慶來，打算答應她的要求了。王美今雖是羨慕著田藝夫的戀愛將要成功，同時也就感覺到夏小姐心腸太狠。和丁古雲閒談的時候，不免贊同丁古雲以往的批評，頗主張公道。他笑道：「她若太與他丈夫以難堪，我有法子制裁她。」王美今道：「你有什麼法子制裁她呢？她並不是你的晚輩，也不是你的下屬。」丁古雲道：「她服務的那個學校，依了各位推薦，我本星期六去演講，我可以和她學校當局說，免了她的職務；而且望你把這話通知藝夫。」王美今笑著搖頭道：「這我又不贊成了。她既下決心離婚，你強迫她合作有什麼用處？而況她為了戀愛，連親生的兒女也可以丟得下，職業的得失，怎能變更她的意志？」丁古雲道：「那當然是不可能的事，我又何必要變更她的意志。不過我勸她對她丈夫的離婚條件，要提得和平一點。」王美今道：「這當然可以。好在主動離婚的是自己。她把條件提得太苛刻了，豈不是和自己搗蛋？雖然，你這意思是很好的，我可以通知藝夫。」丁古雲道：「老弟臺，直到現在，你相信我是個好人了吧？」說著，手理長鬍子梢，向著王美今微笑。

王美今這番為丁古雲的正義感所感動，當日就去通知了田藝夫。凡人在戀愛進行時代，對於愛人的是非得失，有時關念過於生命。藝夫聽了這個消息，哪肯停留，即日就轉告了夏小姐。那夏小姐向教務處打聽，果然學校敦請了丁古雲先生星期六來演講，她心裡轉了幾番念頭，覺得必要先加防範，以免職務搖動，就向教務處毛遂自薦，說是認識丁先生，願意出任招待之責。教務處的人，知道她是學過藝術的，覺得派她招待，也氣味相投，就答應了她這個要求。夏小姐有了這個使命，就暗地裡布置了一切。

到了星期六，她便早早的帶了一位女朋友，到汽車站上去等候著丁古雲。原來由丁古雲寄宿舍到某大學，很有幾十里路，必須搭公共汽車前來，夏小姐和那女友靜坐在車站外的露椅上，注意著每一輛經過的公共汽車。不到一小時之久，汽車上下來一位長袍馬褂，垂著長鬍子的人。夏小姐不用細看，便知道這是丁古雲先生到了，這便率著她的女友迎上前去。丁古雲右手提著一隻藤籃，左手扶了手杖，緩緩走向前來。夏小姐笑嘻嘻地一鞠躬，因道：「丁先生，教務處特派我來迎接丁先生。這是我的朋友藍田玉小姐。」說著指了她身邊站著的那位女友。這位藍小姐也是笑盈盈的向丁古雲一鞠躬。

丁古雲看她時，約莫二十上下年紀，鵝蛋臉上，一雙水汪汪的眼睛，簇擁極長的睫毛，笑起來，腮上印著兩個酒窩兒。她穿著一件寶藍色絨繩緊身褂子，肩上披著一方葡萄紫的方綢手巾，托住頭上披下來捲著銀絲絞的長髮。褂子是那樣的窄小，鼓出胸前兩個乳峰，攔腰繫了一條皮帶，束著鴛鴦格的呢裙子，健壯而又苗條的個兒，極富於時代的藝術性。丁古雲突然看到，不免一呆。

藍小姐笑道：「丁先生，你大概忘記了我了。在北平的時候，我還上過您的課呢。」丁古雲笑道：「哦！我說面貌很熟呢。」藍田玉道：「丁先生這籃子裡是什麼？」丁古雲道：「是我一件作品。」藍田玉便伸手去接那藤籃子，因笑道：「有事弟子服其勞，我給先生拿著，可以嗎？」丁古雲待要多事謙遜，藍田玉已勉強的把籃子奪在手上提著，只得點了頭笑道：「那有勞你了。」夏小姐見這位古板先生，已有了自己向來未見的笑容，這就增加了心中一番安慰。心想縱然他見了學校當局，然而不能立刻就說我的壞話，自還有其它辦法，來和緩這個局勢。因向丁古雲笑道：「丁先生，我和這位夏小姐是老朋友，現在我們同在這附近租了一間屋子住。是她在家裡看書，我辦完了公回去，就和她談天取樂。有時說到了丁先生的藝術，我們就說，可惜沒有時間，要不然的話，我們就可以在丁先生指導下學些雕刻。」丁古雲將手摸了鬍子梢，向她們微笑，問道：「這話是真的？」藍田玉笑：「當然是真的。」丁古雲道：「藍小姐現在沒有什麼工作嗎？」她笑道：「現時在一個戲劇團體裡混混，那還不是我真正的志願。」丁古雲還要向下繼續問時，那學校裡又派了一批人前來歡迎，見面之下，大家周旋一番，自把談話打斷。

到了學校裡，藍田玉和他提了那個籃子，直送到受招待的客室裡。學校方面免不得問問，這位是誰？丁古雲因她是替自己提籃子來的。卻不好說是方才見面的人，因笑道：「是我的學生。」學校當局以為是他帶來的人，也就一併招待。而招待的主要分子，又是夏小姐，更不會冷落了藍小姐。在客室裡用過一小時的茶點，已到了丁古雲演講的時間。為了容納全體學生聽講起見，演講的地方是大禮堂。學校當局，並把籃子打開，將丁先生新做的一件作品，送到演講臺的桌子上陳列起來。然後由教務主任引導他走進大禮堂，踏上演講臺去。

當丁古雲隨在教務主任之後，走上演講臺時，臺下面數百學生見他長袍馬褂，胸前垂著長的黑鬍鬚，鼻子上雖然架起了圓框大眼鏡，依然藏不了他眼睛裡對人所望的威嚴之光。這些學生，不少是聞名已久，立刻霹霹拍拍，猛烈的鼓了一陣巴掌。教務長先生走到講臺口向下面介紹著道：「今天請丁先生到我們學校裡來講演，這是我們一種光榮。我說『光榮』二字，並非敷衍朋友的一種套話。要曉得丁先生是實際工作的人，平常不大講演。還有一層，北平藝術界，外面有許多傳說，全不正確。雖然有幾個藝術學校，風紀不大好。可是丁先生無論走到哪個學校，決計維持師道尊嚴，不許學生有鬧風潮的事發現。至於丁先生個人的修養，那更不必說。今天在見著丁先生，各位可以看出丁先生這樸質無華的代表，可以證明平常人說，藝術家多半是浪漫的那句話，未免所見不廣。」

說著，他指了桌上一尊半身塑像道：「這個作品，便是丁先生自己的像。這作品是他對了鏡子塑出來的，由他的手腕，表現他內心的情感，自然是十分深切。而丁先生對這個作品，是由一個『教書者』題目下產生出來的。這很可以用『佛家法相莊嚴』一句話來稱讚他。莫說別人，便是我看了這莊嚴的法相，心裡也油然起了師道尊嚴之感。便是這一點，也可以證明丁先生的藝術手段如何了，現在就請丁先生講著他的藝術心得。」說著，他退後讓丁古雲上前，又是霹霹拍拍先一陣歡迎的掌聲。丁古雲在教務長那一番恭維之下，越是把他所預備好了的演講詞，加重了成分。最後，他也曾說到自己塑自己的像。

他說：「我們走進佛殿裡，看到那偉大莊嚴的偶像，便會起一種尊敬之心，這就是宗教家的一種傳教手腕，便是中國的儒家所講的許多禮節，又何嘗不是一種造成偶像的手段呢？孔子說，『君子不重則不威』，就是這個道理。『偶像』兩個字，並不一定是壞名詞。一家商店必須做出一個好字號來，才能得著商業上的信任。一個人必須做出一種身分來，才能得著社會上的信任。這身分與字號，就是被崇拜的偶像。不客氣的說，史達林是一尊偶像。希特勒也是一尊偶像，唯其蘇德各有這樣一尊偶像，才能夠領導著全國人民，死心塌地對了一個目標去做。日本的天皇，就不夠做一尊被崇拜的偶像，因為他不能讓全日本人聽他的話，而只是被戲弄的一具傀儡罷了。大家不要看輕了偶像。一個國家要為自己造成一尊到世界示威的偶像，要耗費多少錢財，要流多少血？一個人要把他自己造成對社會有榮譽的偶像，要費多少年月，要耗多少精力？這些話，是我雕像塑像時候揣想得來的。偶像的做作，也許人認為是一種欺騙，可是也不妨認為是一種誠敬的示範。所以宋儒的理學，有人認為是治國平天下之本，有人就認為是作偽。但我在塑像的時候，我寧可把我的思想，偏重於前者。因為這樣，便含有一點教育性了。以我自己為例，假使我成了一尊偶像，引得大家信任，而對雕刻有進步的研究，豈不是我所心願的嗎？」丁古雲這種說法，倒也是人所不敢言，曾引起了好幾陣熱烈的掌聲。

最後，丁古雲指了那件作品笑道：「這一點東西送與貴校，作為今日演說的一個紀念。看看我將來作得了偶像作不了偶像？」他於此便說完了。教務長又向講臺口上，申謝了一番，他說：「若以今日這種觀感而論，丁先生在藝術界的地位已經夠得上一尊偶像了。我們敬祝丁先生這偶像，發揚光大，變成佛殿上的丈六金身。那麼要崇拜的還不僅我區區同堂師生而已。」丁古雲聽說，摸了鬍子微笑，好像是接受他們的這種頌詞。在歡笑和鼓掌聲中，結束了這場演講，學校當局，依然引導著他到會客室來，再進第二次茶點。那位藍田玉小姐隨著夏小姐的招待，卻也跟在這裡陪用茶點。她似乎感到丁先生道貌岸然，自己這麼登的裝束，伺立近了，是不大協調的，所以很鎮靜的坐在客室角落上。丁古雲雖覺她還隨在一處，有些可怪。也許她特重著以往的師生情感，不忍先行告別。這也是當學生的人一種禮貌，也只好隨她去了。正因為不曾到五分鐘，聽講的學生，又魚貫而入，各各拿了簽名簿子，呈送到面前，要丁先生簽字。他摸了兩摸鬍鬚，垂了兩隻馬褂大袖子，向南面望著。臺階下面草地上，在一群青年前面，擺了一架相匣子，鏡頭正對了這位法相莊嚴的丁先生。他後面是客室屏門，那裡正有一塊橫匾，寫著「齊莊中正」四個字。益發襯托著這相照得是得其所哉了。

第四章

孰能遣此

這一場演講會雖沒有什麼偉大的盛典，可是對於丁古雲的人格，有一種極高尚的估價。他覺著一個教書先生，得到這種崇敬，那是不易有的成績，所以簽字簽得精神飽滿，照相也照得精神煥發。

把學校方面的酬酢對付完畢，便到了下午四點鐘。他打聽得還有一兩班長途巴士經過，便向學校當局告辭。學校方面，依然派著夏小姐送他到車站。當丁古雲離開客室的時候，藍田玉小姐還是默然由屋角的椅子上，悄悄的站了起來。等著丁古雲到了學校大門外時，在前面引路的夏小姐，卻回轉頭來笑道：「假如趕不上汽車的話，我們共同招待丁先生吧。」丁古雲覺這話顯然不是對自己說的，回過頭來看時，那藍小姐跟隨在後面，便向她點點頭道：「藍小姐可以請便，不勞遠送了；便是夏小姐，也可以回學校去了，長途巴士站我找得到。」夏小姐笑道：「現在四點鐘了，學校裡也沒有什麼事，我們應當送丁先生到車站。藍小姐也是您的學生，那她更要盡她的弟子之道了。」藍小姐悄悄的隨在丁古雲身旁，只是微笑了一笑，還是繼續的走著。

丁古雲因為天色既然晚了，夏小姐已沒有了工作，由她護送幾步也好。可是到了汽車站時，車站上空蕩蕩的，不見什麼人影，購票房的窗門，緊緊地關著。丁古雲站在車站中間，手摸了鬍子，只是沉吟著，因道：「這怎樣辦？可以雇到滑竿嗎？」夏小姐道：「這時候也雇不到了，除非是走了去。不過據我的經驗，要三小時才能走到，那恐怕要天色太黑了。而且這樣長的路程，一個人走去也太寂寞。」丁古雲只管摸了鬍子沉吟道：「我是極不願再去打攪學校方面了。這附近有旅館沒有？」夏小姐道：「不但有旅館，而且有很好的旅館。到這里約莫有半里路，有家花園飯店，很可以休息；而且那裡附帶餐堂，我和藍小姐就在那裡請丁先生晚餐，好不好？」丁古雲道：「那倒不必，我還是慢慢走回去罷。這裡既是公路，又是月亮天，現在請二位回去了。萬一不能走，旅館我自然也找得著。」夏小姐笑道：「我們也回去，我們也引丁先生到花園飯店，因為我們就住在那花園隔壁的一幢房子裡。請請。」

藍田玉笑道：「這就叫人不留客天留客。天氣已經很晚了，丁先生不必沉吟；若是冒夜走了回去，山上有山羊子叫，那聲音怪不好聽，聽得了毛骨悚然。」丁古雲道：「小孩子話，我這麼一大把鬍子的人，深山大谷哪裡沒有去過，會怕了野羊。」藍田玉道：「丁先生您是少於入境問俗，這山羊子最喜歡咬鬍子長的人。」丁古雲笑道：「那是什麼緣故呢？」藍田玉道：「它妒嫉別人有更長的鬍子。」丁古雲笑道：「哦！是了。山羊也是鬍子長的動物。」夏小姐笑道：「藍小姐，你豈有此理，你轉了彎子罵老師。」丁古雲笑著還沒有說什麼呢。藍田玉即走向前來，向他一鞠躬。因道：「丁先生，您別見怪。不是這樣說著，您不會發笑。您不發笑，我們就挽留不下來。您說要打多少手心，回家之後，我就叫夏小姐照數打我。」夏小姐道：「你說笑話，我不打你，你留不住老師，就是你老師瞧不起你，那才該打手心呢。」

藍田玉站著離丁古雲約莫有三四步路。她又正在上風頭，那風由她身上經過，帶來一種若有若無的脂粉香氣，直送入丁古雲的鼻孔裡。她眼珠向丁古雲很快的溜著看了他兩下。那個小酒窩微微的閃動了，在那兩彎眉毛上，頗透著幾分聰明女人的好意。丁古雲笑道：「你們過於客氣了，讓我不能不留下。但我實在不願你們受著客氣的拘束。」藍田玉道：「並不是我們客氣，師母也不在四川，又沒有什麼要緊的事，為什麼丁先生要冒夜走了回去呢？」夏小姐說：「留不下您，就因為您瞧不起我們。這話是真的嗎？」丁古雲哈哈大笑道：「既是你們再三挽留我，我就只好在這裡耽擱一宿了。但是我預言在先，你二位不可過於破費，一切我自己料理。」藍田玉笑道：「既是一切都歸丁先生自理，我們還破費些什麼？丁先生請隨了我來，我來引路。」說著，向丁古雲微微一笑。

丁古雲心想，引路就引路罷，這微微一笑，豈不有些畫蛇添足？但也不管她笑是何種理由，一個人發笑，總是表示好感。人家表示好感了，還有什麼可疑的？因之也就隨在她身後，順了大路，向前面走去。夏小姐倒是不忙，又慢慢陪了在丁先生後面走著。這時，丁先生又在藍小姐的下風頭，那脂粉香氣，在晚風裡面，騰空而來，只管撲著人的面孔。這霧季的開始，到了四五點鐘的時候，很容易在偏西的雲霧下面，微微透出那雞子黃似的太陽，於是在這山谷曠野上，撒下一片微紫的霞光，草木和人，都帶著另外一分光彩，也就另外有一種靈感。丁古雲在這另外一種靈感之時，他彷彿這情緒有點異乎平常。

他在藍小姐背後，看她披在肩上的長髮，看她束著裙帶的細腰，最後看到，腳上穿的那雙玫瑰紫的漏花皮鞋。他是向來反對女人穿高跟皮鞋的，以為那是違反自然的法則。現在看到藍小姐這雙皮鞋，是細瘦的一雙。行走時的腳後跟帶起長裙邊沿的浪紋，他想著這有些藝術性，原來女人之要穿高跟皮鞋，其原因在此，可是這話不盡然，女人豈能夠都懂得藝術？是了，這是挑撥性的玩意兒，人與一切動物大半成反比例，陰性的全部，都帶挑撥性。而眼前其他動物，卻是陽性全身帶挑撥性。我丁古雲若不是人而是普通一種動物，太沒有挑撥性，一定……他想著想著，只管沉思了向前走，藍田玉笑道：「不走了，到了。」

丁古雲猛可的站住了腳，抬頭一看卻見面前現著一座花圃。裡面有座西式洋樓，環繞著三面綠色走廊。因道：就是這裡了？藍田玉笑道：「丁先生看怎麼樣？除了是帶一點洋氣之外，還是有些詩意的所在。」丁古雲道：「外表這樣雅靜，內容大概不錯。好好，就是這裡勾當一宿了。」於是三人走進了花圃，找了旅館茶房，在樓上開一間面朝花圃的房間。屋子裡床帳桌椅都很乾淨，還有一張休息的藤睡椅。夏小姐道：「丁先生休息休息吧，我們回去一下，就來陪丁先生吃晚飯。」丁古雲道：「二位可以請便，把你們忙了半天了。」夏小姐站在屋子中間，望了一望藍小姐。這藍小姐恰是對著玻璃窗，背朝了人，左手拿了粉鏡，對臉照著，右手在理鬢髮。夏小姐將皮鞋尖點著樓板，提起腳後跟顛了幾顛。她沉吟了幾秒鐘，點了一個頭，似乎得了一個結論。因道：「藍小姐在這裡陪丁先生稍談一會，我立刻就來。」藍田玉將粉鏡塞在短衣的小口袋裡，回轉身來，點著頭道：「好！我等著你。」於是夏小姐先走了。旅館裡茶房，送著茶水進來，丁古雲走到臉盆架子邊去洗臉，藍田玉便將桌上茶壺提起，斟了一杯茶，放在桌沿邊，向他鞠了一個躬，笑道：「請喝茶。」丁古雲先呵喲了一聲，笑道：「你又何必這樣客氣？」藍小姐道：「自到四川以來，總是這樣漂泊無定，像孤魂野鬼一樣。今天看見從前的老師，像遇到了親骨肉一般，我心裡說不出來那一分高興。一個年輕女子過著流浪生活，那一分痛苦，丁先生是不會明白的。」

她說到這裡，臉上有些黯然，手扶了桌沿站著，掉過身去。丁古雲洗完了臉，手理了半下鬍子，坐在籐椅上，咳嗽了兩聲，然後問道：「密斯藍，你是怎樣到四川來的呢？」藍田玉這才扭轉身來，坐在對面椅子上，因道：「『七七』的時候，我還在北平呢。後來我由天津到上海，由上海到香港，由香港到漢口，兜了個大圈子，這樣一個圈子，川資自然是花得可觀。我原說到漢口找一個親戚的。不想到了漢口，我那親戚又到湘西去了。那時錢完了，又沒有可靠的人投奔，我非常著急。後來我遇到一個朋友。」說著，她頓了一頓，接著道：「是一個女朋友，她在第二劇團裡當演員，就介紹我也加入那個團體。那團體裡雖供給膳宿，可是薪水兩個字，簡直談不上。越混是越窮，越窮又越走不動。後來得著兩位同鄉幫忙，才得到重慶來。夏小姐是我唯一的好朋友，就和她住在一處。可是她的力量，也有限，不能在經濟上幫我們的忙，我就到處寫信向親友告貸。直到於今，還沒有個正當工作。」

丁古雲道：「原來如此。你現時沒有繼續加入劇團嗎？」藍田玉道：「不演劇是沒有收入的，加入劇團也不足以維持生活，把演劇當一份正當職業的，自然是有，可是我所認得的女朋友，正和我一樣，全是靠親友幫忙的。有人還以為我手頭方便呢，十塊八塊的，不免在我手上扯著用，我還找誰？所以在圈子裡是毫無辦法，只好向外發展，今天遇著丁先生，那就好極了，請丁先生和我找一個工作。您是我老師，您看到學生受困在重慶，總不能無動於衷吧？」說著，微微一掀酒窩兒。丁古雲手剛要去摸鬍子，又收回來。正坐了，靜靜的聽她的話，這就點頭道：「好，慢慢想法子吧。」藍田玉笑道：「哪裡能慢慢想法子呵？我要不是和密斯夏在一塊兒住著，和其他的同志一樣，那早就索我於枯魚之肆了。因為他們中上一頓飯在辦事處搶著吃。晚上一頓飯，大家出去打游擊，男子們無所謂，哪裡也可以去。一個青年女子，每天下午出去找飯吃，怪難為情的。所以我對於演劇，早就沒有了興趣。丁先生，您在教育界和我想點辦法，好不好？」

丁古雲道：「好！我一定和你想辦法。可是教育界是清苦的，而且是要守秩序的，你在戲劇界，過慣了自由的生活，恐怕不容易改行罷。」藍田玉笑道：「老師你怎麼說這樣的話！現在多少享福的太太小姐，都洗衣服作飯，成了老媽子。我的命生的特別高貴些嗎？」丁古雲望了她時，她微微的低了頭，將雪白的牙齒，微咬了下嘴唇皮。兩隻腳互相交叉著皮鞋，在椅子下面，來回的搖擺，左手扶了椅靠，右手撫摸著繫胸的皮帶。便是這樣子，很透著有點難為情，便安慰著她道：「我們並不是外人，這沒有關係。我不過這樣說，也是有則改之，無則加勉的意思。既是你不怕吃苦，這就好辦，在一個星期之內，我可以給你的回信。多的日子你也等了，一個星期，你總可以等。我盡力而為，也許不要一個星期。」

藍田玉並不抬頭，只撩著眼珠在長睫毛裡，轉動著向他飄了一個眼風，酒窩兒掀著，微笑了一笑。丁古雲摸鬍子的習慣，很耐了一些時候，不曾發作，現在想不出什麼話來對她說，而又感到有些感情蕩漾，要消蝕了尊嚴。因之又情不自禁的，伸著手將鬍子摸了兩下。藍田玉因他不說話了，又望了他道：「丁先生說是一個星期的回信，是有成功的希望呢？還是……」說著面皮紅著笑了一笑。接著道：「若是有希望，當然願意這消息越快越好；若是失望的回信，我倒願意遲兩天知道呢。」丁古雲道：「我極力和你去想辦法就是，大概不至於失望；再說，你也不會那樣急迫的需要工作吧？」

藍田玉聽到這裡，將眉毛微微的皺著，又淡淡的笑著。因道：「您還不知道我現在是住在密斯夏一處嗎？她自己也是不得了，怎能夠又添上我一個人的負擔！」丁古雲道：「若是為了目前的生活需要，這個倒也沒有多大問題，我私人先和你想想法子就是了。」藍田玉向他微微笑道：「那怎好連累老師呢？」丁古雲笑道：「既是老師，又有什麼不能連累，現在大家流浪到大後方來的，也無非是彼此互相幫忙。」藍田玉將手理著鬢髮，站了起來，因笑道：「究竟是自己的老師，一說就有了辦法。平常求起人來，真是教人哭笑不得。」她覺著話是交代完了，一時更想不起別的話來說，於是搭訕著來到桌子邊提起茶壺來，斟了一杯茶喝。丁古雲坐著，向窗子外看看，也是端起茶來喝。藍田玉見他伸手去扶茶杯，便道：「喲！這杯茶涼了，我來給先生換上一杯熱的吧。」於是就在丁古雲手上奪過茶杯去，斟了一杯茶，兩手捧著杯子，送了過來。她站到面前，丁古雲見她那雙白嫩的手，指甲上塗著鮮紅的蔻丹，並有一陣香氣，在她手上放出。因接了杯子笑道：「這是我的旅館，我暫時便是主人了，倒要你來伺候我。」藍田玉笑道：「學生在先生面前，總是可以代勞的。」說著，她整理了一下衣服領子。

丁古雲的眼光，隨了她那手上所在看去，發現了她那乳峰下面，繩衣胸襟前，有個銀製的小天使，張了兩隻翅膀作個下飛姿勢，手上彎了弓，架上了愛情之箭。那箭頭正對了她的心窩射去。丁古雲不免微笑了一笑。藍田玉也覺他這一笑是有所指，過去兩步，面窗而立，隔了玻璃窗子向外面張望著。口裡的舌尖滴噹噹發著聲音，輕輕的唱著英文歌，腳尖在樓板上顛動，打著拍子。丁古雲端了那杯茶在屋子裡來回的踱了幾個轉身。便站在屋子中間，望了藍田玉披在肩上的長髮，微笑道：「我們那裡倒有兩位音樂家同住，密斯藍有功夫可以到我們那裡去玩玩。」藍回轉身來道：「我聽到密斯夏說，丁先生在那邊寄宿舍裡住，我早就想去拜訪丁先生。可是夏小姐到那邊去，她總是守著祕密的。她又說，丁先生很不歡迎女賓。我既找不著她陪我去，我一個人又不敢冒失了去。要不，還用先生說嗎？」

丁古雲道：「哪來的話？不歡迎女賓，若是不歡迎女賓，夏小姐怎麼去的呢？」藍小姐笑道：「我也是這樣說，無論哪個地方，也沒有不歡迎女賓上門的。至於藝術圈子裡，那是更不消說，好像有人說過，女人就是藝術。丁先生，您說這話對嗎？」她說時，身子微微的聳了一聳，作出小孩子在大人面前頑皮的樣子。丁古雲哈哈大笑，把茶杯放在桌上，籠起兩隻袖子，望了她道：「多年不見，你倒還是這樣天真。」藍田玉鼻子哼了一聲，微鼓了腮幫子道：「丁先生這是騙我的話。今天下午見面的時候，您都不記得有我這樣一個學生。於今連我在學校裡頑皮的事，您都記得了。」丁古雲道：「我和你初見面的時候，你已不是學生打扮了，個子也長成了，我一刻哪裡記得起來？」藍田玉道：「本來嗎，終年風塵漂泊，成了煤鋪裡小掌櫃了。」丁古雲笑道：「離開北平這多年了，你順口說起來，還是北平的習慣語。據我看來，你不但沒有憔悴一點，而且漂亮得多了。」

丁古雲說出這話時，不知道這位高足是否接受，就坐下來一陣哈哈大笑，掩蓋了所感覺到的那份難為情。藍田玉兩手反背在身後，靠了玻璃窗，身子微微向牆上撞著，抿了嘴唇皮，忍住笑容，望了丁古雲，在長睫毛裡連連轉著眼珠。丁古雲本來想維持著自己的師道尊嚴。無奈這位藍小姐，儘管用她的藝術來刺激自己的神經，教人實在不好處理這幽靜旅館中單獨相對少女的環境。因之斜靠在椅子背上，眼望了天花板，作出一種沉吟事情的樣子。這藍小姐卻和其他的摩登女子一樣，每到須要搭訕之時，便唱著英文歌。這時她將皮鞋高跟打著拍子，嘴裡又團著舌尖叮叮噹噹起來了。

第五章

天人交戰

這屋子裡是清寂極了。那走廊隔壁的屋裡掛了一架時鐘，那鐘擺吱咯吱咯的聲響著，每一下都聽得清清楚楚。丁古雲對窗子外面望望，夜色益發的昏黑，隔了玻璃窗戶的光線，但見藍田玉一個模糊的人影子，很苗條的當了晚光。他看她時，心裡也就想著，這倒很像一副投影畫。

藍田玉口裡唱著歌，很久很久沒有聽到丁古雲說話，也感覺無聊，這歌是不能繼續向下唱了，回轉身來，又向窗子外望了一望，因道：「怎麼夏小姐還沒有來？」丁古雲笑道：「可惜她的好朋友沒有來。若是那個人在這裡，她一去立刻就會回來的，她是個感情最熱烈的女子，你倒和她說得來。」丁古雲說這話，在屋子裡的光線黯淡中，頗在探望藍田玉的顏色，然而相隔兩丈路，恰是不大看得見，僅僅聽到她嗤嗤笑了一聲。隨著是茶房送進燈火來了，他倒是關心著這旅客，怕久坐在屋子裡，悶的慌，便向丁古雲道：「今天晚上天氣很好，有很大的月亮。城裡是看不到這好的月色的。你先生要不要去散步？」丁古雲只微笑了一笑。他出去了，藍田玉笑道：「這茶房倒是一個雅人。」丁古雲道：「若不是等夏小姐，我們就出去步月一番也好。」

藍田玉開了窗子向外時，一柄銀梳子似的新月，正掛在半空裡，百十粒稀疏的星點，遠近著配合了月亮，眼光所望到的地方，正不曾有得半片雲彩。那清淡的月光，灑在地面上與樹木上，正像是塗漆了一道銀光。遠近的蟲聲，隨了這月下的微微晚風，送到耳朵裡來。她看到，也覺心裡清涼一陣，因道：「這月景果然不錯。在重慶這地方倒是一年很有限的幾次，丁先生也來……」她一面說著，一面回過頭去呼喚丁古雲。不想他早已站在身後。背了兩手在身後，向天上望著。出於不意的行動，倒讓藍田玉大吃一驚。心房砰砰亂跳，將身子向旁邊一閃，就離開了他。丁古雲看她這種情形，也覺得是自己出於魯莽了，便手指了天外道：「這些夜景是很好，尤其是在樓上看很好。」藍田玉站著定了一定神，笑道：「丁先生餓了吧？我陪你吃晚飯去。」丁古雲道：「我們應當等等夏小姐。」藍田玉道：「我們不妨到樓下食堂裡去等著她。」丁古雲沉吟了一會，點頭道：「也好。」於是兩人同到樓下食堂裡來。

這裡倒是距離鄉場不遠的所在，食堂裡懸了幾盞油燈，照見來就食的男女。竟有六七成座。丁古雲由藍田玉引到食堂角落裡一副座頭上坐下，向四處望了一望，因笑道：「這個幽靜的所在，居然光顧的不少。」藍田玉在他對面坐了答道：「正是好幽靜的人都向這裡來，這裡反昇熱鬧地起來了。若是在星期或星期六，來晚了，照例是什麼都買不到吃。」丁古雲道：「既然如此，我們先要菜。」說著。把茶房叫了過來，要了六七樣菜。藍田玉明知是他要請客了，便說太多。丁古雲說有三個人吃飯，必須這些菜。正這樣磋商。一個八九歲的小女孩子手上拿了一張紙條，跑到藍田玉面前來，交給她看。她看了笑道：「夏小姐不來了。這個小孩子，是房東家的小姑娘。」丁古雲笑道：「她為甚麼不來，莫非她的好朋友來了？」藍田玉道：「這個時候，哪會有朋友來拜訪她？」丁古雲笑道：「藍小姐難道還不曉得她現在戀愛期中？」藍田玉抿嘴微微一笑。因握住了那小女孩子的手道：「沒有什麼事了，你回去吧！請你對夏小姐說，吃完了晚飯，我就回家的。」

那小女孩子鼻子裡答應著，小眼珠只管滴溜的轉，向丁古雲望著。藍田玉笑道：「小妹妹，你認得這位老先生嗎？你老看著他？」小女孩笑道：「他好長的鬍子喲！比我祖父的鬍子還要長著多的多呢。」藍田玉輕輕拍了她一下肩膀，笑道：「這孩子一點禮節不懂。」那女孩子一扭身子跑著走了。丁古雲對這小女孩的批評，倒很透著難為情，手摸了鬍子強笑道：「為了這一把鬍子，常常引起人家的誤解，以為我是很大年紀的一個人。其實我還是個中年人罷了。在歐洲，像我這樣大年紀的人，還是一個年輕小夥子呢。」藍田玉笑道：「既然如此，丁先生為什麼故意養起這一把鬍子，冒充老年人呢？」丁古雲笑道：「這倒不是我要冒充年老，因為我覺得在藝術的觀點上說起來，長鬍子是很有一些詩意的。不過在抗戰期間，我這種看法，也許有些錯誤。」說著，哈哈一笑。藍田玉自不敢說老師留鬍子錯誤，也只是隨了他一笑，並沒有說別的事情。

隨著茶房是送上酒菜來了。藍田玉望了茶房放下酒杯子，因道：「我彷彿記得丁先生是不喝酒的。」丁古雲笑道：「我也勉強可以奉陪一杯。我想藍小姐一定是會喝酒的，所以我在菜單子上，就悄悄的寫上了二兩白酒。」藍田玉笑道：「酒當然會喝兩杯，可是怎好在先生面前放肆。」丁古雲已伸手在她面前取過酒杯子來，給她斟上了一杯酒，一面笑道：「當年我在學校裡的時候，就已經說過，我們在講堂上是師生，出了學校門就是朋友。現在你早已在社會上服務了，還談什么師生？自今以後我們只當是朋友就得了。來來來，現在各乾一杯酒，敬賀我們友誼的開始。」說著，他就自斟了一杯酒，舉著杯子，向藍田玉望了一望。

藍田玉早就心想這老長鬍子的話，越來越露骨子了。可是自己正需要一個偶像和自己找出路，原就怕這老傢伙一本正經，不肯對青年女子幫忙。既是他自己願意鑽進我的圈套裡，我還不放手做去，等什麼？什麼事，都像舞臺上一樣，作戲的人，從來也不會認真。這時她聽丁古雲的話，心裡笑著說，做朋友就做朋友，我什麼也不含糊。不過她心裡雖如此想著，可是她沒有忘了什麼事都像在舞臺上一樣，所以她還不免作戲，面皮微微的紅著，將頭一低。可是她雖然低下頭，卻還把眼皮一撩。丁古雲對於她那眼珠在長睫毛裡一轉，常是有一種敏銳的感覺性，這就向她笑道：「在這個大時代裡，我們流浪到大後方，都透著若悶，在精神上想求得一種安慰，實在不能不結合一兩個志同道合的朋友。尤其是……」他說到這裡，把聲音低了好幾分，接著道：「異性的朋友。」藍田玉伸手拿了杯子，再低下頭慢慢的呷酒。她似乎聽到，又似乎不聽到，丁古雲偷看她臉色，恰是沒有什麼笑容，倒不知道這話是否冒昧一點，便頓了一頓，沒有把話向下說。

因為茶房陸續著將茶盤子送了來，便舉著筷子嘗了兩下菜。因向她道：「口味還不錯。不用客氣，不吃也是白剩下給茶房吃。」藍田玉這才開口笑道：「我早就說菜多了不是？少點兩樣，留著明天早上吃，我還可以擾丁先生一頓呢。」丁古雲聽了這話，十分高興，笑道：「密斯藍若肯賞光，明天我決計在這裡耽擱一天，再請你兩頓。」藍田玉笑道：「那我倒是吃出一個主顧來了。不過丁先生有那好意，最好是和我早些找到工作，我倒不在乎丁先生請客。而且我願意丁先生始終看著我是你一個學生。」丁古雲聽她這話，卻沒有十分了解她什麼意思。便是看她的顏色，平平常常的，也看不出她什麼意思。自己也就想著，這閃擊戰術，也許不大通用，不可太猛烈了，致她不敢接近。這一轉念，也就很平淡的說些藝術上的論題，與藝術界的故事，混過了一頓飯的時間，丁古雲也想著，在這飯廳裡，究不便和她暢談，還是約她到房間裡從從容容的談吧。因之將飯吃完，趕快的就拿出錢來會帳。

可是藍田玉站起身來，還不等他的邀約，便笑道：「吃了我就要走了。丁先生明天幾時上車，我邀著密斯夏，一塊兒來送你。」丁古雲道：「你不是說要我請你嗎？」藍田玉一面向外走著，一面笑道：「那不過是和丁先生鬧著玩的罷了，哪裡真要丁先生請我吃飯？」丁古雲緊隨她身後，送到花園裡，抬頭向天上望了一望，因笑道：「這月色果然是好。」藍田玉倒不理會他這番藝術的欣賞，回轉身來點了兩點道：「丁先生請回去休息吧，明兒見。」丁古雲也只得站定了腳，說了一聲明天見，遙望她那苗條的影子，漸漸在月亮下消失。自己在花圃中心月光下呆站了一會，緩緩的回到屋子裡去。

一架腿坐在籐椅上，回想著過去的事。覺得今天與藍田玉這一會，實在有點出乎意外，在北平是否教過這樣一個學生，倒想不起來。但是，丁某人並沒有作什麼部長與院長，似乎她也不至於冒充我的學生。想到這裡，不免手摸了鬍子，靜靜的出神。在摸鬍子的當兒，忽然又起了一個新的感想。是啊！剛才和她對坐的時候，自己不敢去摸鬍子，免得在她面前，作出倚老賣老的樣子。奇怪，向來對於學生談話，是不肯失去尊嚴的面目的，為什麼見了這麼一個女子，就不能維持自己的尊嚴？今日在這大學的禮堂上，受著全體學生的歡迎，證明我是一位有道德有學問的藝術家。一下講臺，我就為了一個青年女子所迷戀。而這女子，恰是我的學生。若是有人知道，我的師道尊嚴在哪裡？便是沒有人知道，自己問自己，在人面前一本正經，背了人卻來追求自己的女學生，口仁義而行盜跖，我還算個教育界的有名人物？

想到這裡，自己伸手拍了一下大腿。又想：趕快洗濯了過去幾小時那卑汙的心理吧。好在這一切罪惡的產生，並非由於自身，是由於那女子有心的引誘。可是，她那樣年輕而又漂亮的女子，為什麼要引誘我這麼一個長鬍子的人呢？大概是我的誤解。我之所以有此誤解，大概是由於她那份裝束，和她那份殷勤。的確，她那個面貌，和她那份身材，不是美麗兩個字可以包括的，覺得在美麗之外，還有一種風韻。美麗是在表面上的，而且可以用人工去製造的。這風韻是生在骨子裡的東西，卻不易得。

想到這裡，他不能再在這裡呆坐著了，背了兩手在身後，在屋子裡來往的踱著步子。有時站到窗子邊，向大地上看看月色；有時沿了牆，看看牆上旅館所貼的字條；有時坐到桌子邊，手扶了茶壺，待要倒茶喝，卻又不肯去倒。心想，這個女子，可以說是生平少遇的。生平也多少有些羅曼斯，但於今想起來，對手方並不是什麼難遇的人物。像她這樣的人才，自己送上門來，將她放過，未免可惜。大時代裡的男女，隨隨便便結合一番，這實在算不得什麼。不用談平常的男女，就是我們教育的人物，也很多豔聞。就像某大校長，也是桃李盈門的人物，他就要了一位十八歲的新太太。這件事既無損於某君之為人，而且他還很高興的送這位新太太進中學去念書呢。至於我們這藝術界的人物，根本就無所謂。

藍小姐已走入浪漫圈，那一個圈子裡，更是開通，幾乎用不著結婚式儀就生兒女。對於這樣一個女子，又何必有什麼顧忌？好！明天就在這裡再耽擱一天，看她是怎樣來應付？有了，我明天就對她說。她那種姿態，很可代表某一種女子，我要借她的樣子，塑一尊像，甚至就邀約他一路到我寄宿舍裡去，好在她現時住閒，有的是時間。她不至於不去吧？

丁古雲心裡這樣想著，兩隻腳就只管在樓板上走著。他似乎忘記了腳下在走路，在屋子裡走了一個圈子，又走一個圈子，就是這樣的走。也不知經過了多少時候，忽然聽到那屋外面的時鐘，噹噹響了九下，在鄉下居住的人，幾乎是七點鐘就要熄燈上床，隨便一混就到了九點鐘，這實在是過了睡覺的時候了。於是走到房門口，向外探望一下，見全旅館的房間都掩了房門，靜悄悄的沒有聲息，也沒有了燈光。但見月華滿地，清光入戶，心裡頭清靜一下。這也就感到這裡夜的環境，倒也值得留戀。於是緩步下樓，走到花圃中心，在月亮下站著。

他抬頭先看看月亮，並看看環境的四周。後來就也低頭看看自己的影子。在看這影子的時候，覺那輪廓所表現的，還是一具莊嚴的姿勢。他忽然心裡一動，立刻跑回屋子去。那屋子壁上，正懸了一面尺來長的鏡子，對了鏡子看時，裡面一個長袍馬褂，垂著長鬍子的人，非常正派。心想這樣看來，我本人的影子，大概還沒有失掉尊嚴吧？我是個塑像家，我倒有研究這姿勢之必要。那田藝夫引夏小姐到我寄宿舍裡去，我就屢次表示反對，到了我自己，就糊塗了嗎？這個姓藍的女子，就是夏小姐介紹的，我有什麼行動，夏小姐必是首先知道。不用說再有什麼行動，就是今日這一番周旋，她也必定會轉告田藝夫。田藝夫是碰過我的釘子的，他必定大事宣傳，報復我一下。我自己塑的這尊藝術君子的偶像，只要人家輕輕一拳，就可以打個粉碎。

想到這裡，他再一看鏡子裡的丁古雲，已是面紅耳赤，現出十分不安的樣子。於是手摸鬍子，把胸脯一挺，想道，不用怕，亡羊補牢，猶未為晚。明天一大早，我就離開此地，回去見了同寓的人，我坦然的告訴他們，夏小姐引了一個舊日的女學生來求我找工作。一個當老師的人，見見自己的舊學生，這有什麼了不得？他這麼一興奮，那鏡子裡丁古雲的尊嚴又恢復了起來。於是不朝鏡子看了，坐到旁邊椅子上，手摸鬍子靜靜的想了一番。他自己點點頭道：對的對的，這是對的，我半生的操守，怎可毀於一旦？這藍田玉對我這份殷勤，若說她演戲的人，只是當了戲演，那倒罷了。若是她為了要和我找工作，就不得不做出這份媚態來，那她是用心良苦，我更不應當乘人於危。若說前二者都不是，她是愛上了我，決無此理！她這樣個有挑撥性的女子，還會少了青年追求她？她愛上了我？愛我這把鬍子？愛我這窮的藝術家？想到這裡，倒不覺自己笑了。他自言自語的道：不管如何，我必須知她那份殷勤是假的。她既是假的，我倒真的去著魔嗎？好了，一語道破，我就是這樣決定的向前做。不必顧慮什麼了。他想定了，突然將大腿一拍站起身來。掩上房門，展開被縟，自去睡覺。在身子安貼在被縟的時候，才覺得身體頗是疲勞，這一睡下，極其舒適。回想著一下午心緒的紛亂，實在也就太無聊了。

第六章

失了靈魂嗎

丁古雲在這個時候，自是停止了這一天的心理動盪，安安靜靜的合著眼，睡了過去。可是這藍田玉小姐，倒著實的鍾情於他。忽然推了房門進來，笑道：「這樣好的月色，不要辜負了它，我們一路出去踏踏月華吧。」說著，手扶了丁古雲的臂膀，就向外走。丁古雲也就沒有考慮到是否會被人看見，緊緊挽了她一隻粉臂。睜眼看時，兩人同站在一叢薔薇花架下，濃香醉人。這花架下，十分僻靜，正放了一張露椅。便挽了藍田玉一同坐下，笑道：「密斯藍我實在是愛你，但是我這句話，真不敢冒昧的向你說。你覺得我這話不過分嗎？」說著偷看她的顏色，只見她低了頭只管微笑，兩個小酒窩漩著，實是愛人。

丁古雲挽了她的手，心房亂跳，正不知如何是好。忽然薔薇架下，有人哈哈大笑道：「好一個談師道尊嚴的大藝術家，帶了女學生在這地方幹什麼？」一言未了，擁出一群人來。看時，正是今天聽講照相的那群青年。丁古雲嚇得手足不知所措，轉身就跑。不想跑得急了，奔入那薔薇花架子裡，被枝蔓緊緊把身子縛住，倒弄得進退兩難。這就有人喊道：「不讓他跑了，綁了他遊街。」丁古雲聽了這話，更是著急，心房狂跳，跳得那顆心幾乎要由口腔子裡跳了出來，周身的冷汗，下雨一般的向外湧著。

但仔細睜開眼一看，哪裡有什麼薔薇架？哪裡又有什麼藍小姐？自己還是直挺挺的躺在床上，因為蓋的棉被，緊緊的裹住了，所以好像人奔入了薔薇花架子，讓花枝把自己縛住了。其實乃是一個夢。看看桌上的那盞植物油燈，已經細微得只剩了一絲絲紅光，已沒有了火亮，反是那窗戶外面的月光，由玻璃窗戶上射了進來，倒照映著滿屋子裡清光隱隱。在枕上閉著眼睛，想了一想夢中的情景，覺得夢境究竟是夢境。世間上哪有那樣容易的事，一手就把藍田玉的手臂挽著，聽了自己擺布，便是夢裡，也未嘗沒有反應，你看那些青年破口大罵，竟要綁了我遊街。若是自己真作出這一項事來，也就真有被綁著遊街的可能。這樣看起來，自己還是小心為妙，若是真弄成那樣一天，那還有什麼可活的，乾脆自殺完事得了。想了一想，覺得是原來的計劃不錯。明日一大早起來，就離開這是非之地，自己可以用理智強迫了情感就範。這樣想著，也就安然睡覺。

偏是天色剛亮，房門就咚咚敲的亂響，打開門來，那夏小姐和藍田玉竟又一同的來了。丁古雲笑道：「二位小姐怎麼這樣的早？」夏小姐笑道：「為什麼不這樣早呢？丁先生已經定好了計劃，打算背著我們逃跑呢。丁先生，你這就不該。藍小姐這樣誠心待你，你倒忍心把她丟了。你若是個有良心的人，你就應當為她犧牲。」丁古雲看藍田玉時，只見她靠了房門站著，低了頭微笑。因問道：「你為什麼不進來呢？」她道：「我進來作什麼？你都要偷著走了。」丁古雲挽了她的手，拖進房來，笑道：「我不走，我不走，我一定為你犧牲。」可是自己拖她拖的太快吧，拖進屋來的不是藍小姐，卻是夏小姐。夏小姐猛可的伸出手來，向他臉上一個耳光。罵道：「我和田藝夫公開戀愛，你就常說我們不是正經人。你是正經人，你幹得好事？」丁古雲被她這一下，打得臉腮上發燒。睜開眼來看時，還是一個夢。

看看窗子上的白色月影，已長斜的倒在樓板上，想是好個半夜了。自己翻眼看著月光，很出了一會神。心想：怎麼只管夢著她？難道是自己的慾望沒有打斷嗎？這還了得，事情不過是有一線接近，自己就如此夢魂顛倒，若再進若干步，自己非得神經病不可了。在床上翻了個身，且向裡面睡去。心裡也就估計著，再要看到藍田玉，一定是夢，就不必睬她了。想著想著，那藍田玉已經是站在面前，便喝了一聲道：「這是夢！這是夢！我不信的。」這回算他猜著了，簡直自己在睡夢裡喊醒過來。可是自己這時起，遠遠已聽到村雞的叫聲，在床上清醒白醒的睜開眼望了天亮。在枕上闔眼養了一會神，便起床匆匆的漱洗了。

他決定了躲開這地方，免得自己把持不住。會過了店帳茶也不肯喝，就走出旅館來。

這時，天地混然一團，早霧濛濛，幾丈外的田園樹木，都在乳白色的霧氣裡，隱隱的透出影子。那地面上的草，沾著了霧氣，像是細雨灑過了。匆匆的走出這旅館來，路徑不大熟悉，在這密霧裡，不辨東西南北，卻不知向哪裡奔汽車站。只好轉身轉來，向茶房打聽。茶房道：「這樣大的霧罩，長途巴士也不會開的。你先生還是在這食堂吃一碗茶等霧散了再走吧！我們這裡還有兩位趕車子的客，不都是沒有走嗎？」丁古雲遲疑了一會，覺得這樣大霧，藍田玉也未必會到這裡來；就是到這裡來，我現在已覺悟過來了。青天白日的，我又會迷上不成。

他站著只管摸了鬍子出神，茶房倒誤會了他的意思。因道：「你先生信我的話，絕不會錯。你這時候到車站上去，那裡也沒有人。」丁古雲淡笑了一笑，便到食堂裡去坐著。果然，這裡也有幾個人坐在座位上喝茶，並帶了旅行袋或手提箱，顯然是個要趕汽車的樣子。這些座客裡面，有三對是成雙的旅客。並有一個中年漢子，帶了一位極年輕的女子共圍了一個桌子角坐著。雖然這樣早晨，那女子己把燙髮梳得清楚，臉上有紅有白，脂粉擦得調勻，向那男子擠眉弄眼，不住的微笑。那男子看了這位年輕女子，也是嘻嘻的笑。丁古雲就想到這一副尷尬情形，歇在這幽靜的旅館裡不會幹出什麼好事來。看看在座的人不少，誰也沒有介意這一點上去。

正是這個動亂的大時代，男女結合或分散，太算不得一回事了。假使我和藍田玉這樣，一般的很平常，自己少見多怪，倒有點庸人自擾呢。他看著別人的舉動，自己捧了一碗茶喝，慢慢的賞鑑著。忽然有了嬌滴滴的聲音笑道：「在這裡，在這裡，還沒有走呢！」丁古雲抬頭看時，正是夏藍兩位小姐，笑嘻嘻地站在食堂門口。他忽然一驚，心想，這不要是又在作夢吧？昨晚上鬧了一宿的夢，不是看到藍小姐就是看到夏小姐。她們是來也容易，去也容易，怎麼又來了？他如此想著，呆了一呆，就沒有起身。這兩位小姐倒沒有什麼躊躇，立刻走到他面前來，夏小姐先笑道：「丁先生不是說住這裡耽擱一晚的嗎？怎麼又要走了呢？」丁古雲因他兩人已走到面前，而且已有一陣脂粉香氣，送到了鼻子尖裡，這已不能再疑惑是夢，便站起來向她們點了個頭，笑道：「這樣大的霧，你們也來了？」藍田玉道：「因為是這樣大的霧，料著丁先生沒有走，丁先生一人在這旅館裡，一定又是很寂寞的，所以我約了夏小姐來看看丁先生。」說時，撩著眼皮向他一笑。

丁古雲本來是不肯正眼去看藍田玉的，卻偏偏自己向她看一眼之時，正碰著她紅嘴唇皮露出兩排雪白的牙齒，那小酒窩兒深深的漩著，實在有一種嬌媚，覺得昨晚和今早上的努力，設法要避開她的計劃，都成了灰燼；更也就不會再疑心，這是什麼惡夢。這就向她兩人笑道：「請坐，請坐！吃紅茶呢，還是吃清茶呢？」藍田玉倒好像更熟識一點了，她向夏小姐道：「密斯夏，我們就先坐一會再說吧。」丁古雲笑道：「來來來，坐下吃些早點。」夏小姐看了藍田玉一眼，微笑著和她一路坐下了。茶房送上茶杯。丁古雲便問：「兩位小姐要吃些什麼點心？」夏小姐道：「那倒不必。這裡都是城裡買來的糖果餅乾，是古典派。丁先生如不嫌棄，我挽留先生半日，到我們寓所裡去坐坐，我親自下碗麵丁先生吃。」丁古雲笑嘻嘻地，正想答覆這個邀請。

藍田玉把眼皮向她一撩，微笑著低聲道：「那不好。」夏小姐笑道：「你以為我們屋子裡亂七八糟的，不能屈丁先生大駕嗎？丁先生也不是外人。藝夫來了，在我那小屋子裡，一坐就是半天。」藍田玉道：「丁先生怎樣可以比他呢？老田是你好朋友。丁先生是我先生。」說著，飄了丁古雲一眼。丁古雲雖不解她拒絕自己前去是何用意，但在她飄過一眼之後，就認為她拒絕前去，是絕對的好意。便笑道：「不去打擾吧，霧開了，我還是要走。」夏小姐道：「密斯藍，不是還有話要和丁先生說嗎？」藍田玉臉一紅像難為情似的，低頭微笑道：「也沒有許多話。不過請丁先生和我多多尋點工作機會而已。」夏小姐將一個手指點了她道：「丁先生要和你找工作，是沒有問題的，這樣的得意門生，他還有什麼不幫忙的嗎？只是丁先生要反對你上舞臺演戲的。」丁古雲笑道：「那也不見得。」說著，端起茶杯子來喝了一口茶。

大家默然了一會，夏小姐道：「丁先生，我托你一件事，你肯不肯？」丁古雲笑道：「只要辦得到的，無不從命。」夏小姐將帶來的一個紙包，遞給了他道：「這是一件毛繩背心，請你給我帶把藝夫。」說時，笑著改學了一句四川話，「要不要得？」藍田玉在旁邊點了頭，笑道：「要得要得！」丁古雲笑道：「當然可以。不是為這個，夏小姐還不趕早向這裡來呢。你對於老田這番情意，頗可稱頌。」夏小姐笑道：「一件背心用不到一磅毛線。於今的價錢一二百塊吧？而況我還是舊貨。」丁古雲笑道：「這不在錢上說話。而且舊毛線更好。」復小姐向藍田玉笑道：「看不出丁先生這道學先生，也懂得這一些。這有什麼可欣慕的呢？丁先生若是要的話，一定有！」便望著藍田玉。

她將手錶抬起來看一看，因道：「八點多鐘了，你該去辦公了。」夏小姐道：「你可以陪丁先生坐一會子，我是要走了。」藍田玉道：「我也要走，我打算到城裡去一趟，我先回家去寫兩封信吧。」說著，她站起身來。丁古雲料著夏小姐又會打趣兩句，教藍田玉和自己同搭一程汽車，但是她並沒有這樣說。她也站起來笑道：「好，我們先告辭。改日我奉陪藍小姐到丁先生寄宿舍裡來奉訪。丁先生歡迎不歡迎？」

說著，抿嘴向他微笑著。丁古雲也只好起來相送，連說「歡迎歡迎」。她二人緩緩的離開茶座，藍田玉還回頭向他微微點著頭，笑道：「改日見，丁先生，恕我沒有送到車站。」丁古雲連說不必客氣。她在夏小姐身後走著，到了食堂門口，還回轉頭來向他微微的笑著。丁古雲站在茶座邊，倒是呆了，再看到桌上放的兩杯茶，夏小姐那茶，算喝了半杯。藍小姐的這杯，只淺了十分之一二，記得她就是端起杯子來，在嘴唇上碰了幾碰。於是坐下來，又凝神了一陣，不知她們趕了來是什麼用意。莫非就是托自己帶這件毛繩背心而已。那麼，藍小姐跑來幹什麼？或者是夏小姐怕面子不夠，要她一齊來。不會不會。藍小姐的意思，只看她走到食堂門口去，還會回轉頭來微笑。那絕不是偶然。

想到這裡，又看了桌上藍小姐的那杯茶，覺得頗有趣味；向著隔座的茶客張望一下，看有沒有人注意到這桌上，便猛可的把這個杯子移到自己面前來，卻把自己這杯茶送了過去。這還不放心沒人注意，又向左右茶座上看了，見他們實在不曾注意到這裡，於是把藍田玉喝的那只茶杯拿在手上，估量了一下，看她嘴唇接著的杯沿是哪一邊？這竟是有心人發現了一處金礦，在杯子沿口上，有一小塊模糊的紅印子，那不成問題，必是藍小姐的唇膏印。既是唇膏之印，那也就等於藍小姐的香唇了，想到了這裡，他情不自禁的，就把那胭脂印移就了自己鬍鬚蓬蓬的嘴唇，緩緩的呷上一口茶。在這樣呷茶之時，似乎有一股香氣送入鼻中。而自己肺腑裡，經一滴溫茶灌溉著，也就像喝下去一杯濃烈的香酒一般，簡直是周身麻蘇一陣。心裡想著，有趣有趣。不想心裡明明想著，口竟聽著這心裡的支配，不曾自主的，也喊著有趣有趣。

他一個人在茶座上發出這種言語，把周圍的座客都驚動了，全都向他望著。他喊出來之後，不到一分鐘，他也發覺自己一人說話，回頭向旁座一看，見有人望了他，他便一手摸了鬍子，向著食堂門外道：

「那一隻貓追著一個麻雀，真是有趣得很。」有一個茶房，正經過身邊，便向茶房笑道：「你們這隻貓長得很好，不把繩子拴著，也不怕它跑了嗎？」這樣說著，四座的人才知道他是為了貓兒捉麻雀吶喊，也就不稀奇了。只是這麼一來。丁古雲就不大好意思繼續在這裡坐著，於是把藍小姐剩下的那杯茶都喝光了，就會了茶帳，帶了夏小姐給的那個紙包，奔向汽車站。

十點鐘附近，汽車隨著霧氣開朗，也就開行了。丁古雲趕到寄宿舍裡，同志們正在飯廳裡圍了桌子吃午飯。田藝夫自然也就坐在桌上。丁古雲將手上的紙包舉了一舉，笑道：「我和你當了一回郵差了，你怎麼樣感謝我？」田藝夫雖不曾接過那紙包，在丁古雲這一種言行上看去，已知道這紙包是誰寄來的。心裡就埋怨著夏小姐荒唐。這種男女戀愛投贈表記的行為，怎好托老夫子傳遞？一陣惶恐，早是面紅耳赤，放下了飯碗，趕著迎上前去，將那紙包接了過來，鞠著躬，連說「謝謝」。同座的人，早閃開了座位，讓丁古雲入座吃飯。他且不坐下，站在飯桌前，向田藝夫笑道：「這回去演講，累壞了夏小姐，由下汽車起，直到離開旅館為止，都在招待我。」他一連串的說著，似乎很有趣，及至把話完全說完了，卻有點覺悟，便手摸了鬍子笑道：「對不起，我說急了，話有語病。是今天早上，夏小姐到旅館裡來看我的，而且還帶了我一位女學生同來。我說急了，原諒，原諒！」說著，便向田藝夫連連的拱了兩下手。他不說明，倒還罷了。說明之後，田藝夫倒更是難為情，那臉紅著漲到耳朵後面去。

在座吃飯的人，都覺今天發現了一個奇蹟。丁老夫子和田藝夫帶了愛人的投贈，而且還說上許多笑話。就以他的話而論，他還受著夏小姐的招待，有一日一夜之久，這實在是意想不到的事。而看到藝夫難為情，大家又哈哈大笑起來。藝夫拿著空碗，盛了一碗飯送到空席面前，笑道：「無以為報，小小代勞吧。」丁古雲也就哈哈大笑，坐下吃飯。在吃飯的時候，他又說著夏小姐要請他到家裡去吃麵，還是自己一位女學生藍小姐沒有表示同意，未能實現。又說，過了兩天，夏小姐要帶了那位藍小姐到這裡來。大家聽他滔滔的敘述著小姐的事，這又是他向來不幹的事，不知道他是什麼用意，也沒有人敢去多問他。

飯後，丁古雲笑嘻嘻的回到自己屋子裡去，首先一件事，是拿鏡子照照自己。一拿了鏡子在手，立刻讓自己起了一種不快之感。那鏡子裡面，呈現著一顆長鬍子蓬鬆的腦袋。回想到藍小姐那樣漂亮而年輕。這一種對照，是人所不能堪的事。於是放下了鏡子，靠著窗臺站定，昂頭望了天上的白雲。不知站了多少時候，覺得心裡有一種說不出來的煩躁，於是背了兩手在身後，緩緩踱出大門來。這裡有一道石板面的人行路，穿過了一片水田。這冬季裡，川農不種莊稼，滿滿的蓄著明春栽秧的水，是一片汪洋，這水田梗上，栽著青的蠶豆秧子，界劃了這梯形的水塊。白鷺鷥三五或七八隻，各自成群，站在淺水田裡找小魚吃。水田兩邊的山麓下，也有鷺鷥站在樹梢上，好像是開的白花。人家放的鵝鴨在水裡游泳，鷺鷥也有兩隻雜在它們隊裡。

丁古雲看到，心裡就想著，動物都是有感情的，只要相處的久了，自然會成起伴侶來。不看這雪白的鷺鷥會和那笨拙的麻鴨混在一處？藍小姐是一隻白鷺，我呢？總不至於是一隻笨拙的麻鴨吧？心裡想著，腳下是只管順了青石板路走，抬頭看時，水田落在背後，把這一個坪壩走完，到了屋對面的小山腳下了。這裡有棵黃桷樹，醜陋的樹幹，分著兩根歪曲而滿長了疙疸的樹枝，向天空裡張爪舞牙。樹枝鋪張了半畝地方那樣大，雖是冬天，還有一半巴掌大的蕉綠葉兒，抖顫著微風。樹根下混堆了些石塊，配著一座木箱子大的山神廟。他心想，此間的分路口，必有黃桷樹，樹下必有山神廟，此時無所謂，到了夏天，這濃厚的樹蔭下，是行人不忍離開的所在，一尊山神，也免不了依賴這黃桷樹。這黃桷樹好像是我，而這山神廟應該是藍小姐。醜老的東西，有醜老的好處，沒有這黃桷樹龐大的濃蔭，就不會有這座山神廟。再說我若是把這把大鬍子取消，換了西裝，也不見得就是怎樣醜陋。

他正這樣站在黃桷樹下，對了山神廟出神，恰好有批行路人由這裡經過，他恍然省悟過來，回轉了身向原路退回去。正好這路的前面，有個中年男子，背著個大旅行袋，隨在一位少婦身後走。雖然看不見這少婦是什麼面貌，然而她微捲了燙髮的後稍，穿著窄小的花布旗袍，裝束相當入時，比之後面這位穿舊藍長衫的漢子，就醜美相差太多。可是他兩人很親密的說著話毫無嫌疑。這也可見男女結合，完全繫乎感情，不在男人長得好看與否。那麼，我對於藍小姐也可以大做其感情工夫。感情是怎樣入手呢，當然要由誠懇，殷勤，溫存做起。這些工夫，在藝術家手裡，似乎沒有什麼難辦。但最大的前提，還是要密切的接觸著。不然，就有誠懇殷勤溫存各種水磨工夫，又怎能表示得出來。好！立刻寫一封快信去請她來。想到這裡，將手一拍，腳一頓，表示了態度的堅決，不料只管想藍小姐，卻沒有理會到腳下的路，腳踏了個虛。眼見人向水田裡倒栽下去，口裡只喊得一聲「哎呀」，人已躺在水田裡了。

第七章

認定了錯路走

丁古雲在那猛可一跌之下，他下意識的還用兩手到泥水田地去撐著。本來是兩隻腳插入水泥裡，於今兩手同向下插著，索興也陷進了泥裡去，自己胡亂掙扎著，打得水花一陣亂響，滾到人行路邊，抓著路邊的草，才撐起了上半截身子，喘過一口氣，踏在石板上，低頭向身上一看，成了個泥人了。衣服是藍的，變了黃色。人向上升，長衫上的泥水，卻向下傾瀉著，所站的這兩三塊石板，全被泥水打溼，自己頓著腳，連喊了幾聲糟糕。真個是拖泥帶水，一路印著水漬，向寄宿舍裡跑。這坪壩上往來的人，不住地在身後大笑，丁古雲既是羞慚，又是氣憤，神經錯亂的，胡亂向前跑。正是如此，到了寄宿舍大門口，還跌了個鯉魚跳龍門，被石塊絆了腳，身子直梭出去一丈路，撲跌在地上。好在這裡是沙土地，上面又滿長了青草，倒不怎麼傷礙皮膚。可是在他十分懊喪之下，又跌了這樣一跤，加倍的懊喪。爬了起來，喘著氣向屋子裡跑。

王美今首先一個看到，隨著跟到屋子裡來，連問麼樣了？丁古雲跌著腳道：「倒楣不倒楣？掉下水田裡去了不算，在這門口，又摔了一跤。」王美今道：「衣服都溼透了，趕快換衣服。我去叫聽差給你打盆熱水來。」他這麼一嚷，把所有寄宿舍裡的朋友都驚動了。丁古雲是老大哥，自不免一齊追進屋來慰問。足足忙亂了一下午，才把這個泥人收拾得乾淨。王美今和他是更投機一些的朋友，留在屋子裡，笑問道：「好好兒的，你怎麼會落下水田裡去了？」丁古雲道：「我站在水田埂上，看著那站在水裡的白鷺，有些出神。不想後面來了個牽水牛的，對面又來了個挑擔子的，三方面一擠，就把人擠下田裡了。」王美今道：「你可別中了寒，打四兩酒來沖沖寒吧。」丁古雲笑道：「我也正想著喝一點酒呢。人在世上，一點嗜好沒有，這精神就有點無從寄託。」

說到這裡，門外有人插言道：「哦！丁老夫子，不反對人有嗜好了。」說時，陳東圃緩步走了進來。接著扛了肩膀，笑道：「玩女人你反對不反對呢？」丁古雲摸了兩下鬍子，微笑道：「你這話就應該受罰，女人上面，可以加一個玩字？」陳東圃笑道：「這話還得解釋。丁先生的意思，是尊重女權呢？還是認男女戀愛為人生大事呢？」丁古雲道：「都有！」王美今坐著，昂頭向站立的陳東圃望著，微笑道：「這樣看起來，丁先生講演這一次，受過夏小姐的招待，已經被感化過來了。」丁古雲笑道：「不要胡說，老田聽到這話，豈不會發生疑心。」他這樣說了，臉上也有點發著紅暈，他想著，自己所得的遭遇，也許被他們知道一點了，因之又搖搖手向王陳兩人道：「以後不必再說這話了。」王陳兩人自己知道丁古雲的為人，果然就不談了，便是王美今提議打四兩酒為他沖寒的話，也不敢冉提。

倒是丁古雲自動的拿出錢來，教聽差去打四兩酒來，放在晚餐桌上，和兩個好酒的朋友同飲。結果是自己只喝了兩口，就不能繼續了，倒是請了別人。不過他僅喝兩口酒，倒提起了精神不淺，晚上掩起了房門，在菜油燈下，攤開紙筆，就寫起給藍小姐的信來。平常給朋友寫信，最煩膩寫那些無關事實的廢話，一張八行，不容易寫滿，今晚寫信給藍小姐，卻變了往日的氣質。從中國抗戰寫起，繼寫到藝術家抗戰的貢獻，再寫到彼此為抗戰而遭遇的流浪生活，又再寫到彼此的關係，應當互相幫助。然後一轉，說到在女學生中，她是一個最堪造就的人才。接著便寫上自己對藍小姐這番傾慕，簡直以藝術之神看待。最後才說到自己對於她願竭盡一切力量來幫忙。不過昨日沒有怎樣談得好，不知她究竟願意哪一項工作，希望有個機會暢談一陣。

一口氣把信寫完，將信紙數一數，竟寫了十八張之多。寫的時候，卻也無所謂，放下筆，凝一凝神，眼看著燈發黃，頸子有點僵，手腕更是十分疫痛。但這封信的工作並沒有完，既不曾校對，又沒有寫信封。正待再接再勵，燈焰昏暗著，看時，燈盞裡的菜油沒有了。原來每夜一燈盞油，點兩根燈草，總可點到半夜。心想，難道已半夜了？待要出房門去加油，站起來，偏頭聽聽萬籟均寂，全寄宿舍裡人都睡了。走到房門口，正還在打算著。出去呢不出去呢？這燈焰突然一亮，彷彿有人剔了燈草一般。這正是燈的迴光返照。他猛可省悟，要去維持燈亮，然而不及移開腳步，燈已熄了，立刻滿眼漆黑。他自言自語的說了一聲搗亂，只得暗地裡摸索著去上床睡覺。

但是桌上那一疊信紙，他是放在心上的，既怕耗子出來拖亂了，又怕風吹開了窗子，會把信紙吹掉，已經安然落枕了，這一想，復又爬起床來。他走時，雖然兩手伸著，老遠的就去摸索，可是又不曾顧到腳下。通一聲，把一張木凳子踢倒，卻嚇了自己一跳。摸索著搬開了凳子，緩緩的摸到書桌上，通的一聲，又把瓦燈盞推倒。口裡連說著糟糕，兩手在桌面上按了十幾下，才按到那一疊信紙，摸開了抽屜，將信紙放了進去，才算放了心。

不過重新睡到床上的時候，覺得在腳幹上，很有點疼，必是那木凳子碰重了。這也不去管它，明日一早起來，先把這信校對後發出去要緊。現在當休息幾個鐘點，以便明日早起。這樣想了，神經是支配了自己，聽到村雞亂叫，自然的便醒了。清醒白醒的在枕上睜了眼睛，望著紙窗戶慢慢地發白。等著窗紙全幅大亮了，一骨碌爬起來，不由得又連連的叫了幾聲糟糕。原來有兩張信紙，落在地上，被自己腳踏了，印了大半邊腳印，趕快跳下床來，將兩張信籤拾起來看時，卻已完全不適用了。再扯開抽屜看看那十幾張信紙，底面幾張，全都染上了手指油印，正是昨晚摸過燈盞之後，又摸信紙，是自己手指捏著的油印。

假如昨晚不發神經，不摸黑起來摸信紙，就不會有這種掃興的事了。這樣的信紙，如何能寄給藍小姐？站著出了一會神，立刻下了決心，不開房門，也不洗臉漱口，坐到書桌邊來，就按照了那毀壞信紙的張數，一張一張補寫起來。為了怕寫的字大小不與原件相同，就會不能恰好填滿那張紙，於是把紙模著原件，一個字，一個字的印著寫。這困難自然克服了，可是埋頭痛幹之下，卻把抽屜裡一疊信紙寫完了，到了抽著最後一張信紙，發現難以為繼的時候，檢點原信，還有兩張信紙不曾補完，天下就有這樣不巧的事，將手上這張信紙填補上了。就還差著一張紙。本想不開房門就把這封信補寫起來的，這事已不可能，因為拿一張別的紙來補齊，這一疊信紙的樣式就不一律了。他將信紙收到抽屜裡，匆匆漱洗一過，也來不及喝茶了，立刻就走出寄宿舍到附近一個小鎮市上去買信紙。

不想買回來了，信紙與原來的又不一樣，只得帶了信紙式樣，第二次再上小鎮市上去買信紙。買回來後，還是掩上了房門，伏在桌上補寫完那封信。寄宿舍裡，早上本來是有一餐稀飯的。聽差看到他關門工作，不知道他有什麼要緊的事。只好隨他，沒有敢去請他吃飯。丁古雲把信補好，自己又從頭至尾看上一遍，貼好了信封郵票，趕快就出去寄。這是上午十點鐘，他在早上三小時之間，匆匆的就出去了三次，同寓的人看到，不能不認為是一件奇事，只因他的脾氣古怪，沒有人敢問他罷了。

他回來的時候，似乎是餓了，手裡拿了幾個燒餅。站在正中屋子裡，靠了桌子喘氣。這桌子上是有一壺公共用的白開水的。他將粗瓷碗斟了一碗水，手裡捧著喝，一面向屋裡走。王美今隨著他身後走進屋子，因道：「丁兄今天很忙呵。我們正還有個問題等著你決定呢。」丁古雲坐著，左手端了一碗白開水，右手拿了燒餅咀嚼。因道：「今天趕著寫兩封家信。你有什麼事和我商量呢？」王美今道：「你在寫信的時候，來了一位尚專員。他說，會裡的意思，願我們籌辦一些作品，送到華盛頓去展覽募捐，希望你也參加。為了籌辦這事，並可開支一筆款子。」丁古雲聽到最後一句話，心裡忽然一動。心想，正愁著進行大事，缺少一筆現款。既是有這個要錢的機會，何妨順便撈他幾文？便道：「為了國家抗戰，我當然照著氣力去辦。不過上次我的出品，為了原料不高明的原故，東西作得十分不湊手。這次若要作得好一點，必須給我一筆經費，讓我自己到仰光去採辦一趟原料。」王美今笑道：「教我們自己拿錢買飛機票，當然是困難的事。可是這事讓公家出錢，那就太不成問題了。你這個要求，我想尚專員可以接受。」

丁古雲道：「若是時間趕得及的話，搭公家汽車來往也可以，我不一定要坐飛機。原料方面，大概要三五萬元的本錢。總而言之一句話，若除了車票或飛機票不算，能給我那個數目，我一定有百十件作品貢獻出來。」王美今點點頭道：「你若是拿出一百件作品，只要這些個本錢，那不算多。今天入城，我給尚專員回信，就是這樣說吧。」丁古雲端了碗，緩緩的喝著白開水，凝神想了有四五分鐘，因道：「就是再要多一點出品也可以，不過我要找一個助手。」王美今道：「但是你的助手很難找呀！」丁古雲道：「只要給我錢，我自然有法子找。」王美今道：「作品自然是越多越好，你這個要求，尚專員也是樂於接受的。」丁古雲向他拱拱手道：「那就全靠你幫忙了。」王美今笑道：「你老先生的性格，我是知道的，對於含有政治性的錢，你是不要的。」丁古雲一揚頭道：「這話你何所見而雲然？何況我為了抗戰籌款，這小數目的本錢，由公家手裡來，依然用到公家身上去，又不是我私人要錢，我為什麼不要呢？你們一向是誤會了我。我作事鄭重，你們總認為是固執不通。假如尚專員能借一筆款子給我，我寫一張字據給他，也無不可。若是所說的事不成，我還要把這項要求請託你呢。」王美今道：「為公家的事你又何必借錢去幹？」丁古雲把碗端起，將裡面最後一滴白開水，向口裡倒著，仰著脖子吞下去，似乎對他心裡的意念，作了一個努力的動作，接著道：「我私人方面有點急用。」說這話的時候，聲音頗為低微，說著並不自然。王美今相信他素日這尊堅實的偶像，倒未加以注意。他自有他的公幹，看著時間還不算晚，立刻入城去了。

自這時起，丁古雲添了一樁心事，不知道這五萬元的希望可能實現？假使這五萬元能到手的話，約來藍小姐作一個工作助手，那美滿而甜蜜的生活就可以實現了。真是那話，等人易久。次日一整天都望眼巴巴，盼望王美今回來，他偏不回來。下午五點鐘，有一趟專程郵差送信到這裡來的。也就希望有一封藍小姐的回信，但郵差根本沒有來。晚上，自己靜坐在屋子裡，默念著給藍小姐的信上，可有什麼不妥的句子沒有？仔細想想，卻是沒有。那麼，她為什麼不回信呢？是不是信有失誤呢？於是把那張快信收執，由抽屜裡翻出來看了一看。他自己啊的一聲省悟過來。這上面蓋的郵戳，明明昰昨日的日子，至快今日下午才能將信送到，怎麼就會有信來呢？他哦喲了一聲，醒悟到自己是白白的焦急了一陣子。

但是他心裡也不會閒著，他轉念又是個想頭，假如王美今進城所商談的並沒有結果，那又當怎麼辦？一個念頭隨著一個念頭，這讓他的姿態，也時時發生變換。他左手向裡挽了，斜著倚靠了桌沿，右手託了臉，只管望了窗外出神。心裡也在想著，假使這三萬或五萬元可以拿到手，一定請了藍小姐來作助手。她正需要找工作，我去找她來，她是不能不來的。自然，也許會引起一部分人的誤解，可是，我不必顧忌這些。大時代來了，男女悲歡離合，這算得了一件什麼事？天下弄女人的多了，也不見得有了女人，就毀壞了他的事業。我就是這樣幹，錯了就跟著這錯路走。

他心裡如此想著，口裡也就喊出來「錯了就跟著錯路走」。隨了這話，捏著拳頭，在桌上咚的一聲響拍著。正好有個勤務，提了一把開水壺進來，聽了這話，嚇得連忙向後一縮，連道：「丁先生不要開水，我提走就是了。」丁古雲回頭看著，先是愕然，後來又噗嗤一聲笑了，他掩上房門，和衣橫躺在床上，翻眼望了屋頂。便是這樣直躺到黃昏以後，被勤務催過兩次，才去和同人共吃晚飯。吃過晚飯，他又回到床上，去躺著。也不知經過多少時候，彷彿有點煩膩，於是跳下了床，在屋子裡踱著步，轉了兩個圈子。因偶然推開窗戶，見天上半輪月亮，發出一片清輝，心裡立刻添了一番心事，就直奔了大門口去。背了兩手，站在月光下，看那面前水田上浮起一層白白的雲霧，對面那小山上的樹，大小遠近，挺立了一些樹影子。

唯其是今夜的月亮不好，這就更覺那晚上和藍小姐同賞的月亮太好。睡在枕上，回味著那番景況，哪裡睡得著。想著這番回憶的滋味，不可不讓藍小姐知道。而要藍小姐知道，直率的由信上寫去，透著不大含蓄，最好是作兩首詩去打動她。詩這玩意，新體的呢從來沒有幹過，甚至報上副刊裡登的新詩，看也不看，舊體的呢，略微懂一點，可是也有十來年未動過手了。雖然，因那事實就是詩料，總可以湊成幾首詩。於是開始構思起來。只一轉念便得了十四個字：「記得那宵月夜時，美人並肩看花枝。」這兩句得了，接著便推敲第三句，「暗香陣陣薰人醉」……不妥，上面已經有了一個人字了，那麼第一句美人改為阿嬌罷。可是肩字又平仄不對，有了，改為攜手罷。然而，並未攜手過。心裡把這三句顛倒去來改了一陣，便去湊第四句。說也奇怪，上面三句來得還容易，這第四句卻老想不妥。自己是預先想定了，最後用上相思這個動人的名詞的，把這「相思」兩個字再湊上五個字，初以為不難，但想了許多，都不好，最後選擇了「無言脈脈動相思」一句，頗覺得意，於是從頭至尾默念了兩遍。及至唸到第三遍時，不由的咳了一聲，暗想怎麼鬧個仄起平收呢？正好隔壁屋子裡的時鐘，兩響，已過了午夜。算了算了，不作詩了，還是寫信罷。他自己攪惑了大半夜，也就有些倦意，在枕上翻個身向裡沉沉睡去。

不知何時被人捶著房門喊醒了，他叫道：「丁先生，丁先生，有了掛號信了。」這句話把他在五秒鐘內，驚喜得哦了一聲，翻身起來。這個身翻的太猛，哄咚一聲，由床上滾到地下來。頭正碰在床腿上，碰得兩眼發黑。但是他想著這是藍小姐的喜信，慢說是頭上碰了一下，就是去了一隻手臂或一隻腳，只要保留住了這個腦袋，總可以去開門。他如此意志堅決，立刻跳了起來，將門閂拔開，打開門來，且不問面前站著是什麼人，首先就問道：「是哪裡來的信？」說著話，伸手就把那伸在面前的信拿了過來。可是眼睛一看信的上款，雖寫著是丁古雲先生臺啟。而下款也是丁緘。從頭至尾，把那左方一行自某地某人寄，細看一番，卻是自己陷在天津英租界的太太寫來的。

隨了這一看，自己不覺嘆了一口氣道：「她會在這個日子寫信來。」把這話說過之後，抬頭看清楚了站在前面的人，正是每次送家信前來，可以討著自己歡喜的本寄宿舍的勤務。於是拿著信回執蓋了自己的章子，順手交他道：「討厭！我正要睡覺，今天的信，怎麼來的這樣早？」那勤務倒不免瞪了眼向他望著。心想收到家信，這是該歡喜的事，他為什麼說是討厭？這也不敢多說，自拿了掛號信回執走了。丁古雲拿到信在手，自回到座椅上，匆匆的看過了，便折疊起來，塞在抽屜裡。好在信上說著大小都還平安，只是差錢用，簡直借貸無門。其餘的事就不必怎樣去細看，斜靠在椅子背上，昂頭向屋頂上望著。因長長的嘆了口氣道：「現在我也管不了許多了，大時代來了，骨肉分離，這又算得了什麼呢？」這樣呆呆的坐了好幾分鐘之久，忽然又回味過來，自己還沒有洗臉漱口。於是把勤務叫了來，胡忙了一陣。就走到寄宿舍大門口去站著。

他籠了兩隻袖子，半抱在懷裡，半昂了頭，掀起了下巴上一大叢鬍子。對天上望了出神，陳東圃也是在外面散步的，看到他這樣子，倒也有些莫名其妙。便向前一步，扯了他的衣襟道：「丁兄，你接著家信，又引起了你滿腹心事了。」丁古雲根本未曾理會到陳東圃所說究竟是什麼意思。便閒閒的答道：「這個日子只好各人管各人，誰還能帶著家眷打仗嗎？大時代的男女離合，根本不算一回事。」陳東圃笑道：「我不是這意思，你錯了。」丁古雲道：「我錯了？錯了就跟了錯路走。」他說時，把臉色沉著下來。陳東圃看看他的臉色，又聽聽他的語調，卻不明白他那意思。望了他沒有向下再問什麼。正在這時，遙遙見一乘滑竿，向寄宿舍走來。上面坐著的人，正是王美今。

丁古雲忽然心裡一動，頂頭迎了上去。王美今還沒有下滑竿，便迎到他面前笑問道：「你坐著滑竿兒回來，想必身上有兩文，接洽的事，一定有了頭緒了。」王美今笑著點了兩點頭。滑竿已是歇下來，他剛是伸了腰站著，丁古雲又笑著問道：「我的事有了眉目了嗎？我急於要知道。」說時，緊緊跟了王美今後面走。一同到了屋。王美今這才向他笑道：「丁翁你為什麼這樣著急？你向來還要反對人家走政治路線呢。」丁古雲道：「實不相瞞，我還等著你的消息，好去約我要找的那位助手。因為人家也等著我的消息呢。」王美今笑道：「就是這點事，你真熱心。那麼，你快去打電報吧。尚專員對於你的要求，完全答應了。而且還讓我先帶三千塊錢來交給你布置一切。」丁古雲拍了手笑道：「好極！好極！電報是沒有，寫快信去吧。我這就去寫。」說著，扭身就走。出去不到兩分鐘，他又回轉身來，向王美今拱拱手道：「你說的話是真的嗎？這可不能開玩笑。」說時瞪了兩眼。王美今看他這樣子，倒有些莫名其妙呢。

第八章

一切不知所云

人家驚訝著丁古雲態度異樣的時候，他卻有他異樣的理由。他徘徊了兩日之後，他知道事實沒有幻想那般容易。王美今說是已帶來了三千元可以取用，他過分的高興之下，他疑惑這又是一場夢了。他對了王美今道：「你為什麼注意著我？」他道：「你好像受了什麼刺激似的。」丁古雲道：「你不知道，我現在實是需要一筆用款。可是因你說得太容易了，我疑惑……」說著，向王美今微笑了一笑。王美今道：「我明白了，你是沒有看到這錢有些不大放心。我就先把錢交給你。」說著，他在身上摸索了一陣，摸出一疊鈔票交給了丁古雲，笑道：「分文未動，都交給你了。」丁古雲把新票子接過來一看，是整整的三十張一百元的鈔票。字跡顯然，這絕不是假的，也不會是作夢。情不自禁的，就向他深深點了個頭道：「多謝，多謝！改日請你吃飯。」於是放寬了心，回到屋子裡去，伏在桌上寫快信給藍小姐。

在寫信的時候，彷彿感覺到有人來到身邊。站了一下。但自己正在斟酌信上的字句，就未曾加以理會。及至把那句信寫完了，腦筋裡第二個感覺到，省悟過來了，身上正揣著三千元鈔票呢，可別讓人家掏了去。這一下子猛省，立刻站起身來，掏摸著自己的袋子。所幸那疊鈔票，還在袋內，數了一數，三十張並未短少一張。正要把鈔票放到袋裡去，忽然一轉臉，卻看到桌上放了一個洋式信封，上面玫瑰色的墨水寫著上下款，鋼筆字跡，明明白白落著下款是藍緘。這一高興，立刻心房亂跳。卻已來不及去妥帖處置那三千元了，隨手放下鈔票，就拿著信拆開來看。裡而依然是一張洋信籤，橫格子寫著橫列的字，簡單的幾句寫著：

丁先生：來信收到。從頭拜讀一過，深深感謝您給予我偉大的同情。若有工作，我自然前來相就。但平白地加重您的負擔，那倒不必。我也不是不能自食其力的人。特此奉復，並申謝意。

學生藍田玉謹上。

丁古雲在看第一句之時，怕第二句不妥。看到第二句的時候，又怕第三句不妥。他一直這樣看下去，心裡總是跳蕩不安。等到把全信唸完，居然沒有什麼拒絕的意思，尤其結尾一謝，教人看了心裡高興。於是放定了心，從頭至尾，再念上兩遍，直待把信看過三四遍，語句差不多都念熟得可背了，這才把信籤套入信封，送到床邊木凳架著的箱子裡收起來，把信收好了，這卻又回憶到看信以前的動作，那三千元鈔票不記得放在什麼所在，這時卻看不到了。彷彿那鈔票是放在桌上的，何以會不看見了呢？

於是打開抽屜裡看看，桌子下面看看，口袋裡摸索一陣，全都沒有。這就奇了，自己清清楚楚，記得那個送信人進房以後，還掏出鈔票來看過，一張也未曾少。在自己看信的時候，既未曾離開桌子一步，也沒有什麼人進房來，款子怎麼不見了呢？於是打開抽屜，再檢查一遍。桌上三個抽屜，全檢查過了，沒有。桌子下的字紙簍，也倒出字紙來，用手撥著字紙翻尋了一遍，沒有。他想著，莫非是打開箱子收信的時候，順手把鈔票收進去了。於是又打開箱子來尋找了一遍，還是沒有。全找不到了，這就站在屋子中間，呆呆的出了一會神，口裡只管唸著奇怪。

這時，王美今走進屋子來了，見書桌三個抽屜全露了大半截在外面，紙張和零碎亂糟著的堆著，字紙簍打翻了，滿地是紙字，箱子蓋打開了，斜放在床頭上。見丁古雲手撐靠桌沿，撐住頭坐著出神。便笑道：「丁兄你這是怎麼了？」丁古雲拍手道：「你交給我的三千元鈔票，我順手一放，不知放到哪裡去了？」王美今向桌上看時，見有一封信，上寫著藍小姐芳啟的字樣。信封下面，露出一卷鈔票角，便搶上前將信封拿開，指了鈔票道：「這不是錢，是什麼？你還找呢？」丁古雲看到了鈔票，同時又看到王美今拿著那信，正是一驚一喜，立刻先把信接過來，塞到抽屜裡去。王美今本來沒有什麼異樣的感覺，及至丁古雲這樣一搶信，他倒感著奇怪了，自然他也沒有說什麼，站著怔了一怔，也自去了。

丁古雲對於王美今什麼態度，他倒不怎麼介意。將信黏貼好了郵票，匆匆忙忙就走出寄宿舍去，要到附近鎮市上去投信，一面走著，心裡一面思忖著，這時候去投信，一定趕得上郵局今日打包。明天一早，信可以在路上走，至遲明天下午，信可以達到藍小姐手，後日，或者大後日可以得到回信。一來回就是四天，未免太緩。現在有了錢，耗費幾個川資，算不了什麼，何不自己再向她那裡去跑一趟？

想到了這裡，不免就站著出了一會神。忽有個人在身後叫道：「丁先生今天不釣魚？」回頭看時，是附近一個趕場的小販，他閒時常釣魚，彼此倒是在田溝的柳蔭下交成的朋友。因此觸動靈機，向他笑道：「王老麼，我看你沒有挑擔子，今天又是歇工的日子了。我這裡出五十塊錢，托你送一封信，你幹不幹？」那王老麼聽說五十塊錢送一封信，這頗是件奇異新聞，便站住了向丁古雲望著出神。其實他不站著也不行，因為這一條水田中間的人行路，已被丁古雲站著堵住了。丁古雲覺得重賞之下，必有勇夫，這個計策是發生效力了。便在身上掏出一疊鈔票，數了十張五元的，拿在手上，向王老麼道：「這信是送到鳳凰池新村。」王老麼不等他說完，呵喲了一聲道：「三十多里路，今天還不曉得走不走得攏？今天要回來的話更談不上。」丁古雲道：「我曉得是三十里路，我去過好幾次，還不明白嗎？這五十塊錢只算川資。你得了回信，我再交你二十元。」王老麼聽說是七十元的價值，不覺笑了。因道：「真話？」丁古雲看他已經動搖了，就把鈔票和信，一齊交到他手上。接著又掏出十元鈔票，向他一晃道：「這十塊錢送給你消夜。」王老麼笑道：「假使沒得回信，浪個做？」丁古雲笑道：「你也顧慮得周全。你拿一張收信的收條回來，我也再給你二十元，要不然我怎麼知道你去了沒有呢？」王老麼也認得幾個字，接著信，看到信上寫「藍小姐啟」幾個字，他也有幾分明白，點頭道：「要得！我和你跑一趟。」丁古雲道：「你有空？」王老麼道：「空是沒有空。你出這樣多錢，要我跑一趟，想必有急事，我總應當幫個忙。」

丁古雲見事接洽妥了，看著王老麼把信在身上揣好了，又叮囑了他許多話，教他說明，信本來要由郵局寄來，因丁先生等著回信，所以改了專人送來。王老麼答應著，他還不放心，送著他走了大半里路，又叮囑了兩遍，約明次日十二點鐘以前，他要把回條交到。王老麼走得快，他追不上了，方始罷休。

丁古雲覺著辦完了一件大事，便緩步走回寄宿舍來。但是心裡輕鬆之下，又覺得有件什麼事沒有辦一樣，又彷彿是失落了什麼東西。但仔細想想，並沒有什麼事要辦，也沒有失落什麼東西，站著出了一會神。自走回寄宿舍去。這時同住的一些藝術家，已經知道經過尚專員的接洽，丁古雲和王美今有了為國家出力的機會，到了吃晚飯的時候，大家不免議論一陣。丁古雲曾表示著，要有好的作品，就要有好的材料，自己打算跑一趟香港，去採買些材料。這倒是大家有同感。比如畫師們，就感到在重慶無法購買顏料畫筆，尤其是畫西畫的，根本就無國貨代替，當然這一番打算，大家是無可非議的。晚間無事，王美今在也有所收入的情形之下，頗為高興，到丁古雲屋子裡來坐著，商議趕製作品的程式。

人逢喜事精神爽，不覺談到夜深。丁古雲尚無其他掛念，安然入睡。次早睡到九點半鐘，還沒有起床，在鄉下，這算十分的晏起了。忽然聽到有人在門外喊著丁先生，正是送信給藍小姐的專使回來了。實在沒有想到這樣早他會回來，不是信沒有投到就是碰了釘子。因問道：「怎麼這樣早就回來了，你沒有把信送到嗎？」門外答道：「回信都帶來了，浪個沒有交到？」丁古雲道：「有了回信，好極！」這個極字聲中，他已穿衣起床開了門。果然，王老麼進來，手上舉著一個洋式信封。丁古雲且不說什麼。首先拿過信來撕開信口，抽出信籤來。那上面還是簡單的幾句：「丁先生：信悉。十分欣慰，既有工作，且可去香港一行，那太好。但詳情不明，生自難決定一切，準於明日來寄宿舍面談。先此奉復。玉上。」丁古雲先生草草的看了一遍，再又逐句仔細看了一遍，並無錯誤。便向王老麼笑道：「你實在會辦事。」說著，在懷裡掏出二十五元鈔票交給他。因道：「這二十元是約好了的盤纏，另外給你五元吃早點。」王老麼見他十分高興便笑道：「丁先生，還道謝一下子，昨夜裡住店，又是消夜，就花了十塊。」丁古雲雖覺他貪得無厭，也就又增加了他五塊錢。

王老麼去後，再把藍小姐的信拿著看了兩遍。忽然發生了一個問題。這信上並沒有註明日期，她說決定明日來寄宿舍，不知是指著哪一天，若是昨晚上次的信，那就是今天了。在她未來之先，應當小小準備歡迎一下才是。便追出屋來，要問王老麼是什麼時候得的回信。不想他有了幾十元在身，一般的精神健旺，片刻之間，已跳得不見蹤影。丁古雲在門外站著出了一會神，心想，宜早不宜遲，只當她今天來就是了。於是叫了勤務來，把臥室和工作室，都打掃了一遍。臥室裡除把桌椅齊理之外，把床上一床舊被單撤去，將箱子裡收著的一床新被單鋪起。被條也折疊得整齊。床下有兩個瓦瓶子，是插花的，因沒有花，久未用過，於是在床下拿出來，洗刷得乾淨。親自到屋後山上，採了一大把野花回來，放在瓶子裡，臥室和工作室，各供了一瓶。足足忙了一上午，直到同寓人邀著吃午飯，方才休息。平常他的飯量不壞，總可以吃兩碗半飯，今天只吃了一碗飯，就匆匆的下桌，回房將冷手巾擦了一把臉，便向大門口去等著貴客。

當他出門的時候，正要經過餐廳門首，王美今道：「丁兄，你到哪裡去？」丁古雲道：「你們先請吧，我暫不餓。」王美今笑道：「這是什麼話？」丁古雲已過身了，也不理會，自在門口站著，兩手背在身後，昂了頭向遠處望著。陳東圃是個最喜歡飯後在門前散步的人，便也在門前平坦地上，緩緩踱著步子。見丁古雲老是向前望著，因問：「你盼望什麼人來嗎？」丁古雲道：「我望送信的。其實，我也不望哪個來信。」陳東圃向他臉上看著，覺得這是什麼意思？丁古雲似乎有所悟，笑道：「據道家說，每日起來，對東方吸上三口氣，有益長生。呵，我們這是朝南站著。東圃，你說我們這房子，是什麼方向？」他表示著他態度悠閒，提出這樣不相干的問題。陳東圃自不知他心裡有什麼事著急，也就不知道他是好整以暇。因隨了他的話答道：「我們這房子是坐北朝南的倒是冬暖……」陳東圃正繼續著向下說去，卻見丁古雲在地上拾起了一塊碎石灰電影在牆壁上畫著阿拉伯數字。似乎在列著算式，但並無加減號，有時他寫著一列數目，有時又塗抹了，他對了牆上列著的數字，不斷地搖頭道：「不夠！」有時又點點頭道：「我自己少用一點，也就夠了。」陳東圃倒是有些莫名其妙，也就只管站定了，看他鬧些什麼。

忽然有人在身後嬌滴滴的叫了一聲丁先生，陳東圃回頭看時，是一乘滑竿，抬著一位摩登少女來了。在她那份裝束上，不能相信是丁古雲的熟人，所以她那聲丁先生，疑惑她不是叫丁古雲。可是丁古雲在她喊叫之後，哦喲了一聲，就轉身迎了上去。笑著連連點點頭道：「藍小姐來了！藍小姐來了！」他雖表現著十分歡迎，可是又透著有些手足無所措。他半彎了腰站在寄宿舍門口草地上，左手抱了右手，亂搓一陣，掉過來，右手又抱了左手亂搓了一陣，陳東圃他是為了這事大為驚訝，行動都有些失常，只是站在大門口呆望著。那藍小姐究是出色當行的人物，從從容容的下了滑竿，向丁古雲點過一個頭，又向陳東圃點個頭。丁古雲見她向身後的人點頭，這才醒悟過來，立刻回轉身來向陳東圃笑道：「陳兄，我來和你介紹介紹。這是藍田玉小姐，是我學生。」說著，又笑向藍田玉道：「我給你介紹，這位是古樂大家陳先生。」她笑道：「開音樂會的時候，我已經瞻仰過陳先生的雅奏了。」陳東圃見她滿臉的聰明樣子，就先有三分願意，加之她大方而又有禮貌，也受她相當的感召。笑道：「呵！是。也許在什麼地方見過吧？」

藍田玉抬起手來理了一理披到耳朵邊的長髮，微笑道：「我還記得呢，那次在成都遊藝會裡。」陳東圃點著頭道：「是的是的，那次藍小姐演著《茶花女》的主角。」丁古雲見一來就宣布了藍小姐的歷史，便掉轉臉來向陳東圃道：「她原來是學繪畫與雕刻，抗戰以後才從學藝術的宣傳，我現在特意請她來幫忙，實在是個多才多藝的小姐。」說著不免抬起肩膀笑了一笑。陳東圃道：「藍小姐遠道而來，請屋子裡休息休息吧。」這句話才把丁古雲提醒。他見藍田玉換了一個裝束，翠藍布的罩衫，一根皺紋沒有，下面露出肉色絲襪，和玫瑰色紫的皮鞋，顏色調和之極；左手拿了傘，右手手臂上搭了一件咖啡色薄呢大衣。便在滑竿扶手上代接過這旅行袋與小提箱。藍田玉「喲」了一聲，笑道：「怎麼好勞動先生？」陳東圃見那旅行袋很大，便笑道：「我代拿一樣吧。」接過了丁古雲手上的一件。丁古雲笑嘻嘻在前引路，向藍小姐笑道：「你看這寄宿舍多好！」藍田玉點點頭道：「環境相當的好。」丁古雲道：「這房子不大好，泥牆草頂，完全是窮村居味兒。」說著話，將她引到了工作室裡，向她笑道：「請坐請坐！你看，這屋子布置得還好吧。呵！這屋子裡太髒，藍小姐這大衣交我，和你送到那邊臥室裡去。」於是伸手接過大衣，連提箱一同送到隔壁屋子裡去，人還沒有過來，在那邊屋子裡便道：「藍小姐喝茶呢？還是喝開水呢？我們這裡可沒有好茶葉。不過夏小姐送了一點好茶葉，也可以待客。」說著話，懷抱了一支溫水瓶和兩個玻璃杯過來。

藍田玉並沒有感到什麼不安之處，站在書架子邊，看那上面丁古雲塑的大小作品。丁古雲見她那細條的個兒，雲縷似的長髮披在肩上，不覺呆住了，閒閒的站著。陳東圃老遠斜站著，也望了她後影。他一回頭看到丁古雲，笑道：「藍小姐文靜極了，不想在舞臺上她能演《茶花女》這類個性極相反的角色。」丁古雲道：「她聰明絕頂。藍小姐，你看我的作品如何？」藍田玉笑道：「丁先生的作品，自然是極好的。」丁古雲笑道：「我們自己人，不能這樣說，我找了你來，就是為了我的作品，需要你幫忙。」藍田玉笑道：「關於雕塑我完全是外行，我可以幫到忙嗎？」她說著這話，已是回轉身來。在丁古雲常坐著憑窗外眺望的那乘椅子上坐了。

丁古雲看到，心裡就先高興一陣，將熱水瓶子裡的開水，斟了一滿杯，雙手捧著送到藍小姐面前笑道：「先喝一杯開茶，不，是開水，不恭之至。關於工作方面，我們慢慢的談。這裡並無外人。都是藝術界同志，你也不必過於謙遜。」藍小姐笑著起身來，兩手捧了茶杯道：「丁先生這樣客氣。」她那兩隻白嫩的手，指甲上的蔻丹。微微剝脫一層，不是那麼鮮紅，這殘豔和那陰綠的玻璃杯，顏色非常調和而刺激。藍田玉見丁古雲眼光射在自己身上，倒很像沒有感覺一樣，卻微偏了臉向一旁的陳東圃笑道：「陳先生請坐。大家別這樣客氣才好。」陳東圃根本不曾和她客氣，其所以未曾坐下，只因丁古雲會有這樣一個女學生來訪他，這完全是一種奇蹟；也就為了賞鑑這奇蹟，所以忘記了坐下。這時她說了，倒不便依然站著。因點頭笑道：「我們根本客氣不了，只是請你喝白開水。」丁古雲哦了一聲說道：「是是，我去提開水來沖好茶喝。」說著，立刻抽身就向屋外走。

但他一走出門，想起了讓陳東圃在屋子陪著藍小姐，未免不妥，走出門去，卻又反身回來，笑道：

「我看這樣子罷，藍小姐大概還沒有吃飯，我們到小鎮市上去吃個小館子。」藍田玉道：「吃飯不忙。」丁古雲聽這話音，並未加以拒絕，便笑道：「去去，我把夏小姐送的茶葉也帶著。那裡有小茶館。我們這裡的廚房，也是因為待遇問題，愛幹不幹，以致開水熱水常常斷絕。」藍田玉道：「這寄宿舍裡幾點鐘開午飯，吃過了沒有？」丁陳兩人便同時答應著。丁古雲說：「沒有吃飯。」而陳東圃卻說：「剛吃過飯呢。」丁古雲答應得很乾脆，見陳東圃也說得很肯定，便道：「中飯當然是吃過了，晚飯沒有吃。中飯我沒有吃飽，正好奉陪。」他說到這裡，回頭看陳東圃，見他似乎在臉上帶一點微笑，便皺了眉道：「而且我這兩天，胃病又犯了。」說著，用手摸了胸脯。藍田玉道：「丁先生有胃病，更不必客氣了。我旅行袋裡有乾糧。」丁古雲笑道：「我是胃神經衰弱症，假如和朋友談得高興，不知不覺也就可以吃兩大碗。我們這寄宿舍裡，伙食雖不高明，但聚餐的時候，總是高談闊論，要不，我這胃病更厲害了，走吧，我們去吃一下。陳兄可以陪客。」藍田玉笑道：「實在不必客氣。」陳東圃拱拱手道：「我吃得很飽，不來陪了。」丁古雲道：「你不去也好……」剛說完了這幾個字，立刻省悟過來，這是什麼話？正想找一句話來補充，把這語意改正。忽然門外有人大聲叫道：「把滑竿錢拿出來嗎？浪個做的，叫我們盡等，我們還要趕路。」藍小姐臉腮上紅著兩個小酒窩兒一旋，微笑道：「只管談話，忘記了打發轎伕了。丁先生，我那手提箱子在哪裡？請你和我拿來。」丁古雲道：「到我這裡來了，還要你自己打發轎錢嗎？」說著，站到窗戶口上，向大門口招招手，把轎伕叫了過來。問明了是三十三塊錢的，就在身上摸了八張五元鈔票給他們，笑道：「讓你們等了幾分鐘，賠償你們的損失吧。」藍田玉笑道：「丁先生總是同情於這些窮苦人的，其實我已經是多許了他們三塊錢了。」丁古雲微笑了一笑，覺得這話十分受聽。

第九章

就算合作了

在一小時後，他們已經在附近小鎮市上的一家小飯館裡吃飯。丁古雲將藍小姐讓在一副座頭的上首坐了，自在側面相陪。他陪了笑道：「這個地方，完全是鄉村風味，可沒有你招待我所住的花園飯店。」藍田玉道：「我只要有工作，吃苦倒是不在乎的；若能引起我工作的興趣，什麼地方我都可以存身。」她這樣正正堂堂說著她的見解，左手扶了飯碗，右手將筷子夾了一釘泡蘿蔔，放在嘴裡，用四個雪白的門牙咬著，似乎在想著什麼事，她望了牆上貼的一張宣傳畫在出神。

丁古雲將桌子中間陳設的一盤炒豬肝，向她面前移了一移，笑道：「藍小姐，吃點這個，這是富於滋養料的。」藍田玉且不理會他的客氣，忽然像有所悟的，向丁古雲笑道：「丁先生給我的信，未免太客氣了。」說時，眼珠在長睫毛裡一轉。丁古雲被她這一問，也笑起來，一時可又沒有預備答詞。只含糊了道：「那也都是實話。」藍田玉道：「正是如此，我有一句話，急於要問丁先生。」丁古雲聽她說有急於要問的一句話，倒未免心裡跳上兩跳，沒有敢插言，靜等她的下文。她笑道：「丁先生信上說，可以籌到款子三五萬元，到香港去一趟，這話是真的嗎？」丁古雲被她這一問立刻興奮起來，挺了胸脯子道：「這一點不假，全是真的。」因把尚專員接洽的事，和她說了一遍。

藍小姐聽著他的話時，待吃不吃的，將筷子爬著飯，臉上不住的露著微笑。等著丁古雲報告完了，便道：「那麼，丁先生的意思，我是明白了。你是借了這個機會幫我一點忙，在經濟上提攜我一把，這實在是讓我感激的事。不過無功不受祿，丁先生信上說，要請我作助手，幫你趕作出品。可是我對於雕塑這一類的事，簡直不知道大門朝哪裡開呢？」丁古雲笑道：「請你作助手，這不過是一種說法。誰又要你幫我弄什麼作品呢？你托我和你找工作，我想無論介紹你到哪裡去，也沒有讓你在我身邊自由。一切我都和你設計好了，在這附近疏散的民眾家裡，和你租一間屋子，你就住在那裡，所有開支，我都替你付了。需要多少零用錢，也無須和我客氣，應當花的總得花。我就先放一筆款子在你手上，聽你自己去用，用完了再到我這裡來拿。你說，還有什麼困難沒有？你說出來，我好設法和你解決。」

藍田玉聽了他說到用完了再去拿那句話時，早是輕輕地噗嗤一聲笑了。這就道：「我還有什麼困難呢？可是我總要有點工作，心裡才能安然。」丁古雲笑道：「假如你感到興趣的話，每天到我工作室裡坐坐，也就行了。這都不必去管他，這是極容易解決的事，現在所要問的，你對於我這種安排法，滿意不滿意？」藍田玉道：「怎能說是不滿意，只是於我心有不安而已。」丁古雲道：「你為什麼不安？這不安，是對公言，對私言呢？對公，我拿國家的錢，我替國家作了事，你和我作助手，是與國家無干；對私，拿我的錢，你以為沒有和我盡到力，而有不安。你難道不知朋友有通財之誼？我又沒有什麼嗜好，掙了錢也是無處花，幫助了朋友，也就等於自己花了一樣。這是我情願如此，你不必管，日子長了，你焉知又不能幫助我？譬如工作忙起來，你替我去開開會，寫寫信，不都是幫助了我嗎？」藍田玉笑道：「若是這樣把範圍放大起來，那我就有了辦法。譬如丁先生破了襪子，讓我和你補補襪子底呀；寄宿舍裡的飯菜吃得膩了，讓我和你燒碗小菜吃吃呀。」丁古雲聽了這話，頭向上一伸，將右手三個指頭拍了桌沿道：「對極了！對極了！」

他高興之餘，嗓音提高，不免引得全飯店裡人都向他望著。好在這時，不是在飯館吃飯的時候，飯店裡還沒什麼食客，只是讓茶房們向他注意。丁古雲談得高興，絕不理會。藍田玉看看他那樣子，只是微笑。因低聲道：「丁先生太興奮了。這裡人多，我們回頭到寄宿舍去談吧。」丁古雲坐在側面，正好看她那半邊臉上的小酒窩兒，似動不動的。她的臉並不偏過來，吃著飯，只把眼珠向人一溜，她雖然不曾向自己說得什麼，這比向自己說了千百句情話還要醉人，心裡蕩漾，不知怎樣將話去答覆她才好。自己面前是空擺了一雙筷子不曾拿起來用，這時卻不知不覺的將筷子拿起，將筷子頭在桌面上畫著圈圈。藍小姐總是帶了一點微笑的。這時便又向他笑道：「丁先生叫了三四個菜，我一個人哪吃得了？你也陪我吃一點吧。」丁古雲點點頭道：「好，我陪藍小姐吃一碗飯。可惜我不會喝酒，要不然也不至於教你吃得太寂寞。」說著，招了招手，叫么師盛了一碗白飯來，也隨著吃，不想吃開了胃口，吃完了一碗，又吃一碗，竟是比藍田玉還吃得多些。

彼此放碗後，她笑道：「還是我勸丁先生添一點兒的好吧！要不然，這肚子多委屈？」丁古雲笑道：「實不相瞞，今日中午，我因為等著你來，這頓飯，沒有好好的吃，只吃來了一小碗，這時倒是餓了。」藍田玉笑道：「這就是丁先生不對了，既是餓了，一坐下我就勸丁先生吃兩碗的，為什麼到了後來才吃呢？」丁古雲抬起手來要摸鬍子，手一接觸，又去搔搔鬢髮，笑道：「正是這樣可笑。我和藍小姐一談得高興，連肚子餓也忘記了。」說話時，么師喊著帕子涼水。便扭著一股灰色的熱手巾把子來。他遞了一條手巾給藍田玉。她接過來早嗅到一陣汗臭味。便聳著鼻子尖，唔了一聲，將手巾扔在桌子角上。丁古雲笑道：「這實在是不堪承教。若不是要在這裡小茶館坐坐，我就引藍小姐回寄宿舍去洗把臉，我那裡有乾淨手巾，可是……」藍田玉已把她帶的小皮包打開，取出一條印花紗手絹，擦了兩擦嘴。丁古雲這就沒有把話說下去。但吃了滿嘴的油，也不能不擦，就把桌上擦筷子剩下的方塊草紙拿了一張，在嘴上塗抹。藍田玉又在皮包裡拿出一方舊白紗手絹，向丁古雲手上一拋，笑道：「請用這個手絹吧。」隨了這手絹拋來，便是一種脂粉香氣。這雖有五成舊，洗得很是乾淨，而且上面有兩點胭脂印漬，正可證明這是藍小姐自用之物，他沒有想到藍小姐一來就有這樣體己的待遇，實在是想不到的事，那一顆心房，幾乎樂得要由腔子裡直跳出來。連忙笑著鞠了兩個躬，他把手絹在鬍子蓬鬆的嘴唇上擦抹了一會，也不知有多少下，但不敢用重了力氣，彷彿這手絹也是像藍小姐一般嬌弱，若是用力，就要擦磨壞了。可是藍田玉見她那用慣了的手絹，在鬍子叢裡亂擦，頗也有點不快之感。丁古雲方才把手絹用完，她便笑道：「丁先生，您若不嫌髒，這手絹我就送了你吧。」她口裡這樣說著，心裡可在想著，擦得髒死了，誰要拿回來？丁古雲呵喲了一聲，笑道：「那……那……那太好了！」說時，把手絹折疊了，就向懷裡揣著。

藍田玉笑道：「這飯館子裡，沒有留戀之必要。丁先生，我們到哪裡去？」丁古雲這才明白過來，自己還不曾付飯帳。於是立刻掏出鈔票來，付過了錢。向她道：「在這小街轉角的所在，有一家小茶館，他那店門對著面前一排山，並沒有房屋攔擋，比較幽靜。」他說到「幽靜」這兩個字，似乎不妥，把話便停止住了。但偷看藍小姐時，她並沒有什麼感覺，直向外走會。丁古雲隨在後面走，高興極了，見路上人都向自己注意，心裡不免有了三分得意。心想，你看我就帶著這麼一個如花似玉的小姐走；同時，他又連想到，常看到西裝男子們挽了一個女郎手胳臂走，不問她是否長得好看，都有自得之色，那時頗替他們難為情，於今也一嘗這滋味了。心裡這份得意，幾乎把胸前這部鬍鬚，要一根根的豎起來。

到了這小街頭一家小茶館裡。藍田玉一看是臨著水田面對青山的所在，恰好是背過了街上來往人。但這茶館裡，只有兩副座頭，似乎他根本不曾預備著有大批人士光顧。倒是店門口，搭了個松骨棚，上面蓋了些赭黃色的松枝，還有那枯萎了的瓜藤，不曾扯去。這下面有七八張布支的交腳椅，夾了幾張茶几，但這時全茶館並沒有一個人。丁古雲站定了腳，笑道：「我們就在外面坐吧。這個時候正好兩點鐘上下，鄉下人吃中飯去了，小茶館子裡人很少，我們可以談談。」藍田玉站著，只回頭看了看布椅子，丁古雲料著她是嫌髒，立刻把椅子端到一邊，掀起自己藍布大褂的底襟，在上面揮拂了一陣，然後送到原處，向藍小姐笑道：「湊合著坐坐罷。」藍田玉把皮包放到茶几上，笑道：「在鄉下過日子，這就無所謂。丁先生或者總會認我是個不能過苦日子的小姐。」她坐下了，向他一笑。丁古雲本隔了茶几要在她下手坐著，可是經她眼睛一溜，又似乎感到有點未妥，又掉轉身坐在她對面去。那茶館裡么師，提著開水壺出來，向丁古雲笑道：「呵喲！今天丁先生請客，又是自己帶好茶葉來了。田先生今天沒有來？」藍田玉聽了，這才知道田藝夫也常和夏小姐到這裡來喝茶的。因向丁古雲道：「丁先生在這裡很熟？」丁古雲笑道：「你怎麼曉得呢？是聽到夏小姐說的嗎？她和老田感情好，實在可以作男女交朋友的一種標準。對於老田為人，夏小姐實在有相當的認識。藍小姐，你和夏小姐是好朋友，你覺得……」

藍小姐卻把手絹握了嘴唇微微一笑，然後指了么師道：「人家拿著開水還等你拿茶葉泡茶呢，茶葉可以拿出來了。」丁古雲啊了一聲，才由衣袋裡掏出一小包茶葉，交給了么師，么師將茶泡了自去。丁古雲和藍小姐周旋了這久，就沒有什麼難為情之處，把自己所預備進行的計劃，從容詳細的告訴了她。最後他歸納起來，作了一個結論道：「所要求的採辦原料的費用，五萬元是不成問題了。由香港來去的這筆川資，也可以出在公家，假如藍小姐願意到香港去，這飛機票子，我負擔就是了。回來之後，有三個月的工作，可以把作品弄出來。這三個月裡，自己除了原來的津貼，當然還可以加些辦公費，藍小姐既是我的幫手，公家辦大事，也不在乎你一個人的薪水。三個月之後，看機會吧，也許可以人跟了作品一路到美國去。我知道藍小姐早有出洋一趟的意思，我當……」說到這裡，周圍看了一看，然後坐到藍小姐下手那張椅子上來，向她低聲笑道：「我可以把一部分作品，作為你的出品，萬一有那機會，你也一路出洋去一趟。紐約大廈，那還罷了，好萊塢豈不是你心嚮往之的聖地？」說到這裡，丁古雲固然像坐在橫渡太平洋的郵船上。

藍小姐也忍不住只管微笑，最後她向丁古雲眼睛一溜笑道：「丁先生替我設想太周到了，只是怕人事變化太多，不會像我們想像的那樣美麗。」丁古雲道：「然而不然！」說著，他將指頭蘸了茶几上濺的茶水，連連在茶几面上畫了兩個圈圈，因笑道：「古人道得好，『有志者事竟成』。」藍田玉笑道：「丁先生這樣鼓勵我，我就作下去試試看吧。聽了夏小姐說，寄宿舍裡是不容留女賓的，今天晚上，我在哪裡安歇呢？」丁古雲道：「這可要屈你一晚，今晚上只好在這街上小客店裡住一晚了。好在我的被蓋還不十分髒，我可以和藍小姐搬了來用，這比用那小客店裡的被縟總好些。前次夏小姐到這裡來找老田，就是這樣安頓的。」藍田玉笑道：「我就愁著這個問題，所以帶一床毯子來了。據夏小姐說，這鎮市上的商店，也勉強可住，就是被縟不能用。每次來，總累得田藝夫先生把自己被蓋搬了來。我覺得現在為抗戰入川的人，誰的被蓋也不富足，快冬天了，分人的被縟，未免強人所難。」丁古雲道：「那毫無問題，我有兩床被，一床褥子，天氣還不冷，我留下一床被盡夠了。」藍田玉道：「丁先生分我一床被就是了。」丁古雲道：「這些小事，可以毋須討論，我們合作下去，另有光明的前途。」

藍田玉看他說此話時，臉上頗現著幾分得色。不是初見面時那樣拘謹，因笑道：「我年事太輕，一切望丁先生提攜，一切也望丁先生指教，希望丁先生總記得我是您一個學生。」說話時，她將兩隻腳交叉著伸出去，她不望丁古雲，而望了自己的皮鞋尖。丁古雲在十分高興之下，聽了她這句話，看不出她是什麼態度，便沉思了有幾分鐘。在這沉思的時候，望到對面茶几上去，捧起茶碗來喝了兩口茶，這霧季雖沒有太陽，他也抬頭看了看天色。笑道：「天色大概不早了，我們同回到寄宿舍去？和其餘幾位先生見見吧。」藍田玉道：「我也正有這個意思。既是要在這裡工作一個相當時期，對這裡幾位藝術大家，總要有點聯絡。」說著，他噗嗤一笑。照著剛才她提出的建議，未免趨於鄭重一方，丁古雲幾乎不便說什麼了，現在她又笑嘻嘻地了，那句話也就立刻消失，高興起來，和藍小姐上街去看了客店，又買了些花生橘子，同藍小姐回寄宿舍來。

在半路上，隔了水田，見有一個長衣人在另一條小路上徘徊。藍田玉隨在丁古雲後邊，卻站住了問道：「那一位是不是陳東圃先生？」丁古雲還沒有答覆呢，在那條路上散步的陳東圃，居然在姿勢上看出藍小姐是在打聽他，便彎了腰高聲笑問道：「二位回來了？」藍田玉將小皮包的花綢手絹取出，迎風向陳東圃招了幾招。陳東圃也不須她叫，已經快步走過來了。一面跑著，一面笑道：「藍小姐對這小鎮市上的印象怎麼樣？當然是……」他只管仰了面，向著這裡說話，卻沒有看到腳下，田埂上路又很窄，早是一腳踏入田裡，人向前一栽，所幸田邊上還沒有水。兩手撐住田埂，不曾倒入田裡，僅僅踩了一腳泥而已。藍小姐並不以為滑稽可笑，倒迎上前兩步，問道：「陳先生摔著了沒有？這里路真是不好走。」陳東圃拍著身上沙土，站起來笑道：「沒關係。我們是常常的摔倒，我們丁兄，前幾天就跌到水田裡一次。」丁古雲點了頭笑道：「真有這事，實不相瞞，那天還是為了寄信給藍小姐，才出來走這一趟路的。」藍田玉向他點了幾下頭，笑道：「那我謝謝丁先生了。可是我還得謝謝陳先生，若不是陳先生說破了，至今我還要埋沒丁先生這段深情。」說著，又向陳東圃點了兩個頭。他本來覺得走路摔了一跤，有點難為情，經著她這份兒客氣，心裡一痛快，也就把難為情給忘記了。

三人一路說笑著，一路到了寄宿舍，依然到丁古雲工作室坐著。丁古雲道：「陳兄，我想，對這裡幾位先生們，該介紹著和藍小姐認識認識吧？她以後常要在這裡幫助著我，少不了有要求大家指教的地方。」陳東圃搖撼著身子點了頭道：「這話極是。我去看看，現在有些什麼人在家裡。」說著，他向外走。寄宿舍裡聽差，卻在過道上迎著他道：「陳先生，有幾個男學生要見你。」陳東圃是個吃粉筆飯的人，見學生是極平常一件事。他聽說之後，並不加以考慮，就走到會客室裡來。果然，這裡有四個穿了青年或灰布短衣的學生，滿身的塵灰，帶了走長路的樣子，臉上紅紅的，只是一個也不認識；其中一個年長些的道：「陳先生，對不起，打攪你了。我們原是要見丁先生，有事和他商量的。」陳東圃道：「哦！你們不是要見我的。」那學生陪笑道：「還是要見陳先生。因為剛才我們在街上經過，看到丁先生和他小姐在一處吃飯。談話正談得很有興致，當時我們沒有前去打攪。」另外一個年紀輕些的學生，便插嘴笑道：「因為丁先生作過我們多年的老師，我們是知道他的脾氣的。男女之間，他不許人隨便談著交際的。看見他的小姐在那裡，我們不敢過去。後來我們在附近轉了一個圈子，就沒有看見丁先生了。以先到寄宿舍來打聽過兩次都沒有回來，所以我們來請教陳先生。」陳東圃聽了他們的話，心裡躊躇一番，倒不便將他們引去見丁古雲。因道：「不知四位有什麼事商量。」大學生道：「我們都畢業了，算是找到了工作。於今在機關裡服務，第一件事就是要保人，保人越有名越好。」陳東圃點點頭道：「我明白了，不用說了，你們將保證書放下來，等丁先生回來，我教他填上姓名，蓋好私章，你們明天來拿就是。」大學生問道：「丁先生是不是和他小姐一路進城去了?」陳東圃道:「你們明天下午來取信件就是。」這四個青年意在找保，自不去追問丁先生的行蹤，將保單交給陳東圃，自走了。

他在各寄宿舍房間裡看一看，見各位先生都在家，便先通知了一聲，說是有一位丁先生的女學生，要來拜見。大家都為了丁先生的面子，表示歡迎。只有田藝夫躺在床上看書。聽了他的話，笑道:「何必有勞閣下?」陳東圃以為他是謙遜之詞，因道:「我受這位小姐之托，不得不問。」他說著去了，倒真是肯負責任，他卻引了藍田玉向各屋子拜見一番。那結果很好，每個屋子裡主人，都笑嘻嘻地送出他的房間。尤其是兩位戲劇家，一位是仰天先生，一位是夏水先生，他們正坐在屋子裡談天。藍小姐對於別位藝術家，都是以弟子之禮進見。現在到這屋裡看見這二位，陳東圃一介紹之後，她搶向前一步，伸出手去，先和仰天握了一握，微鞠了躬道:「仰先生，我真是久仰的不得了，今日才能得見。」仰天拿出戲劇作家老牌子來，點頭笑道:「藍小姐是劇壇上一個紅人。」藍田玉且不忙去辨護這句話，又伸手向夏水握著。她握了且不放手，一面搖撼著，一面笑道:「漢口一別，兩三年了。夏先生好!」夏水笑道:「呵!藍小姐?你益發漂亮了。」藍田玉依然握了他的手，連連搖撼著道:「一切請多指教。」夏水笑道:「好哇!加入我們這個團體，我們歡迎呀。」藍田玉這才放了手，向仰天笑道:「仰先生一定肯指教我們的，假如我真想成劇壇上一個紅人的話，還要仰先生和我導演兩本戲。」仰天笑道:「好吧，有什麼要我們幫忙的地方，只管對我說。」於是兩人笑著同把她送出房來。

最後，她到田藝夫屋子門口站著，沒有進去。點個頭笑道:「田先生，有人帶信給你，請多多照應一點。」田藝夫笑道:「那是義不容辭的。明天我請你吃便飯。」藍田玉笑道:「叨擾的日子長著呢，也不忙在明天。」田藝夫道：「進來坐一會兒吧。」藍田玉道：「我的一切事情還沒有布置好，明天談吧。」她說著，自向丁古雲這邊屋子走來。見陳東圃和他都站在過道裡迎著。陳東圃笑道：「各位對藍小姐的印象都很好。尤其是夏仰兩位，志同道合歡迎之至。」說著，三人一同進了屋子，丁古雲連連的笑道：「好了，好了，這我們就算合作了。」

第十章

甜的辛苦

自這時起，丁古雲有事忙著了，當天安頓藍田玉在小鎮市上客店裡去歇下，第二日早上，向店裡去迎著她，帶向附近一家莊屋裡去，租下了一間房子。關於桌椅床鋪之類，寄宿舍裡還富餘著幾份，就督率著寄宿舍裡工友，陸續搬運了去，連伙食茶水燈火，一切瑣碎事件，丁古雲都和藍小姐顧慮周詳的計劃到。

藍小姐在這小鎮市上，又勾留了半天，在下午的時候要雇一乘滑竿回到夏小姐那裡去，以便把行李搬來長久住下去。丁古雲因此回到寄宿舍來，到屋裡去，匆匆忙忙打開箱子，將三千元鈔票，剩下來的二千餘元，又取了三百元在手，匆匆的就要出門走去。陳東圃手上拿了幾張紙，笑嘻嘻的走了進來。因道：「昨天等著你半天，你都沒有工夫，現在應該和人家辦一下子了，因為我約了人家今天來取的。」說著，將丁古雲由過道裡攔回到屋子裡來，丁古雲自是不能違卻他的情面。及至接過那紙單一看，是四張保證書。他摸了鬍子笑道：「我的仁兄，這種好事，一下子你怎麼和我兜攬許多？」陳東圃道：「是昨天你教我介紹藍小姐去見各位朋友的時候，來了這樣四位學生。我絕不能那樣不識相，把他們引了進來，因之我說你還沒有回家，且答應下來，打發他們走了。」丁古雲道：「就是你引他和我見面，那也沒有關係。他們糊裡糊塗的來找人擔保，我當面就可以拒絕他們。」陳東圃道：「我不那麼糊塗，胡亂給你攬保人作你看看這保單上的姓名籍貫吧，全是從你讀書多年的學生。在情理上說，他們找你作保不過分。在道義上說，你也應當和他們作保。」丁古雲聽說是他的學生，便把那四張保單仔細看了一看，果然，四個人的姓名，自己大體都記得，正是自己教導多年的學生，因沉吟著道：「保呢，我是可以和他們承擔的。但是一下就保四個人？」他沉吟了兩分鐘，他回想到陳東圃所說，在道義上應當作保那句話，便忽然一搖頭道：「你這話我不能接受。我的學生多著呢，照著你的說法，是我的學生，我就有作保的責任，那我要替人作多少保？況且先生教學生，至多只是教他去怎樣找職業，並不是擔保他找到職業。」

陳東圃笑道：「你保與不保，自然是你的事。不過我要說句持平的話。你的女學生，托你找職業，你就把這責任完全承擔過來。不分晝夜，和她忙著。至於你的男學生，你就和他們填……」丁古雲兩手同搖著笑道：「好了，好了，不用說了，我和他們填上這四張保證書就是。」說著，將四張保證書蓋上了圖章，填好了名字，一齊交給陳東圃。他雖是接過去了，笑道：「你交給我幹什麼？又不是我要你保。」丁古雲抱了拳頭，向他拱拱手道：「對不住，我要到小鎮市上去一趟。他們若是來取保證書，就煩你交給他們吧。」說著，也不等陳東圃答覆，抬腿就向外走。他笑道：「你忙什麼？我也不能拉著你，你不鎖門就走嗎？我知道這幾天你箱子裡很有錢。」丁古雲笑著呵了一聲，從新走回屋子來，把房間反鎖了。然而走出寄宿舍來，又遇到了波折，正好那四個學生來取保單。他們頂頭碰見了丁古雲，齊齊的站在路邊，向他深深的同鞠了一個躬，又同叫著丁先生。丁古雲立刻板了面孔，向他們很嚴肅的微微點了一個頭，因道：「你們托陳先生交給我的保單，我都和你們蓋了章了。」說到這裡不覺把眉毛皺了起來。因道：「你們年紀輕的人，作事太欠考量。怎麼四個人找保，都找的是我一個人。」那四個學生，沒有敢作聲，靜悄悄的站在路旁。丁古雲挺著胸，瞪著眼睛，手摸了鬍子望著他們道：「那四張保證書，放在陳先生那裡，你們去拿就是。你們務必知道，這保人的責任可輕可重。你們到機關裡去服務，要好好的作事，不要丟了我保證人的面子。」說完，橫掃射了大家一眼，打算要走開。

其中那個年紀大些的學生，勢逼處此，有話不能不說。先紅著臉走近一步，向丁古雲鄭重著道：「我們還有點事，想請求丁先生幫忙。我們四個人大概欠缺著一二百元，支持眼面前的零用，想和丁先生通融一下。等著我們第一個月發了薪水的時候，就借款奉還。」他低著聲音，一個字一個字的把這話說出，幾乎不敢抬頭。丁古雲聽說是要借錢。又是好氣，又是好笑。因道：「你們還是在過學生日子，簡直不知道社會上的情形，我們當教員的人，有整百塊錢可以騰挪出來借人嗎？我們現在過的這份窮日子，比你們也好不了多少。但是你們既然向我開口了，我總不能讓你們過於失望。」說著，伸手到衣袋裡去摸索著，把一卷零鈔票取了出來共是二十多元。因把幾張一元的留下，將四張五元的交給了那學生，正著臉色道：「於今的二十元，實在不成個數目。但是在我們當教員的口袋裡，這不是小數。不過談不上借，送給你們做回城的路費罷。你看我所剩也只有這一點了。」說著，將那幾張一元票向他們伸著，讓他們張望一下，這四個學生，看到丁古雲這種態度，覺得莊嚴之中，兀自帶了三分慈愛。他身上只有二十多塊錢，卻把了大部分的送人。接過錢來，彼此默然望了一下，那個大學生道：「我們也知道先生們困難。丁先生這樣待遇我們，這情義太厚了，我們還有什麼話說。只有將來再圖報答吧。」丁古雲點了個頭道：「小鎮市上，還有朋友等著我，我沒有工夫和你們說話，你們直接去找陳先生吧。」說著，頭也不回，徑奔小鎮市上那客店裡來。

老遠見著藍田玉垂了兩手，站在客店屋簷下，只管向東西兩頭張望著。丁古雲跑兩步迎上前，笑道：「累你久等了。」藍田玉皺了眉笑道：「還有幾十里路走，怕是趕到家太晚了。」丁古雲道：「滑竿雇好了沒有？」藍田玉微撇了嘴道：「早就雇好了，那幾個抬滑竿的正在街頭上等著，來催了好幾回了。」丁古雲笑道：「不要緊，不要緊，馬上就走。你帶不帶著旅行袋？」藍田玉道：「東西都預備好了，放在櫃檯上了。」丁古雲再也無須她說什麼，便跑到櫃檯上去把她留著的小旅行袋，提了過來，趕快在藍田玉面前舉著，笑道：「是這個袋子吧？我交給抬滑竿的就是。」他長衣飄然的在藍小姐前面走著，一直奔到街頭上，看到有乘滑竿停在那裡，便又回轉身來，迎了藍小姐笑道：「還好，還好，滑竿在這裡。」藍田玉微皺了眉，低聲道：「不要當了他們的面這樣說。他們知道我們等著坐轎子，越發是拿矯了。」丁古雲笑道：「不要緊，川資我和你預備得很充足的。」說著，在衣袋裡掏出了兩疊鈔票，數也不數，就笑嘻嘻的送到藍田玉的手上。她倒並未辭謝，看了一看，因道：「回頭來，安頓這個家，還需要很多的錢呢。」丁古雲道：「我自然都為你預備了。」她抬起手腕上的手錶看看，沒有多話說，自坐滑竿走了。

丁古雲在這街頭上呆呆的站著目送了一程，卻聽到有人叫道：「丁先生我們已把保證書拿來了。」丁古雲回頭看時，正是那四個來相求的男學生，他們肅立在路的一邊，執禮甚恭。因問道：「你們什麼時候來的？我倒沒有理會。」一個學生道：「我們也是剛來。丁先生等什麼人嗎？」丁古雲道：「沒什麼，我在這裡散散步。」那學生笑道：「聽說先生預備了許多作品，要送到美國去展覽。」丁古雲道：「你們怎麼知道這事？」學生道：「報上登著這個新聞了，丁先生總是藝術界的權威。雖然在抗戰期間，也不會閒著。我們說是丁先生的學生，我們也十分榮耀。」丁古雲聽了這話，不覺手摸了鬍子，微微笑道：「那也不見得。」另一個學生道：「真的。我們口試的時候，那機關口試的主任，問我學藝術的時候，受哪個的影響最深。我自然就說出丁先生來。他說丁先生不但藝術登峰造極，難得人格最好，學問和道德溶化起來，才是標準的知識分子。一個口試的先生，肯和受考試的人大談其天，這是他中心佩服出來的表示。」丁古雲又摸了兩下鬍子，笑道：「也許是他崇拜偶像的錯誤觀念。」說著，對他們四人看看，見他們從容不迫。又向天上看看，因道：「時間不早了，你們為什麼還在這裡？」一個學生道：「我們商量著，今天不回去了，就住在這街上小客店裡，明天再走吧。」丁古雲聽了這話，不覺心裡嚇了一跳。因正色道：「這是你們胡鬧了。你們無故在這裡歇一晚，還要吃頓晚飯，我送給你們的二十塊錢還不夠呢。城裡有事，為什麼不早一點回城去？」學生道：「我們也是這樣說。因為田藝夫先生遇到了我們，留我們在這裡住一晚，說是有話和我們談談。」丁古雲道：「田先生是太不知道你們艱難。留你們在這裡住一晚，為什麼不讓你們在寄宿舍裡住呢？」學生道：「還是田先生指定這家小客店讓我們去住呢。他說和店老闆是熟人，他可以去招待我們。」丁古雲正色道：「你們要聽我的話，我不會騙你，不要把有限的幾個零用錢，在這裡花費了。天色還不十分晚，趕快進城去吧。」那四個學生借了他二十塊錢，自是很窮的表示；既然很窮，哪裡還可以在這裡浪費。見丁古雲在愛護之中，表現了十分嚴肅的樣子，不敢違拗，依了他的話，就告辭向城裡去了。

丁古雲又在路頭上站著，直望到這四個學生不見了人影，才轉身向寄宿舍裡來。他心裡自也想著，田藝夫此舉，分明是有意開玩笑。回家之後，在屋子裡約摸休息了五分鐘，便背了兩手在屋子外散步，特意趕到田藝夫房間的窗子外面來。只見他和衣躺在床上，將兩隻腳帶了鞋子，架在頭床邊的桌子上，只管搖撼了。口裡唸著詩道：「勸君莫惜金縷衣，勸君且惜少年時。有花堪折直須折，莫待無花空折枝。」丁古雲在窗子外來回走了幾趟，他吟詩吟得高興，並沒有加理會，他只好笑著叫一聲老田。田藝夫跳起來笑問道：「藍小姐呢，她一來了，你真有得忙的。」丁古雲搖搖頭道：「這也是沒有法子，從前是有事弟子服其勞。於今年頭變了，乃是有事先生服其勞。她去搬行李去了，以後少不了要常常麻煩你。」藝夫聽了，作出一番鄭重的樣子，點了頭道：「你提起來我才記起。有幾個學生來找你作保，我怕他在這裡糾纏了你，讓你脫不了身，我教他們住在街上。」丁古雲故意使臉色很自然，微笑道：「我已小有資助，讓他們進城去了。」田藝夫笑道：「這真不得了，一個藍小姐，已是把你那三千元花得可觀，而……」丁古雲搖了頭道：「她不曾白花我的錢，有她的工作，過兩天我見著老尚，把她的薪水，正式提了出來，那麼，就不致於連累到我了。現在我和她墊出幾個錢來，將來自然會歸還我的。我還告訴你一點消息，明天她來的時候，夏小姐會同著她來。為的是來幫著這布置一切。」田藝夫笑道：「她對我說，她有點不敢到這兒裡來，怕你反對她。」丁古雲哈哈笑道：「這是笑話了。我反對她作什麼？我正要感謝她呢。那次我去演講，多蒙她招待。」田藝夫笑道：「藍小姐來了，我也非常之歡喜。以後夏小姐來了，不必住小客店，就可在她那裡下榻了。」丁古雲笑著連連點了兩下頭道：「對了對了，不但是下榻，簡直可以和藍小姐在一處吃飯。因為藍小姐的伙食，我已和她計劃好了，由我們這裡分送一份給她。」田藝夫道：「又何必這樣麻煩，就在我們這塊兒吃飯不好嗎？」丁古雲摸了鬍子沉吟著道：「其實是未嘗不可，不過這個例沒有破過。」說著，不覺微笑了一笑道：「夏小姐來了，你何妨提議一下呢。」於是乘著這話因，就踱到他屋子裡來談話。這次談話，他表示著很親熱，足談了兩小時。田藝夫在這度長時間的談話中，不住的發著笑，微微表示著投機。

到了次日上午，二人到小鎮市上去坐茶館，不到一小時，兩乘滑竿，一挑行李，歇在他們面前，果然是夏藍兩小姐來了。丁古雲笑道：「老田，把行李歇在這裡，不是個辦法，就請二位小姐到那邊屋子去罷。」田藝夫笑道：「全憑你作主。」丁古雲向那挑子招著手，自己便在前面引路。夏小姐趕著走了幾步，回頭看到藍田玉落後很遠，便低聲叫道：「丁先生，你惱我吧？」丁古雲愕然，回頭望了她，她扭著頸子一笑道：「不是別的。我介紹藍小姐和你認識了，給你添了不少的麻煩。」丁古雲這才明白了她的用意。哈哈一笑道：「你客氣，你客氣。她本是我的學生，我也義不容辭。」說著，藍田玉和田藝夫也跟了上來。夏小姐回頭笑道：「老田，你看丁先生和藍小姐設想多麼周到？你老是馬馬虎虎的。」田藝夫笑道：「那情形不同呀。藍小姐是他的得意門生。左一句丁先生，右一句丁老師，你看，你就是這樣老田長老田短。」夏小姐笑道：「那也容易呀。我立刻叫你田老師得了。」田藝夫搖搖頭道：「我情願你叫我老田，一叫老師，事事就有個拘束了。」夏小姐回向藍田玉道：「你瞧，話都是他一個人說。」藍小姐也格格的笑。

一路談笑著到了賃房子的所在。那裡房東經丁古雲再三聲明，已經知道他和藍小姐是什麼關係。而且，丁古雲給與他的利益也很厚，一間屋子的租金，連茶水在內，每月法幣一百五十元。和當時的生活水準，要高出兩倍；而且已經先付兩個月，所以房東太太也就動員了他全家的勞力，將租給藍小姐那間屋子布置妥帖；藍小姐將行李搬來了，送到屋子裡，展開就可適用。房東將一行人引到屋子裡時，地下掃得乾淨，窗開了，放進來新鮮的空氣。那寄宿舍搬來的白木桌子上，已把丁古雲用的花瓶拿來擺著，裡面插了一支新開的紅梅。房東太太很快的提了一壺開水來泡茶，她笑向藍田玉道：「我們從前到漢口去住過兩個月，下江人的習慣，我們都曉得。你在這裡住著向下看嗎。下江人說話，總有你家這個稱呼。你家就是多謝的意思，你說對頭不對頭？」她一進門一陣的致歡迎詞，只鬧得藍夏兩人只管皺眉。可是丁古雲並不感到怎樣多餘，還笑嘻嘻的向她敷衍著，陪坐談話。她的七歲小姐，穿了藍布棉袍，赤著雙腳進來了，丁古雲誇她很清秀，掏出一張五元的鈔票來給她，說是藍小姐送給你買糖果吃的。

這五元鈔票，在物價上雖然不足稱道，可是房東眼裡看來，倒是十年難遇金滿斗的機會，十分高興。她就是到過漢口的人，她就知道摩登交際場上是怎麼一回事情。看到這裡是兩男兩女，向藍小姐道著謝，竟自走了。這裡夏小姐幫著藍小姐把床鋪疊好，將小網籃裡零用物件取出，在桌上洗臉架上布置好，已是午飯時了。丁古雲便邀著大家到小鎮市上去小吃了一頓。飯後夏小姐向田藝夫丟了一個眼色，說是要他陪了去散步一會。田藝夫如約陪著她走了。剩下丁古雲陪了藍小姐。藍小姐是有了家的人了，她自向新搬來的家裡走去。丁古雲隨在她身後，不知不覺的也走到那新居來。這莊屋門口，有些樹木和兩叢竹子。走到竹林下，藍田玉手攀了一枝竹枝，站著出了一會神。丁古雲見她向四周打量著，以為她是賞鑑風景呢。站在她對面笑道：「要說這地方有什麼特別好處，那也是說不上的。不過這屋子建築在高朗一些的所在，大概是不會鬧什麼潮溼的。」藍田玉向他身上又打量了一下，微笑道：「為我的事，忙了丁先生兩天了。這樣一來，不是我來幫丁先生的，成了丁先生來幫我的忙了。丁先生有事，只管去，不必管我了。」丁古雲笑道：「我既然把你安頓在這裡，當然要把事情弄妥帖了，這兩天我是停止了一切工作。」藍田玉抿著嘴唇低頭想了一想，先搖了兩搖頭，接著沉思一會，又搖了兩搖頭，笑道：「那不好。人家正盼望著丁先生拿出作品來，趕快的圓滿了那個籌款的計劃；若是這樣，誰肯拿出大批的經費來讓你去優遊自得？」丁古雲點點頭道：「你這話對的，把你安頓好了，明後天我就去和前途接洽。」

他說時，依然閒閒的站在一棵松樹蔭下。藍田玉向竹子裡面看看，又向丁古雲看看，見他是那樣閒閒的站著，只得向他笑道：「我要回去寫兩封信了。五六點鐘，也許我要到你們寄宿舍裡來。」丁古雲這才會意過來，笑道：「那麼，我不送你到屋子去了，晚上等你吃飯。」藍田玉連連點著頭自去了。丁古雲正感覺到自己的殷勤將事，有些引人家的煩膩，不免呆了一呆，只管看了她的後影。可是她走到大門口，卻回轉身來，抬起一隻手，高過頭頂心，向這邊招了兩招，笑道：「谷擺！谷擺！」說畢，一閃腰肢，笑著鑽進大門裡去了。丁古雲看了，不覺自言自語的笑道：「這孩子活潑潑地，天真爛漫。」這才高高興興的回寄宿舍裡去了。

到了黃昏時候，是田藝夫招待夏小姐，順便邀著丁藍兩位一道到小鎮市上去吃晚飯，大家是盡歡而散。依著丁古雲的計劃，要在次日早上，約著大家吃早飯。不想到了七點鐘，就有一個專差送了一封信來，通知王美今，說是莫先生今日由城裡下鄉，順便要來拜會拜會各位藝術家。這信是尚專員寫來的，他知道丁古雲是位老教育家，根本不想吃政治飯，對於莫先生很是有點傲氣。這一傲，對於丁古雲無所謂，可是莫先生是位泰，這透著與面子有礙。因此在給王美今的信上，又特地提了一筆說：「莫公不但政治上有其地位，年來公餘之暇，手不釋卷，學問亦造詣極深，既來探望，應向之表示敬意，望婉達古雲兄。」王美今拿到這封信在手裡，也躊躇了一會。丁古雲的脾氣，二十年來如一日，越是教他服從，他越會驕傲。先且不拿出信來，很從容的踱到丁古雲屋子裡，向他笑道：「今天老莫會到我們這裡來，拜會我們。」丁古雲本坐在桌邊寫字，放下筆站起來，望了他問道：「開什麼玩笑？」王美今正了臉色道：「真的。老尚特意專差送一封信來通知我們，希望我們好好招待一下。」丁古雲道：「這真奇了，老莫肯這樣屈尊就教。那麼，我們在禮節上不要虧了他，免得他說我們的閒話。這裡是汽車所不能到的，我們應當到公路上去歡迎他，他說的是幾點鐘來？」王美今道：「大概兩小時內可以到了。」丁古雲道：「那麼，一面教人把屋子打掃一下，燒著開水等候。我和你到公路上去歡迎去。」王美今不想他的態度，卻十分恭敬，自己所預備的話，自不須說出來；匆匆通知了全體同人整理衣冠，便和他到公路上去接。這公路和小路的交叉點，恰不在小鎮街市上，丁古雲率領七八位藝術家，不敢入街市，就在小路口上等候著。雖然這是霧季，偏偏今日天氣很好，黃黃的太陽，整日的晒著。這小路上，雖有兩棵小樹，又不能避蔭，大家在路上徘徊著，擺擺龍門陣，免了站著光晒。每當一輛小汽車，遠遠的來了，大家就緊張一陣。可是汽車到了面前，卻不是莫先生。這樣鬧了兩個小時，歡迎的人，緩緩的有些懶意，就陸續回到寄宿舍去吃午飯。大家疲乏已極，就無意再擺陣歡迎了。

丁古雲和王美今商量著，若一個歡迎的人都沒有，未免不敬。王美今也正在托尚專員，接洽大批款子，當然同意他這個建議，兩人未敢回去，匆匆在小鎮市上吃過兩碗麵，茶也沒有來得及喝，買了兩塊錢橘子，帶著在公路上剝了解渴。這黃黃的太陽，越來越上勁，當它西偏了，晒得人周身出汗。但二人依然不敢走開，繼續在公路上徘徊著。直等著日落西山，毫無希望。方才回到寄宿舍處。所有在寄宿舍的藝術家，都埋怨著老尚和人開玩笑。但丁古雲卻一個字也沒有提，倒是私下向王美今說著，恐怕是莫先生有事，臨時耽誤了，明天還得繼續等候。只是他另有一件事忙，不曾看到田藝夫與夏小姐，打聽打聽藍小姐，也沒有來，立刻舀了盆熱水，在屋裡洗了一把臉，就要向藍小姐那裡去。正好食堂裡開著晚飯，大家都說：「丁先生還到哪裡去？天晚了，莫先生不會來了，吃飯吧。」丁古雲說不出所以然，只好陪了大家吃飯。飯畢，天已夜幕張開了。這已是個下弦日子，外面漆黑，伸手不見掌。丁古雲到公共廚房裡去，借了一支燈籠，將燭點了，也不走大門，由廚房裡就走出去，天也和人彆扭，天和白天反過來，一個星點沒有，燈籠所照不到的所在，黑洞洞的，什麼看不見，偶然有一兩個火星在黑暗裡移動，正也是走夜路的忙人。自己小心著走過幾段水田中小路，遠遠有著狗叫聲。在狗叫的所在，冒出了一點燈火。這火與自己越走越近，直到身邊，水田中的小路中間，兩下相讓，看清楚了，正是田藝夫拿了一支鐵柄的瓦壺燈。他先笑道：「我就猜著，這小路上來的燈火，也許是丁老夫子。」丁古雲道：「今天老莫說要來，你並不曾去歡迎，夏小姐也不見。我來看看你們。」田藝夫笑道：「我還記得兩句詩，『每日更忙須一至，夜深還自點燈來。』」丁古雲笑道：「非也，你看，藍小姐初次來，我怕她不慣。我一天不照面，不能不……」田藝夫道：「你聽，那屋子裡的狗，拚命的叫著，藍小姐和夏小姐都睡了，不去打攪她們罷。去了，房東也不會來開大門，徒然惹得狗叫。」丁古雲聽了這話，呆站了一會。田藝夫道：「你不信，你去試試。」說著，伸開了瓦壺燈，對面讓過丁古雲，自行向寄宿舍裡去。

第十一章

為了什麼折腰

這件事該丁先生感著為難了，若是不理他吧？那村屋外的狗兀自叫得厲害，前去打門，無非是惹著人家大驚小怪；若是依了田藝夫的話，就這樣的回去，這豈不是白來一趟？他這樣的呆站了一會，低頭看看燈籠裡面的蠟燭，已所剩不多，事實上也不讓自己徘徊在這裡，他一扭身體回頭看走去的田藝夫時，那一盞瓦壺燈的光亮，已是走得很遠了，又因為自己這一扭身體，來得太猛，將燈籠裡燭光閃熄了。天色本來黑暗，在猛可燭光自滅之下，眼前越發漆黑，腳下站在什麼地方，已看不出來，只得提起了嗓子，高喊著藝夫。那田藝夫被他的狂喊聲浪所驚動，只得提了那盞瓦壺燈來，將他迎回寄宿舍去。一路上埋怨著他，他只是呵呵的笑，並沒有說著什麼。他心裡自也想著，雖然一天不曾理會到藍小姐，她明知道自己有事纏住，絕不會見怪，便是不知道有事纏身，以她那種自視很高的情形而言，她也不會有什麼表示的。明天早上起來，邀著田藝夫一路，去請這兩位小姐到小鎮市上去吃油條豆漿吧；可是也不必太早了，太早了，透著自己性急，也是不好的。

在睡在枕上而未曾睡著的時候，便預定了次日早上九點鐘去找田藝夫，可是次日早上，還不到八點鐘，自己雖已起床，還沒有開窗子，就聽到夏小姐在房子外面叫道：「丁先生還沒有起床嗎？我們早就來了，起來起來，我們等著你呢。」丁古雲聽說，立刻將窗戶推開，卻見藍田玉笑嘻嘻的站在那芭蕉下面。便笑道：「呵！藍小姐站過來一點吧。那芭蕉葉子上面積聚了昨晚的宿霧，到了早上，變了小水點子，這時候正好要由葉子尖上，滴了下來。」藍田玉笑道：「滴一點露水在身上，那也沒多大關係。一個人若露水珠子也承受不起，我看也不必活在這宇宙裡了。」丁古雲被她這一番辯駁了，透著剛才那番好意，除了有一點多事，還是暗暗譏諷著她太嬌嫩了，因之只管勉強的笑著，紅了老臉沒得什麼話可說。

藍小姐於說過之後，也有點後悔，兩手扯了一片大的芭蕉葉子下來，順了那葉上的筋紋，一條一條的撕著。夏小姐站在一邊看到，伸手扯了她的衣襟將她拉過來，笑道：「你這孩子說話不知高低，對老師可以這樣開玩笑的嗎？」藍田玉被他這樣一打諢，就明白過來了，因笑道：「我總覺得丁先生的生活過於嚴肅了，我總有意和他在這嚴肅的氣氛裡，加進去些趣味，其實不是開玩笑。我想，丁先生總能諒解這一層。」說著，她又很快的瞥了他一眼，雖然在她這一瞥中，只是眼皮撩起，一轉眼珠。丁古雲早已經看到了，而且深切的了解著她是什麼意思。因道：「對的，對的！只有你們少女們的天真，能引起我們中年人的朝氣。」他說到「中年」兩個字，還怕聽者輕輕的放過，卻說著特別沉重。夏小姐笑道：「怎麼說是中年哪？丁先生你那股子好學和勇於工作的精神，簡直是青年呢。」她說完了這句，似乎十分高興，有一種由內心發出來的狂笑，要由嗓子眼裡噴射了出來。然而她又不願笑，立刻掉轉身，拉了藍小姐就走。

丁古雲因她所稱自己為青年的理由，是根據自己好學勤快的原故，未嘗不能成立。多少老頭子還都自負著為老少年呢。人家高興說著，他也就高興聽著。兩位小姐走過去了。那好言語的回味，還讓他對著窗子外的芭蕉樹笑了一笑。及至不見她們，恐怕她們由大門口轉道到屋子裡來，便趕快整理好了床上的被縟。聽差送了水來，也就匆忙著漱洗，但是他倒是白忙了。兩位小姐都沒有來。他又換了一件藍布大褂，直接向田藝夫屋子裡去，他猜著兩位小姐是必向那裡走去的。忽然聽到身後有人叫道：「我們在這裡呢。」回頭看時，田藝夫笑嘻嘻地站在來賓室的門口，不知剛才由這裡走過去，怎麼沒有理會到屋子裡有人。走向那裡時，兩位小姐站在桌子邊，一個在理著鬢髮，一個扯著衣襟，似乎等著無聊，已準備要走的樣子。便拱手道：「真是對不起，讓二位在這裡久等了。走，我們一塊到街上添點滋養料去。」夏小姐笑道：「我今天第一次聽到丁先生說笑話。」丁古雲笑道：「夏小姐總喜歡拿我開玩笑。」夏小姐正要辯說這句話，忽聽得寄宿舍裡人聲一陣喧譁，王美今匆匆的跑了來，紅著臉，微微的喘了氣，站在房門口笑道：「莫先生來了！」這一聲報告，不但教丁古雲的臉色立刻鄭重起來，在座的男女，同時臉色為之肅然，把嬉笑的面容都除去了。丁古雲道：「已經到了這裡嗎？」王美今笑道：「政治家總是有政治家的風度的。大概他怕突然而來，有點讓這裡的先生感到不便。他在公路上等著，派人先到這裡來通知一聲。這裡我已托東圃兄布置，還是我們……」丁古雲道：「好的好的，我們兩個人去歡迎去。」說著，他扭身就向外走。

但走不多遠，他又回轉身來，向藍田玉笑道：「這真是對不住，我又要失信了，恕我不能奉陪。這……喂！老田。」說著，向田藝夫拱了兩手，笑道：「你大概是不去見莫公的。那麼，就請你代陪二位小姐到街上去吃點心，請代會東。」說著，在身上取出幾張鈔票，交到藝夫手上。田藝夫並不推辭，坦然的拿著。丁古雲又笑嘻嘻的拱了一拱手，方才走去。夏小姐笑道：「老田，你這沒有什麼話說了。你拿著人家的錢，請你拿出一張嘴來，代表人家去吃一頓，你還有什麼辦不到的嗎？你也應當學學丁先生為人才好。」說著，推了田藝夫就走。田藝夫出了大門，笑道：「我雖不怕老莫，但是帶了兩位小姐同在路上走著，遇到了他，究有些不便，我們由小路走吧。」他說時，真的挑選了水田中間一條小路走去。夏小姐笑道：「人家那樣赫赫有名的大人物，特意下鄉來看你，你陪了兩位小姐，躲到一邊去，本來有些說不過去。」田藝夫鼻子裡哼了一聲，接著道：「你瞧！我們現在拿個三四百塊錢，真成了那話喝酒不醉，吃飯不飽。憑著我浪蕩江湖十幾年，到哪裡去掙不了幾百塊錢。他自命是大人物，我也不把自己看成小人物，我去歡迎他？他不高興我，至多把我這只開飯碗打破。」夏小姐笑道：「丁大鬍子向來也是你這個說法。可是他現在就改變作風了。」田藝夫本走在她前面，於是站在小路分叉的田埂上，等最後一個藍田玉走到面前，才笑道：「我說，藍小姐你可要明白。人家向來說不為五斗米折腰的。」藍田玉酒窩兒一掀，眼皮兒一撩，向他笑道：「不為五斗米折腰？你天天吃飯，也沒有打聽五斗米值多少錢？」田藝夫道：「你別裝傻吧。上海人打話，假痴假呆。他這樣卑躬屈節去歡迎老莫，可是為了一個人。」

藍田玉一面走著，一面說話，已是走在田藝夫前面了。田藝夫看她的後影，雙肩微抬了一抬，似乎帶著笑意了。她笑道：「自然是為了一個人。」夏小姐在最前面，笑著沒作聲。田藝夫道：「他為了誰呢？」藍田玉道：「還有什麼不明白的呢？他為了莫先生是一位教育界的權威。」田藝夫哈哈笑道：「豈有此理！」夏小姐回轉頭來笑道：「你才豈有此理呢。她說自然為了一個人，這話就恰到好處，你這個不知趣的人，打破沙鍋問到底。作文章要像你這樣說話一般，一點含蓄也沒有，才是下品。」田藝夫呵呵大笑，身子一歪，一腳落入田裡，踩了一腳的泥。所幸他穿的是皮鞋，提起腳來，在活草上擦擦，也就乾淨了。夏小姐笑道：「一個人總不可以興奮過甚，什麼事過了份，就要出亂子。我聽說丁大鬍子滾到泥田裡去過一回。」田藝夫道：「你又是一句大鬍子，你難道討厭他的大鬍子。」夏小姐紅著臉，回轉頭來，呸了他一聲。田藝夫走著路，自言自語的道：「老丁為了他要塑出自己一副尊嚴的偶像，三十多歲的時候，就蓄了鬍子，他蓄鬍子，至不自然，是有所為而蓄的。既是有所為而蓄的……」夏小姐攔著道：「不要提這個問題了，我肚子餓了，快些走吧。」田藝夫笑道：「不要忙，我們應當在這小路上互相交錯過去，不要碰著了老莫。」他交代明白了，兩位小姐，方才不去催促他。

果然，不到十分鐘的時候，隔一片水田，望到丁古雲王美今引著莫先生尚專員在那邊石板路上走去。他們在這裡看到丁古雲，丁古雲也在那邊路上看到他們了。原來他雖在作歡迎專使，他心裡可在嘰咕著，不要又遇了個正著。這時見他們由小路過去，在眼角一飄之下，心裡坦然，而心裡也就暗暗連讚田藝夫是解人。他正這樣打算著，恰好緊隨在他身後的莫先生在發言了。他說話的聲音，和他的地位恰成反比例，非常之低微，不留心是聽不到的。而況他又說的是家鄉國語，也不大好懂。因之丁古雲聽到他發言的時候，立刻半側了身子走路，好帶看著後面的人，而且心無二用的仔細聽著，這就管不到隔了水田的藍小姐了。莫先生臉上帶了微笑，他道：「這地方風景很好，有山有水有樹木，有田園。這重慶郊外，山谷雖多，卻缺少溪流，這裡難得有這一彎流水繞了你們的寄宿舍。」丁古雲笑著答應了一個是字。莫先生又道：「我到鄉下來一回，我就要發生著很大的感慨，什麼時候，我也能夠到鄉下來休息幾天呢？」丁古雲笑道：「莫先生怎麼能休息呢？莫先生對著國家負了多大責任，國家是不容可莫先生休息的呀。」莫先生點頭道：「唯其如此，我就很羨慕各位在這裡的生活了。」丁古雲不願說這裡的生活有可羨慕的，而又不願駁莫先生的話，只是回轉身來，微笑著點了兩點頭。

莫先生見他們寂然，也就了解他們的意思，便笑道：「自然物質上大家是很清苦的，不過我們忝為知識分子，我們應當看破一點。孔夫子說，士志於道，惡衣惡食者，未足與議也。」丁古雲笑道：「是的，我們就是這樣想。也因為這樣想了，所以我們看到那些無知無識的人，都大發其國難財，我們毫無怨尤。莫先生可以到我們宿舍裡看看，就可以知道我們的日子，是過得相當刻苦的。」說著話時，已經到了寄宿舍大門口，裡面幾位先生，由仰天、陳東圃引著，一齊迎了出來。莫先生慢慢的走，清瘦如仙鶴，鞠躬如也，搶上前一步，伸出右手五個指尖，顫巍巍的，和歡迎的人，一一握著手。從從容容說著：「大家好，大家好。」丁古雲又在前引路，將莫先生尚專員引進了剛才兩位小姐坐的招待室裡。這裡牆壁上，有白紙楷書的橫披，「齊莊中正」四個大字。並有一副四字對聯：「淡泊明志」、「慷慨悲歌」。

莫先生見那字寫得龍蛇飛舞，先笑了一笑，點著那顆半蒼白的頭道：「很好！不失藝人風度。」再看正中壁上，有一軸孔子畫像。配了這全屋的白木桌子竹椅子，不帶一點灰塵，真是嚴整而淡雅。桌上一個大瓦瓶，插著一叢晚菊幾枝淡紅的梅花。頗也不因貧寒而失其雅趣。他打量一番坐下來。向大家道：「請坐請坐！」尚專員因莫先生誇讚這對聯措詞，便故意問道：「是哪位的大筆？」這些人聽了莫先生的話，各各離遠了坐下。丁古雲微微站起來，笑著道：「是兄弟寫的。集的古人的句子。」莫先生道：「集的古人句子？這慷慨悲歌是韓退之文，燕趙古多悲歌慷慨之士了。這……」丁古雲道：「上聯是諸葛亮的話，『淡泊以明志，寧靜以致遠。』」莫先生道：「是的，入蜀以來，我們對於孔明先生，是益發感到他的偉大。鞠躬盡瘁死而後已，抗戰建國必須有他這種精神。《易經》是我們中國最高深的哲學，世傳諸葛對於《易經》很有研究，必定不錯。」有一位先生便插嘴道：「孔明能造木牛流馬，還是一位科學家呢。《三國志》上有木牛流馬的尺寸。將牛舌頭一拉就會走，可惜失了傳。」莫先生聽了這話，笑道：「你先生說的，是《三國演義》吧？《三國志》是前四史之一部。作藝人的人，當然會熟識小說，可是歷史要以史書為根據。」這位先生未免臉上一紅，心裡想不到木牛流馬這事，會是沒有影子的，苦笑了一笑，沒說出話來。丁古雲便微微一起身道：「木牛流馬這事，《三國志．諸葛亮傳》雖是有的，但據後人推測，這東西應該是車子之類，不一定像一頭牛或一頭馬。他先生說的，一拉舌頭就走，也許是引用了小說一點。」

說著，向那位先生笑道：「那《三國志》的裴松之註解，有木牛流馬尺寸，《三國演義》全抄了去，誰也不解所以然。我兄倒信了羅貫中。其實還是依照莫先生所說，以正史為根據才好。」他這樣一種說法，表示了那位先生讀過前四史，又贊同了莫先生的主張。立刻替那人解了圍，那位先生心裡十分感激。

而莫先生見他肚子裡很有經典，益發佩服。他那樣一個聰明的政治家，自不願沒看過祕書報告之後，隨便多說經典，於是把話引到別個問題上去。談了一陣，又由丁古雲、王美今引著，參觀了全寄宿舍。而全寄宿舍裡，只有丁古雲獨有一間工作室，放了許多雕刻作品。王美今雖沒有工作室，但他昨日下午，找了好幾張畫在牆壁上張掛了。臥室裡桌子上，還有一套畫具，和一幅剛打了輪廓的畫，莫先生參觀已畢，回到招待室裡來，這裡桌子上，添了一盤白面饅頭，又一盤子芝麻燒餅。土瓷茶壺茶杯，斟著熱茶。丁古雲笑道：「我們這實在是不恭之至，只有這樣的粗點心招待。」莫先生笑道：「很好，這白麵饅頭，就是社會上平民想吃不到的東西。」說著，他伸手將三個指頭箝起一個小饅頭，坐在竹椅子上，慢慢撕著吃了。這饅頭是淡的，又是回籠蒸的，究竟不怎麼可口，他吃了一個，並未再吃，倒是尚專員奉陪了幾個冷燒餅。莫先生端起桌上的粗瓷杯，喝了半杯茶。尚專員在身上掏出掛錶來看看，便輕輕的對莫先生道：「時間到了。」莫先生起身笑道：「還有一處開會，我一定要趕到。」尚專員也笑著點頭道：「打攪打攪！」丁古雲笑道：「我們是十分慚愧，只能說表示敬意而已。」於是莫先生向大家一一握手，笑著走出去。寄宿舍裡的人送到大門口，肅然站定，還是丁王二人將來賓送回公路。

在路上走的時候，莫先生道：「丁先生和王先生都很努力，我的印象很好。」二人原在前面引路，聽了這話，都回轉身來，笑容滿面，深深地點了一個頭。莫先生依然走著道：「關於上次尚專員所談那件事，我已有了計劃。不過這事要從速辦理才好。」丁古雲道：「只要有材料，作品是不成問題的，為了國家打夜工也可以。而且我也找得了一個幫手，她的技術很不壞。若再經我在一處隨時修正，一定拿得出去。」莫先生道：「那很好。丁先生是專家，既然認為拿得出去，自無問題。」丁古雲道：「只是這人是我一個女學生。」莫先生笑道：「那有什麼關係呢？我知道丁先生是個道德高尚的人，但在男女之間，我們應當有新的見解。」丁古雲道：「非為別事。這寄宿舍不招待女賓，而且也實在無法招待。因此若找她來幫忙，勢必安頓著住在附近老百姓家裡，這一筆開支，頗是可觀。」莫先生道：「那自然不能讓你擔負。」丁古雲道：「還有一層要向莫先生說的，就是採辦原料，雖以到香港為便，唯川資運費太多。我想自己到金華去一趟。間接採辦也好。原來所擬的數目……」他沉吟著沒有把話說下去。莫先生點了一點頭道：「物價早晚不同，越遲是越會花錢多，這個我很明白，所以我催你們早早動手。哦！王先生，有了多少張畫了！」王美今笑道：「有了一二十張了，那自然是不夠。」莫先生道：「尚先生，我們籌一點款子，先付給二位吧。丁先生你高足大學畢過業了嗎？」丁古雲道：「畢過業的，而且也在中學裡教過書。」莫先生道：「既然如此，應當讓他也支領一份生活費。」丁古雲道：「那就很好了，這正可以鼓勵她努力工作。」說著話，到了公路小路的交叉點，那新式轎車已烏亮在望。莫先生便停住了腳，丁王尚三人，便品字形的站著望了他。莫先生道：「我覺得挽回現在的國運，依然是道德最為要緊。丁先生道德高尚，我是知道的。」丁古雲聽了這話，不由得肅然起敬，兩手抱了拳頭，微彎著腰站了。

莫先生道：「這類為國家服務的事，必須有自我犧牲的精神。丁先生生活刻苦，又熱心國事，對於我們所盼望的成績，想總可以作到。現在藝術界的人，有一種不必要的驕傲習氣，那對做事有害無益。我們無論對什麼人，總要虛懷若谷，不合作或不自省的態度，是應該痛加改除的。」莫先生話鋒一轉，對著藝術界人發生了不良的批評。這雖不必是指丁古雲王美今而言，可是眼面前就是這樣兩位藝人，絕不能毫無關係。王美今心想，現在有所求於他了，他又在打官話。嘴裡雖不便說什麼，面上也就無法放出笑容來。可是丁古雲益發的彎了腰，微笑道：「這種人大概也不怎麼多。有莫先生這樣的賢明領導者，大家總會心悅誠服，努力工作的。」莫先生也有一點笑意，因道：「時間太匆促，我們不能暢談。過兩天可以到城裡去再談談。至於經費方面，可以先動用三萬元到五萬元。詳細的辦法後來再商議。」丁古雲知道，在政治家口裡，話說到這種程度，已是十分肯幫忙，暫時也不能多說什麼，只有答應幾個是字，莫先生回轉頭來向尚專員道：「我們可以走了。」於是他兩人踏上公路，走上汽車。司機是早已在車上等候的。主人上車，車子便開了。

丁古雲和王美今站在公路邊目送車子開走。丁先生當莫先生在車窗子裡向他點頭時，兩手垂直深深一個鞠躬。車子回答他的，倒是馬路上一陣飛塵，撲了他一身，鬍子上兀自黏著不少細微的固體。車子去遠了，王美今笑道：「丁翁，今天卻是難為了你了。我沒有見你向人這樣客氣過。」丁古雲縮著手將袖子放長了，打著身上的灰。笑道：「有什麼法子呢？米太貴了，我們怎敢說不為五斗米折腰呢？為了大家也為了我自己，不得不敷衍老莫一點。」王美今笑道：「我看這為你自己這一點上，倒是很微渺不足道的。最多的成分，還是為人。」丁古雲正想答覆這句話，只見田藝夫帶了兩位小姐，由公路那端慢慢走了過來。他和夏小姐都笑嘻嘻地，走路帶著歪斜。丁古雲倒是向田藝夫點頭道：「偏勞偏勞。」王美今道：「老莫來了，他躲了個將軍不見面，你還向他偏勞什麼？」丁古雲道：「你有所不知。我因為要請兩位小姐用早點，沒有工夫，托他代勞的。」王美今望了藍田玉要說什麼呢，她卻先笑道：「王先生，今天實在把你累著了。為了這一部分藝人的生活問題，不得不讓您委屈一點。但是這委屈是有代價的。」王美今道：「我沒有什麼，今天可實在委屈了丁先生。」藍田玉站在王美今這一邊，隨著這話，眼睛向丁古雲一溜。丁古雲笑道：「也沒有什麼委屈。縱然委屈……」夏小姐立刻搶了接嘴道：「那也很有價值的。我若是一位藝術家的話，丁先生這份委屈，多少也就為著我一點。」田藝夫抬起右手，中指與大姆指彈著，拍的一聲響著，向她伸了脖子望道：「就憑你，別要彩了。」丁古雲也哈哈大笑來。

第十二章

眾生相

這裡最不可解的，要算是王美今了。丁大鬍子，現在完全變了一個人。見了上司，可以卑躬屈節，見了女人，可以開玩笑。在丁古雲自己，他並未覺得有什麼人注意他的行動；而且他還自己解釋著，藝人們十個有九個半是浪漫的，自己決沒有浪漫到他們那種程度。縱然有，也不過是把這半個未曾浪漫的，益發浪漫起來，這也絲毫不足驚奇，所以他也比較的減少一些莊重性，就當了大家向藍田玉笑道：「恭喜你，給你一點好的消息，剛才老莫對我說，可以讓你照領一份生活費。」藍田玉笑道：「那謝謝丁先生和王先生替我說項。」說著，特別的向王美今笑著點了一個頭。王美今笑道：「這與我無干，都是丁先生的面子，因為老莫認為你是他的學生。」藍田玉笑道：「我就高攀不上，不能算是王先生的學生嗎？在學問一方面說，王先生你不當我的老師，哪個當我的老師？除非是這個日子，青年多半沒有辦法，當了老師是要代想辦法，所以怕當我們的老師。其實我們也不能把認老師和想辦法混做一談。」王美今抱了拳頭連拱了幾下，笑道：「言重，言重。」夏小姐笑道：「既然王先生認為你的話不對，明天你就寫個門生帖子送了過去吧。」王美今笑道：「夏小姐出的好主意，我們還來這一套呢。」藍田玉笑道：「那自然是笑話，口裡叫著王老師也就行了。行不行呢？王老師！」她說著，將靈活的眼珠轉了向王美今望著。

王美今哈哈的笑著，連說：「不敢當，不敢當。」田藝夫將手指點了他道：「老王就是這樣不脫俗，你就答應一聲又有何妨？」王美今笑道：「我倒並不是客氣，我把什麼東西教人家呢？平白的要當人家的老師。」藍田玉道：「我願跟王老師學畫。」夏小姐笑道：「沒得說了，沒得說了。王先生今天收了一個好門生，今天晚上要請客。」藍田玉道：「有話不能老在公路上談，我們到寄宿舍裡去商量吧。」這樣一說，大家哈哈的笑著，一陣風似的擁回了寄宿舍。陳東圃正在門口盼望，看到大家來了，迎上前一步。藍田玉先笑道：「陳先生，忙呵！兩天沒見。」陳東圃點了頭笑道：「老是閒著，沒事。」藍田玉又迎上前一步，那脂粉香已與陳先生接觸了，笑道：「若陳先生老是閒著的話，那就好了。古樂器裡面，琴呀，瑟呀，那音調半天響一下子，叮一聲，噹一聲，我有點不懂，倒是陳先生彈的箏，比琵琶好聽，在清風明月之下，呵！最好是秋夜，聽著箏聲，就有一句詩讚美了它，我可說不上來。」陳東圃笑道：「你大概說的是《哀雁十三行》吧？」藍小姐道：「陳先生什麼時候讓我們聽聽這雁聲呢？」

說時，仰天和夏水也出來了。仰天笑道：「還是藍小姐這話痛快，老莫今天到這裡來，正話只談了十分之三四。考古倒談了十分之六七。他是藉此要賣弄他有學問。可是他就沒想到縱然一肚子古典，與政治有什麼關係呢？與抗戰更有什麼關係呢？中國人一國人若都先考古，然後再作事，中國也就亡了。」藍田玉當大家說話的時候，也沒有忘了她舞臺上的技巧，說著話帶走著路，便走到了仰天夏水兩人站著的中間站定，笑道：「何必大家罰站？大家這樣高興，我們倒好到屋子裡去開個座談會。丁先生有好茶葉，泡壺好茶大家喝。」夏水道：「丁先生的好茶葉，這必須藍小姐燒水，這茶才喝得有個意思。」陳東圃搖搖頭笑道：「我們這廚房大煤灶，要藍小姐下廚房去轉那煤灶，殊失雅道。我們還要叨擾藍小姐，應當到藍小姐家裡去拜訪。」藍小姐笑道：「只可惜我那屋子太小，不然馬上就請去坐了。」田藝夫笑道：「我想來個折衷辦法，由藍小姐在家裡燒了開水，提到這裡來泡茶。於是地方既寬大，茶也有得喝。」藍田玉笑著點頭道：「好的好的，請各位在招待室裡等著我，我這就回去燒水了。」說著，她扭身就走了。

這裡一些先生們，站在門口談了一陣子，也並沒有把剛才的玩笑放在心裡頭，閒閒的也就散了。夏小姐現在是絲毫無所顧忌，就到田藝夫屋子裡去，其餘的人各歸自己屋子，丁古雲雖然也回到自己屋子裡去了，可是十分高興之下，按捺不住那番興奮的情緒，覺得出屋子去也沒有什麼要緊的事，只是在屋子裡踱著步子。他覺得藍小姐在寄宿舍裡，已殺開一條血路，可以自由來往了，以後是無須受著什麼限制。藍小姐真是有辦法，全寄宿舍的人，她都可以用各個擊破的法子，把人家說得心悅誠服。可是問題也就在這裡，這全寄宿舍的人，就算自己的鬍子長得最長，讓別人對她太心悅誠服了，那是……

這意思不曾想得完，忽聽得門外有人笑道：「怎麼回事？接待室裡一個人都不曾到。」看說著話，藍田玉左手提了一隻竹籃，右手提了一把新銅壺，笑了進來。丁古雲立刻伸手將那把壺接過來，笑道：「沉甸甸的，你倒是真提著一壺開水來。」藍田玉把那籃子放下，眼珠向他一轉，笑道：「丁先生，你看我什麼時候說話，向人失過信哩？」丁古雲笑道：「這是你太忠厚了，他們隨便說的一句話，你就認為是真事。」說著把籃子上面蓋著的一塊白布給掀開了，裡面放著四個大碟子，盛著花生仁糖果之類，丁古雲笑道：「連下茶的乾果碟子也預備了，這實在是出於誠意，請你用我的茶壺泡茶。書架頂上的那個盒子，就是好茶葉。讓我分路去請客。」說著情不自禁地一摸鬍子，笑嘻嘻地走了。在寄宿舍裡的朋友們，聽到藍小姐真個請客，無有不來的，一致隨了丁古雲的招呼，到招待室裡來。

那長方桌上除了兩壺茶之外，還有四個碟子。正好全體招待，招待莫先生的茶杯，還不曾收去，就將那杯子分斟了熱茶，放在桌沿上。夏小姐自也在座，她笑道：「這樣恭恭敬敬開個茶會，總也應當有所謂，平白地大家來聚會一下，什麼意思呢？」藍田玉正好斟了一杯茶放到她面前，就悄悄地向她轉著眼珠，飄了一眼。她也向藍小姐微微撩著一下眼皮，似乎已懂得了她的意思。藍小姐才向大家看了一眼笑道：「其實，我沒什麼意思，不過夏小姐這樣說了，我就算是新到此地，招待各位，以表示敬意吧。」大家聽了，同聲的哈哈一笑。藍田玉笑道：「不過我有一句話，是要表明一下的，就是這一杯清茶，還不能算是我的東。茶葉是丁先生的，而丁先生的茶葉，又是夏小姐送的。我不過只提了一壺水來而已。」陳東圃笑道：「那麼著，藍小姐簡直未曾作東，水還是寄宿舍裡水夫挑的呢。」夏水笑道：「我不那樣想，凡是經過藍小姐手的，都為藍小姐所有。拿出來，就是藍小姐的禮品。」藍田玉笑道：「這樣說，那就好了。各位喝過茶之後，我把這裡的桌椅板凳，茶壺茶杯，一齊全拿了去，因為這全是經過我的手的呀。」夏小姐笑道：「果然如此，我倒後悔。夏先生那撮卓別林的小鬍子，剛才曾向老田借剪刀，讓我剪著修理了一下。假使這個修理的人換著是藍小姐。好了，那依著她的話，這一撮小鬍子，也歸藍小姐所有。」這句話說得大家哄堂大笑。

藍小姐正捧了一杯茶要喝，立刻放下茶杯，伏在桌上，笑得全身顫動。夏水紅著臉也笑了。他將一個食指，在鼻子下磨擦了小鬍子道：「我這個小鬍子，用不了多少時候，就可以養起來，送人也沒關係。」說著，將手指放在下巴上一摸，因道：「若是一大把鬍子，這個禮我就送不起了。」丁古雲笑道：「豈有此理！」他不說這四個字倒也罷了。他說了這四個字，大家看到他長袍馬褂面前垂了一部長黑鬍子。面前花枝招展的站了這位藍小姐說話，與事實配合起來，教人自感到有一種喜劇的成分含在裡面。於是大家接著又是一陣哄堂大笑。藍小姐知道這一笑，丁古雲有些難堪，便笑著一扭身子跑到屋外去。然後回轉頭來笑道：「我實在不能笑了，肚子都笑疼了，在外面躲避一下子吧。」大家笑聲小了一些。藍小姐復又折回屋子來，將手抬著，指了牆上那塊橫披道：「大家看見麼。『齊莊中正』。」藍小姐把這個「齊」字唸成了吃齋的「齋」。仰天道：「什麼？這個字念齋嗎？」丁古雲道：「對的，這個字讀『齋』。古人齋戒的齋，都用齊字。『齊莊中正』是一句《四書》。」仰天笑道：「哈！藍小姐學問真不錯。」藍田玉笑道：「我唸過什麼四書五書？在北平的時候，人家屏風上，常有寫著這四字的。以往我也是唸成齊整的齊，後來人家點破我了，我才明白這四個字，無非教人私生活要嚴肅一點的意思。」夏水笑道：「糟糕！自從這牆上有了這幅橫披，我一直唸著齊整的齊。仰天笑道：「就念齊整的齊，也沒關係。反正你寫劇本，不會寫上『齊莊中正』這麼一句話。」

在這一陣談話之後，算是移轉了視線，把剛才的笑話引開。藍小姐就也很圓滿的招待完畢了這個茶會。因話引話，引到陳東圃的箏上，大家就順了藍小姐的要求，請他彈箏。陳東圃在這兩個月來，都沒有興趣去玩樂器，這時一陣高興，就拿了箏來，放在長方桌上彈著。在座的人，都含笑靜聽，奏完一曲之後，就報以熱烈的掌聲。但藍田玉冷眼看著這群人當中，有一位穿西服的朋友，常發著勉強的談笑，她曉得這位是學西樂的劉仰西。他除了會打鋼琴之外，提琴很有名。這玩意在青年當中，常受到歡迎，今天算是在藝人圈子裡這樣出風頭，他自然是極不高興。藍田玉看在眼裡，當時且不作聲，等陳東圃又彈完了一曲，便笑道：「對於西樂，我也是很愛的，尤其是小提琴，那聲音拉起來是多麼婉轉悠揚呀。」笑說時，兩手環抱在胸前，仰了面孔，微閉著眼睛，似乎這空中就送來一陣提琴之聲一般，丁古雲見她這樣讚美著，便笑道：「你面前就坐著一位提琴名手劉仰西先生，難道你還不知道？」藍田玉回轉身來，向他道：「劉先生是提琴名手，我是有眼不識泰山，劉先生，你的提琴，一定也帶在身邊，可以讓我們聽聽你的雅奏嗎？」她說著話，走近了一步，那眼珠在長睫裡轉動著，望了劉仰西。

他本以藍小姐一個勁兒的捧陳東圃，心原有一種說不出的酸味，現在藍小姐站到面前，她那一張俊俏的臉，一雙靈活的眼珠，尤其是身上那一種若有若無的胭脂花粉香，足以征服一切。他簡直沒有那份勇氣，敢說不奏提琴。向大家看了一看，然後笑道：「還要我湊一份熱鬧。」丁古雲看著藍小姐很高興這件事，便笑道：「一年三百六十日，我們難得有此一日，何妨大家樂上一樂？」劉仰西道：「我就獻醜一番，不過藍小姐不能盡聽人家的，應當也表現一點才對。」這句話說得大家高興，接著劈劈拍拍一陣鼓掌，共同贊成此事。藍田玉笑道：「各位先生看得起我，教我逗個趣兒，我沒有不來的，只是我懂得什麼呢？我算略略懂得一點話劇，難道讓我一個人在這裡演一幕話劇嗎？」陳東圃笑道：「那麼，請藍小姐唱個英文歌吧。」藍田玉笑道：「中國歌都唱不好，還唱英文歌呢？」王美今笑道：「這樣說，藍小姐的中國歌，一定是唱得很好的了，那就唱中國歌吧。」藍田玉笑道：「夏小姐的京戲唱得好。各位要聽中國歌唱，不如請夏小姐唱。」夏小姐笑道：「我的《三堂會審》，還是你教的呢。」於是大家一陣哈哈大笑，同聲道：「兩位都唱，兩位都唱。」藍田玉道：「沒有胡琴我怎麼唱呢？」劉仰西笑道：「那太好辦。我的梵呵零可以拉西皮二簧，而且我學過《玉堂春》這齣戲，我還是專門的學過呢。」於是大家喊著好，鼓起掌來。仰天先生把導演的氣力都拿出來了，頓著腳只管叫妙極了，妙極了。

在這種熱烈情況之下，劉仰西自十分高興的，取了小提琴，站在屋子當中，先奏了一段小曲。這時，大家的興致，都放在兩位女士的《玉堂春》上面，尤其是藍小姐這一角，為大家所急欲恭聽。於是照例鼓了一陣掌，並沒有催劉仰西再來一個。劉仰西經藍小姐幾分鐘的感召，也十分興奮，所以他自己也不希望單獨再露一手，因向藍田玉點了頭笑道：「藍小姐我們這就開始。」藍田玉倒並不推諉，笑道：「用提琴配唱，我可是個嘗試。假如唱得一塌糊塗，把劉先生的音樂襯托壞了，可不能怪我。」劉仰西笑道：「也許是藍小姐掉轉來說，怕是我的琴，配不上你的唱吧。」說著，將手裡拿的提琴，橫頂在肩上，把弓在弦上拖拉了兩下，笑道：「調門就是這樣高。這可不像胡琴，特別高不了。」藍田玉道：「我的調門，根本就不高。平常就是唱六字調。」陳東圃笑道：「你看，這兩句話，就是內家不能說。」王美今搖搖手道：「不要鬧，不要鬧，等藍小姐唱。」於是大家笑嘻嘻地望了藍小姐。藍田玉不慌不忙的，臉上帶了微笑站將起來。劉仰西肩上架著琴，右手拉了弓子，在琴面上虛比了一比，點著頭向她說了一句英文，那意思是預備好了？藍田玉笑著點點頭。劉仰西拉了一個小小的西皮過門。因道：「就從慢板這裡唱起了。」藍田玉站了起來，兩手垂在胸前，又反挽了過來，臉上帶了一點笑容，又笑了一點頭。劉仰西再將提琴拉著，她就應聲唱了起來。

她始終是面帶了微笑，面對了在座的人，很大方地坐下去。唱到了那「十六歲開懷王公子」那一句，她臉上更隨著起了一陣紅暈，那兩個小酒窩兒深深的漩著，頭略低了一低，身子也略微偏了一偏，而眼角又很快的向丁古雲掃了一下。他心中隨著一動，若不是緊靠了椅子背坐著，幾乎暈倒下去了。自然，在座的人，也都陶醉在這唱聲裡，沒有一點聲息來打攪。直等她把這一段唱完了，大家才哄然一聲的鼓了掌。仰天拍了手道：「這是一個奇蹟！這是一個奇蹟！提琴可以配合皮簧，而且是這樣好。」藍田玉向大家點著頭，連說見笑見笑。陳東圃站起來，斟了一杯茶，雙手遞給藍田玉笑道：「潤一潤嗓子。」仰天回頭向夏水道：「我們說編的那劇本，那主角有了一人了。」夏水笑道：「藍小姐實在是個全材。」王美今端了一把椅子，放到藍田玉身邊，笑道：「坐著喝吧。」藍田玉向著大家連聲道著謝。她早間化妝時用的胭脂粉，本來有些脫落了，露出原來的白臉。現在唱過一段戲，臉上微微泛起紅暈，更覺得有一種天然生就的嫵媚。大家都不免對她臉上多看了兩眼，藍田玉似乎也覺得大家都注意她，透著有點不好意思，臉腮上越發加增了一些紅暈，將眼皮垂下了，帶上一點微笑，站在桌子角邊，順手掐了朵瓶口上的花，送到鼻子尖上嗅了兩嗅。劉仰西笑道：「繼續繼續！」說著又把提琴扯了起來。藍田玉道：「難道始終讓我一個人唱？」王美今笑道：「你看我們大家都在這裡聚精會神等候著你的雅奏，你僅僅唱兩句就了事，那也未免使大家太失望了。」丁古雲也笑道：「再唱兩段罷，你看大家的期望是這樣的深。」藍田玉向他笑了一笑，輕輕的說了一句道：「丁先生也讓我唱。」

她這句話說得極其低微，很少人能聽到。但她說的時候，向丁古雲使了一個眼色，丁古雲縱然不聽到她說什麼，也知道她的用意所在，笑著連連的點頭。藍田玉側過臉子去，便又隨著提琴唱了幾段，在大家鼓掌聲中，將夏小姐拉著站到劉仰西的身邊，一定要她接唱。夏小姐雖是大家次要歡迎的一個主角色，可是這些藝人，自解得女人的心理，不肯特別將藍小姐鼓勵過甚，因之也就一律敦促了夏小姐唱。她唱之後，照例鼓掌，照例有幾次歡迎再唱。這一番熱鬧到暮色朦朧，大家方才盡興而散。

經過這樣一番熱鬧，全寄宿舍裡的人，都與兩位小姐很熟。仰天先生提議，今天恰是好打牙祭，就請兩位小姐在宿舍裡便飯，除了回鍋肉之外，他並將昨日買的十五個雞蛋拿出來請客。陳東圃說，有朋友自白市驛送了兩隻鹹鴨子，也願拿一隻出來請客。這菜就透著頗為豐富了。夏小姐是老跟著田藝夫的，這個辦法，自然是十分贊同的。藍田玉看著大家這樣高興，她就什麼不說，故意裝著沒有什麼問題似的。這寄宿舍裡，本有兩桌吃飯的先生，吃飯的時候，兩位女賓，每席安頓了一位。藍田玉自是和丁古雲同席，坐在桌上，她卻不住的向四面牆壁上去張望著。丁古雲笑問道：「藍小姐看什麼？」藍田玉笑道：「我要看看你們飯堂裡張貼的規則，果然有不招待女賓這一條沒有？」王美今也在這桌上坐著的，因道：「哪裡有這話？不過以前很少女賓來，而丁翁……」丁古雲立刻接著道：「我對這事，向來也沒有拿過什麼主意，以前來的女賓，僅僅是這一位夏小姐，來了既不一定遇到打牙祭，更沒有人拿出雞蛋鹹鴨請客，我們就沒有留過夏小姐在這裡用飯。」

夏小姐和陳東圃坐在那桌上，她正將筷子夾了一塊鹹鴨，舉將起來，向他笑問道：「這麼一解釋，我吃你的鹹鴨，還是沾著藍小姐的光呢。」陳東圃笑道：「我也有辯護，可是我這鴨子，昨天才由朋友送來。」丁古雲在那桌上向這裡點頭道：「不僅此也。老莫已經說了，藍小姐也加入我們這團體一塊兒支生活費，當然她可以加入寄宿舍搭伙食。若以客論，僅僅是夏小姐一個人，所以究竟說起來，還是請的夏小姐。」陳東圃道：「我們全體尊丁兄作者大哥，老大哥的話如此，還有什麼話說？」仰天笑道：「你這句話，有點強迫民意。全體的老大哥，藍夏兩位小姐也在內呀，她們承認了嗎？」夏小姐在這桌上看了田藝夫，然後笑道：「有什麼不承認，難道丁先生還不夠作我們的老大哥嗎？」仰天回轉身向桌上望道：「那麼藍小姐呢？」藍田玉正吃著飯呢，噗嗤一笑，將頭縮到手扶筷的懷裡去。

第十三章

自我犧牲

今天這一天，由早上到晚間，丁古雲都在緊張的空氣裡。雖然早上一部分時間，是比較嚴肅的，然而他始終是感著愉快。不想在這吃飯的中間，藍田玉在眼角眉梢，還要給他許多興奮，他真覺自抗戰以來，少有今天之樂，加上這菜又是破格的好，這口味也就開了，盛了一碗飯，又盛一碗，吃了三碗半之多。還是藍小姐早已吃完，站在夏小姐身邊，向她道：「怎麼辦？外面漆黑，一點不看見走。」丁古雲立刻放下筷子碗，站起來笑道：「不要緊，不要緊，我有燈籠，可以同老田送兩位小姐回去。」田藝夫笑道：「有丁兄一個人打著燈籠，不就可以了嗎？為什麼還要添上一個老田？」丁古雲笑道：「假使夏小姐說，只須我一個人送的話，當然，就讓我一個人送去。」他說這話時，笑著向了夏小姐。她也笑著點了兩點頭，卻望了藍田玉。藍田玉更是不等她開口，先道：「只要有燈籠，根本用不著人送。只是走得早一點就好，去晚了，那房東家裡的狗叫得討厭。」丁古雲見她說這話，眉毛有點微微皺起來，他不知道是討厭那狗叫呢？還是不願意當了大眾允許自己送她？這實在不敢勉強，立刻跑回自己屋裡，點著一隻燈籠，拿到飯廳裡來，藍田玉接過燈籠的時候，站在他面前，悄悄的說了聲謝謝，她雖沒有帶什麼笑容，只在她眼皮一撩，閃電似的，向人看了一眼，便覺這一聲謝謝，就異樣的教人感著愉快。

只是怎樣回答人家這一聲謝謝，事先並沒有準備，這時也就說不出來，只有嘻嘻的向她一笑。她謝過了，並不注意這話，立刻舉著燈籠，向夏小姐臉上照了一照，笑道：「吃也吃了，喝也喝了，我們該走了。」夏小姐笑道：「是！吃也吃了，喝也喝了，這都是沾著藍小姐的光。」藍田玉笑著將燈籠舉了一舉，身子扭著笑道：「是了，我的小姐，閒話少說，我們回去吧。」於是夏小姐笑著，跟她走出飯廳去。這飯廳裡的各位先生，雖已用飯完畢，大家並沒有散。藍田玉已走出去了，匆匆的卻又走了回來。手扶了飯廳的門，伸進半截身子來，向大家點著頭道：「一總子謝謝了。」說著嫣然一笑，很快的縮轉身子去就走了。仰天向夏水笑道：「藍小姐周身都是戲，假如她跳進電影圈子去，必定有驚人的成功。」夏水道：「這兩天我對她的認識，也是如此。」丁古雲道：「她已厭倦了戲劇生活了，所以她找了我來，要從新另過一番生活。」仰天道：「戲劇生活，為什麼要厭倦呢？」丁古雲道：「這個我就沒有問過她。」夏水道：「你們雕刻家多一個人才，我們戲劇界可就失掉一個人才了。丁兄真有本領，怎麼會使她變更生活思想的。」丁古雲對於這個問題，本很有辦法推諉的。可是被夏水問得太急，他答覆不出來，只好哦喲了一聲，兩手拱著，連奉了幾個揖，笑道：「此話殊不敢當。此話太不敢當。」說著，走出飯廳去了。

這麼一來，丁古雲倒添了一種心事。所有在寄宿舍裡的各位先生，都說她好，大家就都可以引誘她。尤其是這兩位戲劇家，再三誇讚她是戲劇人才，以喪失為可惜，大有將她拉回戲劇界的可能。現在第一件事，是要讓她生活安定。第二件事是要增加她遠大的希望，教她不忍離開自己。有了這感想以後，當晚睡在床上，前前後後，想了個徹底。

到了次日上午，藍田玉來了，已改了裝束，將頭髮梳了兩個小辮，紮著青綢辮花，穿一件半新舊的藍布長衫，皮鞋也脫了，換了一雙青布鞋，甚至臉上也只薄薄的抹了一些脂粉。因為工作室裡無人，丁古雲正整理著工具，便笑道：「哦！清雅極了，預備來工作了。」藍田玉道：「可不是？難得莫先生並沒有見著我，一提到就答應給我生活費，我應當立刻奮起，拿出一點貢獻來。」說著，在桌子夾縫裡拿出雞毛帚子來，代拂著桌椅上的灰塵。丁古雲正色道：「對的，藍小姐說這話對的，我想是明天吧？我進城去找老莫，把經費問題先解決下來，一切就好著手了。」藍田玉笑道：「丁先生是不大願意找闊人的，現在倒是三天兩天就要去找闊人了。」丁古雲笑道：「我不能說這完全是為了你，但是想要作一件事情成功，不能毫無犧牲。現在這件出國募捐的事，是我和王美今分別負責。他那一部分責，他自有許多畫家幫忙，反正顏料和宣紙，在這後方，還不成問題。至於我這一部分，卻須到香港去採辦材料，而又只有我兩人共同負責。難道我教你去犧牲不成？只好我打破一點政治貞操了。」說著，手摸了鬍子，昂頭浩然長嘆。

藍田玉笑道：「丁先生明天真進城去？」丁古雲道：「事不宜遲，越快越好。」藍田玉看到熱水瓶放在旁邊桌上，便斟了一杯茶，滲合著熱水。丁古雲以為她是自己斟茶喝，並未加以理會，可是她自己卻兩手捧了茶杯，送了過來，放在他的工作桌上。笑道：「丁先生喝茶。」丁古雲呵喲了一聲，起身拱了手道：「怎好勞動藍小姐？」藍田玉道：「丁先生為我忙的事多了，我就不能為丁先生分一點勞嗎？」說時，她搬移著陳列品將那架子上的灰塵，輕輕地給抹刷掉。又道：「這些東西，我看丁先生就不要寄宿舍裡傭人搬弄，那無非是怕他們打碎的意思。本來呢？哪一項不是丁先生的心血結晶？」丁古雲拍了大腿道：「正是如此。這屋子裡的事情，總是我自己動手。」藍田玉將陳列品格架整理好了，斜倚了牆站著，牽扭著自己的衣襟，低頭笑道：「丁先生，你別看我是位大小姐，住家過日子我還相當的在行，把一個家庭布置得井井有條，我相信我有這個本領。」丁古雲道：「是是，我早知道。戰爭是委屈了你，不然，你應該有一個好的家庭了。」藍田玉道：「我的家庭，本來很好，丁先生不知道我家是一個世家嗎？」丁古雲道：「不！我說的是你自己應有的小家庭。」藍田玉沒有作聲，繼續整理著她的衣襟。

丁古雲有一句話想繼續的說了出來，可是他看了一看藍小姐的臉色，見她並沒有什麼笑容，那句溜到嘴邊來的話，只好又忍了回去。藍田玉似乎也有點知道，便將面孔嚴肅了三分，望了丁古雲道：「現在的物價，又比一個月前貴多了。假如要照以前規定的經費去採辦材料，恐怕買不到什麼。而且，想著把材料由香港買了來，作成了出品，又由飛機上飛了出去，那最不合算。石膏作的東西，既笨且重，又很容易碰碎，裝箱也是困難，倒不如丁先生就直接到香港去住著，就了當地材料和能得的精良工具，在那裡作出品，作好了裝箱搬上海船，直接運往新大陸，那不簡便手續得多嗎？」丁古雲又拍了兩下大腿，笑道：「著！著！這個辦法最妙！只是這對於你的工作，恐怕要發生問題。」說著，抬起手來，搔著臉腮，表示了躊躇的樣子。

藍田玉向他微微一笑道：「丁先生不是答應過也帶我到香港去的嗎？」丁古雲笑道：「有的有的，是有這話。可是我沒有想到你願和我一路去。」藍田玉向他瞟了一眼，笑道：「丁先生究竟是老夫子，不懂得少女心情，哪一個小姐，不願到那麼的都會裡去呢？在香港多麼好？可以買到一切所需要的東西，有好電影好戲看，住著現代化的房子。呵，多了，反正比在這裡住著舒服一百倍，我還有許多女朋友在那裡，到那裡去，我也不會感到像在重慶這樣寂寞。」丁古雲道：「不過我們能去的話，恐怕不許可我們在香港自由交際，這是什麼意思呢？第一是要趕製出品，第二也恐怕人家議論，說我拿了公家的錢，卻是不替公家作事。」藍田玉聽了這話，不必去思量，已經知道他是什麼意思，因向他笑道：「這倒是無須丁先生顧慮的，我若到了香港，一定聽著丁先生的指揮，絕不會淘氣的。」她每次感到受窘或無聊，她總搭訕著，嘴裡滴當滴當，唱著英文曲子的，現在她又是這樣了。

丁古雲手拿她斟的那杯茶，舉到嘴唇邊待喝不喝的，眼睛可望了她，因笑道：「你還有什麼話和我商量的嗎？」藍田玉跳了兩跳，透著還是小孩子那股天真呢。她走近了兩步，向丁古雲笑道：「你怎麼知道我有話和你商量呢？」說著，她將手扶過後腦勺右邊那只小辮，辮梢放到嘴裡咬著，眼珠向丁古雲轉著。丁古雲笑道：「你要買什麼東西呢？說吧，無論什麼，我一定和你買回來。」藍田玉放開了小辮子，笑道：「我什麼也不要，謝謝。可是我這話說出來，一定要碰釘子。」說著，手扶了桌子，將一個柔嫩雪白的食指，在桌面上畫著圈圈，口裡又是滴當滴當唱著英文歌譜。丁古雲把那杯茶都喝完了，還是拿了那空杯子在手，待喝不喝的，只管向她瞧著微笑。因道：「這可奇了？你怎麼知道會碰釘子呢？你說的話，我向來是贊成的。」

藍田玉於是仰起臉來向他笑道：「那麼，我就說了。我知道夏小姐學校裡那個會計先生，私人經營點小生意，常常托靠得住的人，在香港帶回那極容易隨身藏著的掛錶手錶和自來水筆。有時也作到兩三萬元。貨帶來了，除了本錢，他和帶貨的人，對成拆帳。這個人我認得他，他可對我沒信用。丁先生不認識他，他可十分信任你。因為你這鼎鼎大名的君子藝術家，他是信得你過的。」丁古雲放下茶杯，向她笑道：「你這意思，是讓我和他合夥作生意。」藍田玉笑道：「一萬元的貨，賺的好，可以賺五六萬元，對成拆帳，各賺兩三萬元。咱們這窮藝術家，賺兩個錢救救窮，有什麼不好？何況咱們將本求利作生意，並不是什麼壞事。」丁古雲將左手五個指頭輪流敲著桌面，右手還是扶了那杯子出神。藍田玉微微鼓了腮幫子道：「怎麼樣？我知道要碰釘子吧？」丁古雲笑道：「你別忙，這件事，我們得考慮考慮。錢上一兩萬，人家是不會相信我這素昧平生的人，這是一個問題。其次呢，我們若能到香港去，恐怕不是一二個月能回來的呢，拿了人家兩三萬塊錢，人家放心嗎？」藍田玉道：「唯其如此，所以要你這金字招牌出面了。我想著，只要你肯和那會計見面接洽一次，他決沒有什麼考慮，就會掏出資本來。我想著，我們想有一點辦法，就非作生意不可。」

丁古雲接連的聽著她說了我們這樣，我們那樣，毫不見外，心裡極是高興，對於她這種提議，當然沒有拒絕的勇氣。只是沉吟了去摸頭髮。然後笑道：「我這個金字招牌，你利用我去作生意？」藍田玉微微鼓了嘴道：「你說的話自我犧牲，那是……」丁古雲立刻迎著笑道：「不假不假。你稍微等兩天，等我由城裡回來，一定去和那會計先生碰頭。一言為定！」藍田玉聽著，笑了一笑，走到桌子邊，兩手按了桌沿，和丁古雲隔了一隻桌子角。因笑道：「我還有一個要求。今天中午，我要在寄宿舍裡吃飯。」丁古雲笑道：「這樣用得著什麼要求，昨天不就當眾宣布了嗎？」藍田玉笑道：「你沒有懂得我的意思。我的意思是說在這裡第一次正式吃飯，希望有你陪著我，飯後你才進城去好嗎？」丁古雲真想不到她會是這麼一個要求，真覺周身都像理髮店裡的電體機械震盪過了一樣，感到一種不可言喻的舒適。可是他還笑著道：「我是預定好了兩三點鐘去見老莫的，吃過午飯進城怎來得及？」藍田玉道：「既然那麼著，當然是進城找老莫要緊，你就走吧。等你回來了，我再加入這邊吃飯就是。」丁古雲笑道：「不！不！你已經約好了今日中午加入的，也許他們還等候著你吃飯呢，我陪你吃這餐飯就是，明天我一早去找老莫也沒關係。」藍田玉道：「田先生說，他們又須備了兩樣好菜歡迎我，我倒不可教人家失望。」丁古雲拍著手笑道：「怎麼樣，還是我說的對吧？」她又微微笑了一笑。

於是丁古雲留在寄宿舍裡，陪著藍小姐吃過午飯。飯後，藍小姐到他屋子裡，私下向丁古雲道：「我本想送你走幾步，又怕人家太注意，我還是不送。快點回來，給我們好消息吧。」丁古雲聽了，滿臉是笑的向她道：「有你這話，比送我到公共汽車站還要交誼厚十分呢。你想吃點什麼？我給你帶來。」藍小姐將右手挽過她右腦後的小辮子，將身子搖撼了道：「我不要，我不要，哼哼！你把我當小孩子。」說著，又微微跳了兩跳。丁古雲看著她憨態可掬，哈哈大笑。藍小姐也嗤嗤的笑了。她又道：「別儘管笑，最好是把事情辦好了，咱們留著慢慢的笑吧。」丁古雲又聽了一聲咱們，心裡自是十分高興，匆匆收拾了一個旅行袋，便提著上公共汽車站去，走到寄宿舍對面小山崗子，曾回頭看看。見藍小姐站在門外敞地上，還向這裡望著。不由自言自語的說道：「她對我真有幾分真心。」同時，自己又贊成這句話，點了幾點頭。這一份兒希望，鼓勵了他為金錢而努力。

三點多鐘，到了城裡。他自也急於要知道莫先生的態度如何，哪裡也不去，坐了一輛人力車子，直奔莫先生辦事處。到了那裡，自是先向門房去投名片。那門房先是看了一看名片，然後向牆上掛的小鐘看了一下，將名片向桌子角上一丟，淡淡的道：「過了掛號時間了。」那名片丟下來，勁頭子足了一點，竟是被滑落到地下去。丁古雲看到他這份傲慢情形，恨不得伸手敲他兩個耳光，可是自己也很明白，不透過這個門房，就休想去見老莫，得罪了他，是自己走上了絕路。

因忍住了一口氣，彎腰將名片撿了起來。向他笑道：「可不可以請你到上房去問一聲？」門房架腿坐著，正點了火柴吸著紙菸。於是昂頭噴出一口菸來道：「今天會的客很多，有二三十位，不用問，沒工夫再見客。」丁古雲心裡，暗暗罵了兩聲狗種，自提了袋走出大門去。就在這時，那位尚專員由裡面走了出來，點了頭笑道：「丁兄，你什麼時候進城來的？」他雖這樣說著，還是舉腳走他的路。顯然他是隨便應酬，並無予以招待之意。丁古雲趕上去兩步，將他衣襟扯著，笑道：「尚先生公忙嗎？我有兩句話和你商量商量。」尚專員見他這樣，只得看了看帶著的手錶，向他笑道：「我只能談二十分鐘的話。」丁古雲道：

「那夠了，那夠了。」尚專員為了莫先生對他印象很好，自也不願過拂了他的情面，便陪同了他走進辦事處，找了一間小談話室去坐著。

丁古雲放下手提的旅行袋，還不曾坐下，先向他拱了兩拱手笑道：「諸事請幫忙。諸位既把偶像抬出來，讓我為國家作點事，那麼，做事做到頭，就索性超度我一下了。」尚專員笑道：「我兄差矣，怎麼連超度兩字也說了出來了？」丁古雲道：「因為我們那個寄宿舍是隱瞞不住事情的，自從大家有了那拿作品出國去的消息以後，大家把這話宣傳出去了，鬧得滿城風雨。現在一點著落沒有，真成了四川人那話我麼不到臺。」尚專員道：「所謂沒有著落，是指哪一項而言呢？莫先生不是當面答應了一切嗎？」丁古雲道：「這樣實實在在的事情，當然不是一句話可以了，事第一是要錢。」尚專員又看了一看錶，因道：「這事我也無從作主張，等我去問問莫先生，看他怎樣說，最好和他直接接洽，請你在這裡等一等。」說著，他去請示去了，不一會，他回來說：「今天會的客太多，恐怕沒有工夫詳談，明天上午你到這裡來吧。」丁古雲道：「上午不是會客時間，幾點鐘呢？」尚專員道：「自然越早越好。既是他約你來，就無所謂時間不時間了。」說著，他也不管丁古雲同意不同意，起身就向外走。

丁古雲雖覺得他招待不周，可是想到他以前曾幫過忙，不可抹煞一切。而且這是在人家辦公的所在，人家自有正當的公事，豈能專門陪客。在一切原諒的情形之下，他就自己忍受了這些，自找了旅館住著。他因為人家叮囑了，來的越早越好，早起在豆漿店裡去用過了早點，匆匆的看了一份報，就向莫先生辦事處來。第一步還是去找那不願見的門房，說明了原由，他大笑了一陣，接著道：「約你上午來，並沒約你一早來。現在不到九點鐘，連莫先生自己也沒有來呢。」丁古雲見那門房驢式的面孔，眼角笑出了許多魚尾紋，那一份譏笑的樣子，顯然掛在他薄嘴唇與慘白的馬牙齒上，可是還得向他問話，不問哪有路徑？何況自己是抱了犧牲的精神來的，就受點委屈又何妨？便靜站著了四五分鐘，再等機會。

倒是那個門房見他是長袍馬褂，長鬚飄然。雖然穿得是布衣，卻像有幾分身分的人。見他望著人是翻了兩隻大眼，面孔紅紅的，似乎有了氣。既是莫先生曾約他來，總不能過於藐視他。因停住了笑道：「莫先生至早也要十點鐘才來，你十一點鐘以前來，總可以會得著他。」丁古雲想著，這回算是自己找釘子碰。還有什麼話說，又是無精帶彩的走了出去。最後是自己算準了時間十點三刻再去。可是那門房見面之後倒先告訴了他，莫先生沒有來。丁古雲道：「莫先生不是每日上午九點鐘總要來的嗎？」門房道：「那也不一定。」說時，正有郵差來了，他自忙著蓋章收信。他拿著一捧信件在手，清理了一番，自送向上房去了。

丁古雲看看那小桌上的小鐘，已到十一點，以上午而論，為時已經不多了，看那門房，自辦他的事，並不將眼角的微光閃人一下，料著多和他說話，也是自討沒趣，便走出門房，在空場的水汀汽車跑道上蹓躂著，心想莫先生坐了汽車來，必會在這跑道上下車的，就這樣等著他吧。這樣直等過十二點鐘，還不見莫先生的汽車到來，料著這是一場空約。反正這是尚先生代為約會的，莫先生不負責任，何況他們這種人的時間，向例是分兩種，一種是等候人；一種是要人等候，莫先生自是占著後者的身分，雖然昨天留了那麼一個約會的話，照著習慣，他自不怕人家不等，並沒有感到什麼誤約的意念。這天上午不來，也就忘了這樣一個約會。丁古雲白等了一上午，只好出去找個小館吃了一頓中飯。由一點鐘到三點鐘。自然無須再去赴約。三點鐘以後，是莫先生普通會客的時間，去晚了，又怕是來客太多，把號掛滿了，還是攤不到自己。

因之挨到三點半鐘，再也不敢停留，又到辦事處來。那門房經了多次的接觸，算是認識了，接過他遞來的名片便道：「你隨我來。」他臉上固然沒有怒意，可也沒有笑意，冷冷的拿了那張名片。晃了膀子在前面走。丁古雲暗暗嘆了一口氣，只好跟他走。走到一所門口掛著會客室牌子的所在，他推開門，讓丁古雲進去。那門房也並未多交代一句話，自走了。這裡有兩張大餐桌，另外兩張小桌，圍了椅凳之類已不少穿長短衣的人分處坐著。這裡沒有主人，也沒有茶菸，只是大餐桌上各擺著一瓶草本花。坐著的人，除了看這花，便是面面相覷。恰好這些人，丁古雲也不認得一個，向各人看了一眼，自找牆角落裡一張桌子邊坐下。初坐下來，還無所謂，坐得久了，實在無聊，好在牆上還懸有幾張分省地圖，便站起來背著手看地圖。這隔席桌上坐著兩個人，似乎有點相識，輕輕的談著話。一個道：「這哪是會客室，這應當說是候見室。」一個道：「會客室是對的。在座許多客，互相會一下，才是客會客。若有個主人，便不成會客室了。」那一個道：「若把這地圖換了人體解剖圖，倒有些像候診室呢。」附近幾個聽見的人，都笑了。丁古雲也笑了一笑，心想，不是為了藍田玉，誰願坐這裡候診？然而想到了藍田玉自我犧牲一句話，也就安之若素了。

第十四章

一切順利

這「候診室」究竟不是那麼可厭的而且是可喜的，倘若不是可喜的，也不會天天下午客滿了。丁古雲在這「候診室」里約摸坐到一小時開外，已經有呈啟式的人物，拿著名片，請過兩位來賓出去，與莫先生談話了。那人第三次來，站在房門口，將名片舉了一舉，問道：「哪位是丁先生？」丁古雲站起來，他便說了一聲請。丁古雲留下手杖帽子，由他引著到莫先生見客室裡去。

莫先生今日很是客氣，和他握了一握手，先就連說了兩聲對不起。落坐之後，丁古雲先道：「莫先生很忙，要會的客，還多著呢。我的話，很簡單的說出來吧。前莫先生定的計劃，當然是要繼續進行了。但據古雲考慮下來，倒有點不敢擔任了。」莫先生聽了此話，倒有些驚訝，望了他道：「不敢擔任？為什麼呢？」丁古雲道：「現在百物漲價，連飛機票子……」莫先生倒不讓他說完，立刻接嘴笑道：「那是當然，絕不能照以前的計劃，支配款項，我已預定支用十萬元。」丁古雲道：「關於整個的計劃，古雲有點變更。無論是在海防或香港買原料回來，將作品弄好了，又搬了出去，這一筆運費，固然是可觀，而且怕有破碎，不如我自己到香港去住上兩個月，就著當地的材料，將作品弄出來直接海運出去，豈不省事省錢？自然作品總要審查審查。我想這也好辦，或者就請留港的藝術界人物大家審定，並寄幾張照片回來，請莫先生看看，不知莫先生對這事可以放心？」莫先生點著頭道：「很好！這樣很好，只是丁先生請的那位幫手，也可以去嗎？」丁古雲將臉色正了一正，有了一種毫不可犯的樣子，因道：「本來古雲是沒有打算帶她。據她說，她的兄嫂現在就僑居在香港，若到香港去，她可以住到兄嫂家裡去，可以不支旅費。」莫先生道：「我還有一件事請你幫忙，現在要採辦一批西文圖書及文具，約合三十萬元。我們開一個單子，打算請你在香港代辦一下。這款子打算不匯出去，由內遷的南海美術學校撥兌，因為他們有款子存在香港，他們學校裡，開幾張支票給你，你可以到香港銀行裡去拿錢，這樣可以省掉申請外匯的一番麻煩。假如你用錢不夠的話，你打電報回來，他們還可以寄支票給你。」丁古雲道：「那很好，那石校長是古雲的熟人，可以和他接洽的。」莫先生道：「正因為石校長和丁先生是熟人，相信得過。其實，他也沒有什麼不相信，我們也是開著重慶支票調換他的支票。這樣好了，丁先生可以自己去整理行裝，關於款子和買飛機票，都派人和你預備好。這件事是尚專員主辦的，依舊一切由他負責吧。現在要錢用嗎？」丁古雲帶了點微笑道：「當然是要一點錢來安排。」

莫先生打著茶几上的呼人鈴，隨著進來一個茶房。莫先生已是拿起面前桌上的紙筆，開了一張條子，交給他道：「立刻到會計處取五千元款子交給丁先生。」丁古雲一聽他這吩咐分明是這接見室裡要等著見其他的來賓，主人已有謝客之意了，於是告辭出來，回到先前那個會客室裡去拿帽子手杖，茶房隨在身後很恭敬的道：「請丁先生在這裡等一會，我立刻將款子取來。」丁古雲回到那會客室裡，雖還看到有好多人在候見，可是他覺得沒有先來時那一切的愁雲慘霧。縱然這裡可說是候診室，自己的病，已經莫大夫診斷個千真萬確，所開的方子，有起死回生之妙，這候診室也就十分可喜了。

他如此感覺著，歡歡喜喜的坐在桌子邊，覺得那花瓶子裡的鮮花像藍小姐濃妝後的臉，向人發著微笑。那茶房來了，他很懂事，站在門口，笑嘻嘻地向丁古雲點個頭。丁古雲會意，走出門來。那茶房卻引他走到一邊，在懷裡掏出幾卷鈔票悄悄地交給他。雖然社會上用錢的眼眶子大了，然而這個五千元的數目究竟不是一個長衫朋友隨便可以取得的，因之拿在手上，看了一看，便隨手取了五十元塞在茶房手上，笑道：「買一盒香菸吸吧。」他高興之餘，也沒有等茶房那聲道謝，立刻走上大街去。且不坐車，一面走著，一面向街兩旁店鋪張望張望，心裡便不住估計著那一項東西是應當買給藍小姐吃，那一項是應當買給藍小姐用？估計之後，再沒有什麼考慮，立刻就買下了。跑了三家店鋪，這兩隻手就有些拿不下了，臨時買了一隻紅綠格子的旅行袋，將買的東西，都裝在裡面。直把這旅行袋裝滿了，還添了兩樣在手上拿著。因為旅館裡還放著一隻旅行袋，預計是可以還放下一些東西的。街上轉了兩個圈子，今天是無法趕坐公共汽車回去的了。一肚子話，急於要告訴藍小姐，卻要挨到明天去，自己是在焦燥之中，特別感到沉悶，本來沒有什麼事了，身上有錢可以消遣兩小時，然而他反感到有些不安，在小館子裡吃過晚飯，便到旅館裡去睡著。

次日，天不亮就起來，趕到公共汽車站去買第一班車的票子。恰好遇到兩個送客的學生一個代站在票房外欄杆邊排班買票，一個代提著旅行袋。丁古雲騰出身子來，坐在車棚下，喝豆漿沖蛋花，吃油條燒餅。提旅行袋的學生，坐在一邊，卻向他笑道：「這實在不是尊師重道之旨，這樣寒天，要丁先生三更半夜到公共汽車站來排班。」丁古雲笑道：「我現在已不教書了，教什麼人來尊師？至於道，這要看是怎樣的講法？我們守著這一份落伍思想，還能認為是什麼道嗎？」那學生笑道：「雖然這樣說，但我們跟隨丁先生唸過書的，我們就曉得丁先生是個不折不扣的聖人。」丁古雲呵呵一笑，連連搖著手道：「不要說這樣開倒車的話。」那學生道：「雖然丁先生十分謙虛，但是我們出了學校門，就覺得老師當年給我們做人的教訓，句句是良言。我們現在拿出來應用，非常之適合。」丁古雲手摸了鬍子，向他望了道：「那麼，你舉一個例。」學生道：「譬如丁先生當年對我們說，男女戀愛是人生一件事，可不是勝過一切的事。至於不正當的戀愛，更是斫喪性靈，摧殘身體，敗壞事業的事。因此，我們結了婚，再不追逐別個異性。我們同事，女子很多，我和密斯脫張，都守著丁先生的信條，不追逐女同事，因之事業不受牽掛，經濟也沒有損失，而女同事也看得起我們，上司也說我們忠實。不正當戀愛，實在與人的事業不併立。」

他們兩人雖是悄悄的談話，這些圍著喝豆漿的人都聽到了，不免同向他們注視著，覺得這位先生道貌岸然，教出這樣守貞操的學生，真是空足谷音。各各在臉上表示了一番敬仰之意。丁古雲也就曉得了人家在敬仰著他，越發正襟危坐。一會兒票房賣過了票，另一學生拿著票過來。因道：「我們不曾請假，不然，一定將先生送回家去。」丁古雲道：「那倒無須，我也是抗戰以後，把身體鍛鍊好了，可以吃苦，一切能享受的事，竭力避免。票子買到了，你二人回去吧。」這兩個學生，哪裡肯依。一直等到六點鐘，丁古雲上了車子，他們在地下，將兩個旅行袋，由車窗子裡送了進來，肅立在車外，直等車子開走，還向窗子裡鞠了一個躬。

和丁古雲同車的，看到這情形，都暗暗想著，當教授的人，應當像這位長鬍子先生，教得學生死心蹋地的佩服，直到出了學校，還這樣恭敬老師。和丁古雲坐著相近，不免向他請教一番，表示敬慕。車行二小時餘，已到了丁古雲的目的地。這是中途一個大站，車子上下來的人很多。那同車的人見車站上站著一位漂亮的女子，很令人注意，正眼睜睜的看著下車的乘客好像是個接人的樣子。大家心裡也都在想著，這樣美麗的小姐，不知道是來接什麼俊秀青年。及至丁古雲下車，她卻迎上前去。笑道：「昨天我等你一天沒來，我猜著你一定坐早班車子回來的，果然一猜就著，我來和你提一樣吧。」丁古雲笑道：「喲！昨天你等我來的，那真是不敢當，所幸一切進行順利。」由車上下來的人，看到這種情形，都大為詫異。怎麼這大鬍子上車下車的情形是個南北極？

人家雖是如此注意了，但丁古雲自身，絲毫也不曾感覺。他笑嘻嘻的道：「藍小姐，這兩袋子東西，都是替你辦的，回頭你看看我採辦的東西，是否十分外行。」藍田玉已代替提了一隻小袋子在手，於前面引著路道：「我想，你是不會十分外行的。一個藝術家，他應該比平常的人更懂得女人一些。哦，我還告訴你一個消息，夏小姐回去的時候，我寫了一封信託她帶去，她是和你一天走的。你猜怎麼樣？那位會計宋先生，竟是比我們所料想的還要性急，昨日下午他就來了。他聽我說你今天可以回來，昨天晚沒走，就睡在這裡小旅館裡。我們還是先回寄宿舍去呢？還是先去見他呢？」丁古雲笑道：「你看，這兩個袋子裡都是你的東西，提著東跑西跑，那好像是有意賣弄了。」藍田玉站著回過頭來向他望了一眼，低聲笑道：「難道你還怕人家知道嗎？寄宿舍裡可都拿著你我開玩笑呢。」丁古雲笑道：「寄宿舍裡這些藝術家全是那塊料，我倒不把他們介意。只是這位宋會計是你的熟人，我怕你不願意他知道。」藍田玉笑道：「我誰也不怕，況且學生跟著先生走，這也無須去隱瞞著誰。」

說著話，兩人離開鄉鎮已到街道外的平原上來。丁古雲看看小路前後，並沒有行人，笑道：「這回的事情，進行得異常順利，老莫不但答應了我的要求，而且也贊同你到香港去，現在所可顧慮的問題，就是怕錢不夠用，雖說有兩三萬塊錢，折起港幣來，只有幾千塊錢，能作什麼事呢？」藍田玉笑道：「那麼，我所計劃的不錯吧？我們應當兼作一點生意，順便賺幾個錢花。」丁古雲道：「要說帶的錢，那倒十分充足的。」因把莫先生許用十萬元以及托代買西文圖書的話，說了一遍。藍小姐淡淡的道：「那個錢我們當然不能扯作生意資本，我們還是和宋先生來訂個合作合約吧。我就是怕你這位老夫子搬出仁義道德來，不願作生意。」說著話時，放緩了步子，貼近了丁古雲走。丁古雲見她這樣早就迎接到車站上來，心裡這份感動，已經是難以用言語來形容。

這時站在她身後，看到她那苗條的身段，溜光的頭髮，輕微的粉香，正像喝了早酒，人有點昏昏沉沉的。便笑道：「什麼時候，我在你面前，說過仁義道德呢？」藍田玉站著，回過頭向他端詳了一下，抿起嘴笑著。丁古雲道：「你這是什麼意思？」藍田玉道：「什麼意思？你這人還用說什麼仁義道德嗎？你這臉上就全是仁義道德。說句肯定的話，你就是一張正經面孔。」丁古雲笑道：「我怎麼會是一張正經面孔呢？藍田玉道：「你到鏡子裡去照一照。長袍馬褂，掛著一部長鬍子。我和你在一塊兒走著，人家總以為你是我的爸爸，我真是吃虧。」丁古雲道：「你說這話了我明白了。但是有長鬍子的人，不一定就是正經面孔。」藍田玉道：「照你這樣說，長鬍子是一副俏皮面孔呢，還是一副美麗面孔呢？」丁古雲聽了，哈哈大笑。連道：「這個好辦，這個好辦。」說著話到了寄宿舍裡，藍田玉提著那個旅行袋，直向丁古雲屋子裡走去。他們悄悄的走來，倒沒有什麼人發現。丁古雲低聲笑道：「你打開袋子來看看，有你中意的沒有？」藍田玉果然將放在桌上的旅行袋解開來。首先看到的便是一紙盒子廣東點心。且打開了盒子將兩個指頭鉗了一塊放到嘴裡嘗嘗，笑道：「味兒很好，你也嘗一個。」於是又鉗了一塊點心，直送到丁古雲嘴邊來，他笑嘻嘻地張著大鬍子嘴將點心接著吃了。

藍田玉口裡咀嚼著點心，手裡將旅行袋裡的東西，一件件向外取出，清理之後，大部分是吃的，小部分是用的。其中只有兩三樣，可算著是丁古雲自用品，其餘都是為她買的了。因道：「糖果點心水果罐頭，這都是我的了。」她兩手操在胸前，望了陳列在桌上的東西，微微發笑，然後將眼風向丁古雲瞟了一下，笑道：「你還把我當個小孩子哄著。」丁古雲笑道：「沒有的話，你想，我們快要到香港了，無論什麼用的東西，我們全可以等到了香港再置，犯不上在這裡買貴的。你也很久沒有進城了，我進城一趟，應當帶些城裡的享受給你。」正說到這裡，王美今在外面喊道：「我看見丁兄回來的，怎麼不見？」丁古雲將手把桌上的東西指了兩指，立刻迎了出來笑道：「幸而我並非溜回來，不然，倒被你揭破了我的黑幕。」王美今笑道：「也許你想溜，但你溜不了。你學生真是克盡弟道，昨天到公路上去接你好幾回，今天早上沒去接你嗎？」藍小姐捧了一盒點心走出來，兩手舉著，笑道：「我是為這個去的。」她說時雖故意放出一些玩笑的樣子，可是臉腮上泛出兩圈圈紅暈。王美今又見他兩人全在門口站了，顯然是不許人進去，心裡倒有些後悔不該在門外叫丁古雲。這倒像有意揭破人家祕密了，便緩緩的走開，口裡帶問著道：「你接洽的事，很順利嗎？」丁古雲道：「還好。回頭我要詳細和你談談。」藍田玉道：「王先生，我請你吃塊廣東點心。」王美今只笑著點了兩點頭，回頭向她看了一下，自走了。丁古雲對這事，倒也不怎麼介意，因向藍田玉笑道：「我想著你是個性子急的人，別讓你心裡老放不下那件生意經，我去拜訪那位宋先生吧。」藍田玉笑道：「還是讓他來拜會你吧。最好是讓他感覺到你是絕對不願作生意的。」丁古雲笑道：「我懂得你的意思了，你去通知他，我在家裡候著他就是。」說時，連點了幾下頭。

藍田玉見他一切照辦，心裡自也高興，臉上帶了三分笑意，低著頭想了心事走出去。那王美今因藍田玉昨日連向車站接丁古雲數次，頗引以為怪，加之剛才碰著二人的阻攔，他越是有些稀奇。因之悄悄地在一邊看著，他們究竟玩什麼。這時見藍小姐帶了一副尷尬情形走出去。雖是自己站在門外敞地上，她也未曾看見。心想，也許是她故意裝著不看見。一個如花少女，愛上這樣一個大鬍子自然有點不好意思。丁兄在臨老之年，竟走了這樣一步桃花運，實在出人意表。而藍小姐也叫自己一聲老師，別看她絕頂聰明，她那份有人緣，倒是害了她。自己這樣慨嘆著，還覺悶不住，便去找著陳東圃來談這個問題了。丁古雲在自己屋子裡休息著，正在揣想那位宋會計來了，如何去對付，卻沒有料到王美今有什麼事注意。

約摸一小時後，那宋會計果然隨著藍小姐之後，到了寄宿舍來。藍田玉先把他安頓在會客室裡，然後再引了丁古雲出迎，從仲介紹一番。丁古雲見這位宋先生三十上下年紀，穿了一身漂亮西服，腳上踏的皮鞋，不因走鄉間的路徑，減了烏亮之色，便料著他有錢而好整齊。他怎麼會和藍小姐認識的呢？隨著就發生了這樣第二個感想。那宋先生當丁古雲到大學去演講的時候，已經看見過他的。早已承認他是位學問道德都很高尚的人。這時彼此誠懇的握著手。他先笑道：「我有點事要來麻煩丁先生一下了。」丁古雲道：「讀書人現在都窮，誰也想找點辦法救窮。我只要幫得到忙的話，一定幫忙。」藍田玉笑道：「宋先生的太太，和我在中學裡讀書，我們很要好。」宋會計笑著點頭道：「不然，我們是不煩勞丁先生的。也是內人說，藍小姐現時在丁先生手下幫助工作，藉著藍小姐的面子，或許可以請幫點忙。」丁古雲正在凝神一下，要想怎樣答覆他的話。藍田玉笑道：「丁先生，我們請宋先生到你工作室裡去談談吧。」丁宋兩位立刻都發生了一分會心的微笑。

同時站起身來，宋會計到丁古雲工作室裡，見茶几和桌子上陳列了許多作品，還有小紙條，寫作格言式的標語。在肅然起敬之餘，心裡同時想著，這位丁先生是一位埋頭苦幹的藝術家。要他合夥作生意，那是一件強人所難的事了。丁古雲將他引到靠桌兩張椅子邊對面坐下，然後微微正了顏色，向他笑道：「宋先生的意思，藍小姐已經對我說過了。只是對於生意經，我是個百分之百的外行，恐怕辦不好，反誤了宋先生的事。」宋會計笑道：「說起來這事很簡單，就是欠缺有人在海口上來往；若有便人來往，在香港買了東西，帶到了重慶，就等於賺了錢。」藍田玉兩手反在身後，反靠了窗子站定面向著裡。她笑道：「就是這一點，丁先生也不容易辦到吧。他是一位十足的老夫子，不肯和人錙銖計較的講價錢。好在我也有這個機會，要跟著去，我可以代宋先生在香港採買。」宋先生笑道：「不，不應當說代為採買，我們是希望藍小姐和我們合股。」藍田玉道：「丁先生剛才就和我說了，若是幾千塊錢的事，可以順便帶些東西來，款子一上了萬數，他覺得空口無憑，必須要訂一張合約。好在丁先生是為了公事出境，在公事上，他必須回到重慶來交代的，縱然不拿出什麼交給宋先生，宋先生也相信得過。只是一張白紙上面蓋一個圖章的東西，應該交給宋先生。」宋會計呵呵了一聲，表示著很吃驚的樣子，然後站起抱拳連拱兩下。笑道：「言重言重，教育界哪個不知道丁先生！丁先生的名字，就是一張合約，哪裡還用得著去另寫。」藍田玉笑道：「丁先生聽到沒有？宋先生倒是比我們自己還放心。」丁古雲道：「雖然宋先生是相信得過我的，但我們總應當自盡我們份內的責任，我們總要在書面上提供一種保證。」那宋會計聽了這話，心裡更覺是安慰，便在衣袋裡掏出一個舊銅菸匣子來。打開時，卻在裡面取出一張支票，雙手遞交丁古雲，笑道：「這是四萬元法幣，本來開港幣的支票也可以，可是藍小姐說，丁先生還有大批公家款子要買外匯，併攏在一處，買起來也並不費什麼事，所以我就開了法幣了。」丁古雲還沒有說話，藍田玉便插嘴道：「這都是不成問題的小節。今天上午，宋先生是來不及回校的了，我請宋先生吃飯。」宋會計道：「我有許多事托重丁先生，豈有一個小東道也不作的道理嗎？」藍田玉道：「不管是哪個請吧，十二點鐘的時候，我們準在街上那家萬利館子裡相見。」宋會計笑道：「藍小姐果然設想的周到，便是吃頓飯，也要討個吉利的口氣。」藍田玉笑道：「自然，作生意靠彩頭好無用。可是有好彩頭，心裡究竟安慰些。」她二人一問一答，簡直沒有丁古雲說話的機會，只有坐在一邊微微笑著。宋會計覺得這或者不妥，而且在丁老夫子面前，始終說著生意經的話，也有些不識時務。因之特意稱呼了一聲丁先生，將藍小姐的話鋒撇開，然後與丁古雲談著些教育界的事情。敷衍了二三十分鐘，方才告辭。

丁古雲送了客回頭，見藍田玉在自己臥室裡清理著由城裡帶來的東西，口裡唱著英文歌。便悄悄走進房來，背手閒看著藍田玉的後影，不住的發著微笑。可是她正清理著那些大小紙包，陸續向旅行袋裡塞了進去，她專心作事，並沒有理會到身後有人。丁古雲緩緩走近她身邊，她還是不自覺，便伸手輕輕拍了她兩下肩膀，低聲笑道：「一切進行順利，都依著你辦了，你還有什麼話說？」藍小姐雖被人暗暗的拍著肩膀，她並不驚恐，泰然不動的站著，微微的側了頸脖子，把眼珠在睫毛裡向他一轉，並不言語，依然站著去清理她的紙盒紙袋。丁古雲見她這樣子，心房雖有些跳蕩，可是越發的有勇氣了，將手摸著藍小姐的小辮，低聲笑道：「你看，為了你的要求，我生平所不願作的事，我全都作了。」

藍小姐倒並不理會他的話。正打開了一紙袋子甜鹹花生米，鉗著向嘴裡送了去。順便她又抓了一把花生米，托在白中透紅的手心裡，半回轉身來，遞給他道：「你買的，你自己不嘗幾粒？」丁古雲將兩手伸出來捧住，笑道：「我自己吃，還費這麼大的勁帶回做什麼？我想到你住在鄉下無聊，又沒有什麼消遣的書可看，所以我多帶些香口的東西給你吃。」藍田玉道：「你在鄉下，我不無聊，你走了，我一個人在這裡，那就無聊了。」丁古雲笑道：「我不在鄉下，寄宿舍裡這些個朋友，也還可和你談談呀。」藍田玉道：他們和我說不攏來。我的脾氣，只有你知道。所以我說話起來，只有和你對勁。」丁古雲笑道：「真的嗎？握握手，握握手。」說著，伸出一隻巴掌來，藍小姐一點也不猶豫，就伸出白嫩的手來和他握著，同時向他瞟了一眼，笑道：「恭祝你一切進行順利。」

第十五章

割鬚棄袍

藍小姐這句話是雙關的。在她說這句話的時候，眼皮一撩眼珠很快的一轉，向丁古雲微笑著，丁古雲還握住她的手未放呢，向她笑道：「你說這話是真嗎？」藍小姐很快的縮回她的手，向前快走了兩步，站在窗戶邊，但她的臉，朝裡而不朝外，只向丁古雲望了一眼，沒說什麼，淡淡的一笑。丁古雲因她今天特地提到有些像她的爸爸，心裡著實不安。自己就聯想到這一部長鬍子，站在這妙齡女郎一處總有些不稱。所以當藍小姐望了自己的時候，自己就立刻感覺到她是為什麼望了自己。而又不願聽了她不快的表示，掃了彼此的興。立刻就笑道：「我正有一句話要徵求你的同意，還不曾說出來。就是我想到這種老夫子的樣子，走到香港去，也許有點不適宜。我想換一套西裝，你看怎麼樣？」藍田玉笑道：「人家都是由香港穿了西裝進來，你倒要穿了西裝出去。」丁古雲道：「雖然如此，可是為了和你在一處走路免得太相形見絀起見，我早一日改裝，給你早一日……」他說到這裡，頗覺下面這個說明，不容易措詞，便只管把話音來拖長了。搭訕著伸手摸了兩摸鬍子。

回頭看著旁邊桌子上，立了一面大鏡子，看看那鏡子裡的影子，道貌岸然的，和面前這個摩登少女，對比一下，實在不調合。便將手輕輕一拍腰部道：「我決計改造一下。」藍田玉瞅了他一眼，微笑道：「這話怎麼說？」丁古雲道：「你看，現在我們中華民族，在全面搏鬥的期間，我們應當有朝氣。縱然是個中年人是個老年人，也應當做出一番少年的氣象出來。充量的說，我也不過是個中年人，倒弄成這種老年人的樣子。這樣老氣橫秋的，過於欠缺奮鬥精神，所以我要從新改造一下。我這番意見，你總不至於反對吧？」藍田玉笑道：「都是你自己的事。」丁古雲向她走近了兩步，微笑道：「雖然是我的事，我也願意徵求你的意見。」藍田玉笑道：「得啦。夠貧的了，老討論這種事作什麼？我先回去一趟，回頭我們到街上見吧。」說著，舉步就要向外走。

丁古雲站著門邊，將去路攔住了，連道：「不要忙，不要忙，我還有話和你說。」藍田玉倒不搶走出去，低聲笑道：「你看，你回來之後，除了見客，就是和我談著話，寄宿舍裡這些個人，你全沒有和他們談過一句話，王美今是你合作的人，你應當把在莫先生那裡接洽情形，也告訴他一點，我們這私人的事，什麼時候都好談，你忙著些什麼。你得罪了人，可別把這責任都推在我身上。」她說著這話時，左手提了旅行袋，右手將丁古雲輕輕一推，噗嗤一笑扭著頭出去了，當她搶步出去的時候，衣服和頭髮上，落下一陣殘脂剩粉香，這一種香氣，讓人嗅到後，有一種說不出的愉快意味，他站在這裡，簡直是呆了。

這樣總有五分鐘之久，自己微笑了一笑，點了兩點頭，自言自語的道：「她的意思，確是很好，確是很好。」於是依了她的話，走到王美今屋子裡去，坐著和他閒談。王美今聽他說到莫先生能給予他一種巨款，便道：「那很好呀！在這鄉下的草屋子裡蹩扭久了，到花花世界裡去陶醉一兩個月，調劑調劑這枯燥的生活。可是你把這位如意門生放到哪裡呢？」丁古雲道：「你說的是藍小姐，她已不是三歲兩歲的小孩子，她是一個絕對能夠自立的女子，哪裡她不能安身，我想她或者還住在這裡吧？這裡有許多先生可以照料她。你不也是她的老師嗎？」王美今坐在他對面椅子上，很驚訝的站了起來，因道：「什麼？她還住在這裡嗎？你回來之後，她在你屋子裡很久，就是商量這個問題？」丁古雲手摸著鬍子，笑道：「我也只是略略和她談及，還沒有具體的辦法，我倒有一件事要和你商量一下，你有認識的拍賣行沒有呢？」王美今道：「你還要回來的呀。你打算把衣物都拿去寄售賣掉嗎？」丁古雲笑道：「我不是賣出，我是要買進。我想這次到香港去，不是為著我個人的私事，多少要帶一點外交人物氣派。我想改穿了西裝出去，免得這樣老夫子打扮，一下飛機，就給予香港人士一個不良的印象。」王美今聽說藍小姐要留在這裡，剛才心裡所發生的一種疑問，就去了一大半。

這時丁古雲說是要買西裝，他倒覺得這意見也非完全無理，因笑道：「也許這是受了藍小姐的勸告吧？你怎麼會把你這件道袍肯犧牲的呢？」說著，牽了一牽他的長袍衣襟。丁古雲道：「我向來雖是個自奉儉僕的人，可是遇到禮節所必需用的錢，我沒有省過一文。正是國奢則示之以儉，國儉則示之以禮。你別以為我改穿西裝，是一種大變更，這理由很簡單；假如我們是個青年，被征當兵，能夠不穿軍裝嗎？到了不得已的時候，孔夫子還微服而過宋。我雖然改裝，還不是化妝，孔夫子都肯做的事我還不能做嗎？」丁古雲說了這一串理由，雖沒有說是否受著藍小姐的勸告，可是王美今卻也無可再為駁斥。因笑道：「何必要到拍賣商店去買。朋友路上賣舊貨的通融一套，可以省了一筆用費，我路上正有兩位老友，從美國回來的，他們都有不合身材的西服出讓；不但料子式樣都好，而且沒有舊。人家在美國吃的又白又胖。回來三四年周身瘦去了一個邊沿，很好的西裝肥大的看不得。原來舊西服，小偷都不光顧的，現在拍賣行裡大批的徵求西裝，他為什麼不去換幾個錢用。可是為了面子關係，又不願親自送到拍賣行裡去賣，也不願四處托朋友找主顧。若是有人以情商的姿態，請他相讓一套西裝，那是他最合適不過的事了，為什麼不幹呢？」

丁古雲笑道：「有這樣的事，那好極了，就怕衣服相差太遠。」王美今道：「有兩個朋友的衣服可以通融，我都去拿了來，讓你試一試。據我的理想，那總有一套合適。」正說著，陳東圃也進來閒談來了，王美今代說了丁古雲要易服到香港去，而藍小姐又不去的事。陳東圃道：「這是沒法子的事，非如此辦不可。記得我初到香港的時候，穿著一套長衣，香港人一見，當面就說我是由上海來的。不用說，背後就要說一聲外江佬。到處都不免引著人家欺生。我箱子裡雖有一套嗶嘰中山服，我不敢穿。因為在香港，旅館裡茶房，酒飯館裡夥計，都穿的是這一類的衣服，我忍受到一個星期，沒有再忍下去，只好買了一套西服穿了。」丁古雲皺了眉道：「就是為這原故，我躊躇了不敢去。」陳東圃笑道：「也許另外還有原因。」丁古雲聽說，也就忍不住笑了。手撫了長鬍子道：「藍小姐住在這裡，還怕這些老前輩，不會照應著她嗎？她最醉心你的事，你可以指點指點她了。」

陳東圃笑得合不攏嘴來。因道：「藍小姐這種聰明人，那這有什麼不是一說就會。可是她並沒有和我提過這事。」丁古雲笑道：「她怕碰你的釘子。」陳東圃原是坐著的，聽了這話，突然站了起來，拍了手道：「哪裡有這話！哪裡有這話！這件事，你放一萬個心，在你回來以前，我決計將她教會。」丁古雲道：「那麼我由香港帶些東西回來謝你。」陳東圃道：「那倒用不著。藍小姐燒得好小菜，做兩樣菜大家解解飢吧。」於是大家都笑了。這樣一來，丁古雲之易服問題，已得著兩個朋友的擁護，自是心寬若干了。到了吃早飯的時候藍田玉也在同桌，閒談中提到這件事，兩桌人沒有什麼人反對這事的。

只是仰天在隔席向丁古雲笑道：「丁翁，你現在也不能反對我們穿西裝了吧？我們穿西裝，固然為著便利，有時確也實逼處此。我們哪裡有許多錢，既穿西服，又穿長衣？所以我們乾脆就改穿了西服。」丁古雲笑道：「雖然如此，假如我不到香港去，我依然會反對穿西裝的。」仰天笑道：「你要穿西裝，我想多少還受了藍小姐一點影響吧？」藍田玉在這邊桌上，頭一撇，微笑道：「這不干我事。丁先生穿了西裝上香港，和我們在重慶的人什麼相干？」仰天道：「什麼？藍小姐不去嗎？」藍田玉點頭笑道：「我想去啊！可是誰借錢給我買飛機票子呢？」仰天道：「我彷彿聽到人說你也去。可是我就想著，這旅費怎麼樣籌劃？還不光是一張飛機票子而已。那麼，你不能跟著丁翁學雕塑了。打算怎樣消遣？」王美今和她同桌，坐在下首，她向著他把嘴一努，笑道：「羅！我跟他學畫。」陳東圃坐在仰天桌上，她又反伸了筷子，將筷子頭點了他道：「我跟他學箏。他這種態度以學生加之先生，當然是一種失禮。」可是王美今和陳東圃的感覺，恰恰異是，都有一種由心田裡發出的愉快。同時，臉上發現出微笑。

仰天笑道：「藍小姐將來要造成一個全能藝術家。索性再演兩回話劇好不好？」夏水也坐在他同桌。因道：「你這樣說了一句不要緊，弄得老丁要不敢去香港了，他總認為我們是引誘青年男女的怪物。」丁古雲笑道：「笑話！我什麼時候在二位面前說過這句話？藍小姐早在一年以前，已經對話劇感到厭倦了，難道這也是受了我的勸告？」藍小姐桌上，有丁古雲由城裡帶來的鹹鴨蛋和大頭菜，雖然這邊桌上，藍小姐也送過一碟來了的，已是吃光了。他便一筷子夾了兩片大頭菜和一塊鹹鴨蛋，走過來送到仰天碗裡，笑道：「我運動運動你。仰先生往後還得你照應點兒。」夏水道：「這事有我兩人在內，你只運動他而不運動我。」藍小姐聽說，不用筷子了，就把兩個手指頭鉗了兩大片大頭菜，放到夏水飯碗裡，又鉗起了一片，塞到他嘴裡，然後她手掌伸給他看道：「你看，乾乾淨淨的，我洗過了才吃飯的。」大家倒隨了她這話向她手上看著。果然，不但洗得乾淨雪白，而且十個手指上，都塗著蔻丹，這朱紅的油漆，擦在某些人的手指甲上，往往是增加了許多俗惡不堪的醜態的。但是這時在藍田玉白嫩的手上看見，便覺顏色很調和。仰天笑道：「你不用把手他看，你看他兩隻銳眼瞪著荔枝那樣大，仔細地把你的手當硬麵餑餑啃了。」於是全屋人都哈哈大笑起來，仰天笑道：「藍小姐不到香港去，那很好，就是要去，我們也要挽留。你看我們這裡增加了她一個，就滿室生春。」

丁古雲聽了這些話，只是微笑。飯後，丁古雲悄悄向藍田玉道：「換西服的話，朋友都贊成了。這算引起了我的決心，要不然，我成了鄉下姑娘進城新穿時髦衣服，先有些羞人答答。」藍田玉笑道：「這就是你的短處，總把自己看成一個落伍的老頭子，不但和青年人混不到一處，和中年人也混不到一處，越這樣想越弄成周身古板衰朽的氣息。其實這裡有一個現成的事實，證明你思想錯誤。我總是一個青年，怎麼我就很和你說得來呢？你看，仰天先生，周身都是孩子氣，人家都和他說得來。其實，他的年紀要大好幾歲，沒留鬍子，終年穿的是西服，青年人見了他還不是把他當老師？在藝術界雖然沒有你丁老夫子的地位，在戲劇界裡他可了不得。不穿長袍馬褂，不留長鬍子，這何礙於師道尊嚴？」這一篇話說得丁古雲心服口服，決沒有一個字的反響。

王美今先生，對這事也非常的有興趣，在這日下午，他跑出幾十里路看朋友，次日上午，就把一套出讓的西服和一件大衣帶了來。正好藍小姐在丁古雲工作室裡，女孩子們是十分的熱心要好奇，立刻要丁古雲拿來試試。丁古雲先看著那衣服既無髒跡，也沒有什麼破眼，早就有三分願意。走到臥室裡，掩上房門，匆匆把長衣服脫了，將西服換上，自己向鏡子裡一看，竟是十分稱身。於是兩手抖了領襟，向工作室裡走去。一面走著，一面笑道：「王兄，你這件事替我辦得很好，這套衣服，竟是和我自己做的一樣。」他走到工作室裡來，當了王美今站定，然後偏過臉來向藍田玉笑道：「總還稱身嗎？」她含笑走向進來。伸手抓了衣服他的抬肩，微微的搖撼了兩下，笑道：「勉勉強強，總可以穿。」

王美今笑道：「藍小姐在丁老師身上，總是很用心的。」藍田玉向他飄了一眼，笑道：「喲！這有什麼不能明白的。女人不穿西服，她可會做西服，據我們的經驗，西服大小是抬肩上最不容易合身分。只要抬肩合了，別的所在大小相差一點，就還說得過去。所以我看了之後，不免要伸手摸摸。」丁古雲笑道：「有理有理。那麼，據你的看法，現在是不是算得合適了呢？」藍田玉退後了兩步，抿了嘴微向丁古雲周身上下看了一遍。她並不說話，轉著她那靈活的眼珠，將頭點了兩點。王美今笑道：「既是合身，你就留下穿著吧。我和你設想齊全，把零件都給你配合了，放在衣服袋裡，你自己只要配上一件襯衫就可以改裝了。大衣可以不必試，原是一個人的。」丁古雲笑道：「還沒有講好價錢呢。」王美今笑道：「教書匠買衣服給教書匠，難道還能訛你嗎？而且我說出了你尊姓大名時，他說你為公改裝，隨便給錢吧。他向來就佩服你為人，在平時，便是送你一套舊西服，也不算稀奇。」丁古雲哦呀了一聲。王美今笑道：「你不用驚訝，你這尊偶像，實在是可以先聲奪人的。」說時，他不覺伸手對陳列作品的長案上，向那尊身穿馬褂，胸垂長鬚的塑像指上一指。丁古雲笑道：「你說的是那尊偶像與這尊穿西裝的偶像無關吧？」說著，將手拍著西裝的胸襟。

王美今笑道：「偶像成功了，那倒不論你穿什麼裝。穿長衣是偶像，穿西裝是偶像，甚至你身上只披著一塊布片，你還不失為一尊偶像。你放心，你不必為著改穿西裝，對偶像感到煩惱。」丁古雲笑道：「我原是一個製造偶像論者，可是自今以後，也許要作個打破偶像論者。」王美今聽了這話，不由得向他望著道：「那為什麼？」便是藍田玉也覺得這話出於意外，對了他臉上望著。丁古雲笑道：「這話並沒有什麼稀奇，不過我覺得做一尊偶像，是和社會做模範，而不是為自己做人。不要做個偶像，可就自由得多了。」藍田玉眼珠在長睫毛裡很快的轉了一轉，向他給了一個眼風。然後笑道：「丁先生今天所說的，都像是些醉話。」丁古雲呵呵一笑。把這話牽扯過去了。他們這一陣說笑，驚動了茶房，悄悄的通知了別位先生，說是丁先生改穿西裝了。各位先生正如茶房一樣的感到新奇，陸續擁擠到這裡來看他改裝。他見人沒得說的，只是呵呵的笑。他自己也這樣想著，醜媳婦免不了見公婆，索興說上幾句笑話，和大家一同玩笑。他一隨便，這笑話也就停止了。

兩小時以後，城裡一個專差，送了一封信來。乃是尚專員之約，有要事相商，請他立刻入城。在屋子裡沒有散的朋友，就勸他穿了西裝去。仰天還慨然的借一雙預備役的皮鞋給他穿，丁古雲借得了皮鞋，坐到工作室的椅子上來穿。這時屋裡無人。藍田玉走到他身邊，向屋子外面看了一看，低聲笑道：「這時候趕汽車擠不擠？」丁古雲彎著腰穿鞋子呢，抬起頭來，她眼珠一轉，露著白牙齒微微一笑。丁古雲笑道：「你也想進城去玩玩。好哇！」藍田玉搖搖頭，向外努一努嘴。低聲道：「你拿的那五千塊錢，用掉不少了吧？」丁古雲道：「還多呢，你要用的錢總有。要不然，把兩萬元的支票，先兌了款子在手邊，以備不時之需。支用個一千二千，這窟窿我總補得起來。」藍田玉笑道：「你告訴我地點，我明天去找你。我不和你一路走。」丁古雲笑著直跳起來，向了她問道：「這話是真的？」藍田玉道：「我什麼時候把話騙過你呢？」丁古雲笑道：「好的好的。我今天進城，能找著好旅館，自然是最好，縱然找不到，今天先把房間定好，你明天去決無問題。我除了到莫先生那裡去而外，其餘的時間，都可以在車站隔壁茶館子裡恭候臺光。」藍田玉笑道：「那倒不必，下午四點鐘以後，六點鐘以前，你在車站上等著我就是。我既要走了，我應當去看看我幾個女朋友。至於歇腳的地方，那倒不必愁著沒有。」正說著屋外間有人說話，藍田玉丟了個眼色，向他搖了兩下手，他笑著點點頭。他這個點點頭，似乎是隨便應酬著的表示。

藍田玉倒為這個有了很大的感觸，把臉皮漲紅了，抿嘴笑著匆匆的就走了出去了。丁古雲本來高興，經藍田玉這樣一說，高興得像喝醉了酒一般，腦筋有些渾叨叨的，趕快收拾了一隻旅行袋，鎖好了房間就向外走。心裡也就默念著她這個約會，不知道是否靠得住？最好還是問她兩句話，把這話確定了。自己心裡想著，已經由水田中間順了小路，向公路上走去。想到了這裡，覺得自己這個打算，並不算錯，便轉身來，要和藍小姐說兩句。也只走了幾步路，忽然又想到，出來的時候，她已離開了寄宿舍了，這時她也許在寓所裡。那麼，向她家裡去找她吧，於是擇了一條支路，向藍小姐的莊屋裡走去。可是也只走了幾步，忽然又轉個念頭想著，這事不妥，那藍小姐為人，最是愛用小心眼兒，若是一句問的不對頭，倒可以把全局都弄僵，越想越不妥，把腳步一步一步走緩了，索性站住了腳，想上一想。最後想著不妥，搖了兩搖頭，還是向公路上走去，走盡了這截水田上的小路，踏到一棵黃桷樹下，該走大路了，忽然看到藍小姐由粗大的樹幹後身轉了出來。向他笑道：「我老早就在這裡等著你了，你在那路上來來去去，心神不定似的想著什麼了？」丁古雲先就喊了一聲，這時站在樹蔭下向她笑道：「我想找你說兩句話。可是……」說著抬上搔了兩搔頭髮，笑道：「大概你已曉得我什麼意思了，所以你在這裡等著我。我們還是一路走吧。」藍田玉笑道：「明天下午四至六點你在車站上準等著我好了。可是我又想起來了，假如莫先生偏是那個時候約會著你呢，也不能叫你耽誤正事。你可以寫個字條，貼在那第一塊廣告牌上。我特意來叮囑這句話的，寄宿舍門口，有人出來了，我回去了。」說時，她臉上帶了兩分難為情的樣子，掉轉頭就向小路上走了去。丁古雲雖然不曾和她說得一句話，然而證明了她明天必定入城，自己心裡也就十分高興。

趕到車站上，正好在賣票，很順利的搭上了車子進城。見著尚專員，他說是下星期有兩輛車子直放廣州灣，假如願搭車子去的話，可由廣州灣轉香港。這一程飛機票難買，同時要兩張票子，更困難。若坐車子，再多兩個人去也不妨。至於款子一層，若是決定了行期，可以先領。丁古雲道：「飛來飛去，過著雲霧裡生活，有什麼意思。坐汽車遊歷遊歷山水，那是最好的事了。那我就決計坐汽車吧。」尚專員道：「既然丁先生決定坐汽車走，晚上我就轉達給莫先生，先把美術學校那筆款子先辦一辦，我們不把錢交到人家手上，人家哪會開著香港的支票給你呢。」丁古雲笑道：「這個不干我事。只是我自己的用費還得籌劃。」說著，他當了尚專員的面，將西服衣襟，牽了兩牽。因道：「為了去香港，朋友一致逼著我改裝，便是這一套西服，就把上次撥給我的款子，用去了一半。」尚專員點點頭道：「在外交上有點活動，儀表是不能不講求的。」說著，他笑了一笑，因道：「莫先生也說過，丁先生這樣道貌岸然的樣子，怕不適於到香港去。於今丁先生願改裝，他也一定贊同的。」丁古雲聽了這話，心裡越發高興，約了明天上午去見莫先生。又在尚專員那裡，借支了一千元法幣，重複回到街上來找旅館。

事情又是很順手，不曾走第二家，就得著一間上等屋子。他坐在屋子裡先休息一會，見電燈光下，照著一乳白色的木床，上面鋪著雪白的被單，疊著紅綢棉被，兩個軟枕，套著白布，桃紅花的套子，並齊放在床頭。好像這根本說是預備人家雙棲雙宿的。窗戶邊的寫字臺和左邊的兩張沙發倒也罷了。右邊有一架梳妝臺，配上一面大的鏡子，擦得光滑無痕。卻又是給人家眷屬用的一種象徵。他看到這樣光滑的鏡子，不免走向鏡子面前站了一站，看看自己一部鬍子灑在西服上面，實在不相稱。回頭再看看這旅館裡上等的房間，心想，藍小姐在這裡，第一件事是要讓她免除不快之感。若是能教她再高興一點，那就更好了。於是在衣袋裡抽出一方手絹來，把鬍子遮掩起來，向鏡子裡照了一照。覺得無論如何，是比有鬍子年輕多了。於是輕輕一拍桌子道：「一勞永逸，就是這一下子。」

說著，立刻出了旅館，直奔熱鬧街市。選定了這街市上最華貴的一家理髮館推門進去。這雖是晚上，電燈雪亮，照得如同白晝一般。兩邊活動椅上，都坐著男女主顧在理髮。理髮匠見生客進來，讓他在空椅子上面對鏡子坐了。因問道：「先生理髮？」丁古雲將手由頭上向臉上一摸，把鬍子也摸在手上，因道：「全剃。」理髮匠並沒有答應。丁古雲又重說了一聲全剃，鬍子也剃，理髮匠對於這話，並無什麼感觸。隔座上一位女客，頭上包著白綢手巾，卻微微起身，側轉了過來看一看。丁古雲面前，正立著一塊整齊平方的大鏡子，自己坐下之後，就對鏡子裡這種形相，估量了一番，更沒有注意別人。理髮匠給他理髮之後，便拿一柄雪亮的剃刀在手，站在面前問道：先生：「這鬍子怎樣理法？」說時，對他喉下這部六七寸長的大鬍子，不免注視了一下。他正是對丁古雲鬍子也剃一剃的話，加以考量。他自己替丁古雲想著，把鬍子蓄到這樣長，那決非一朝一夕之故，豈能夠隨便剃了？丁古雲給他沉吟著，將手摸了鬍子道：「我是好意，把鬍子養著這樣長的。於今人家總把我當了老先生，許多不便，還是剃了吧。」理髮匠聽了這話，站著向他估量了一番，然後放下剃刀，把坐椅放倒，讓丁古雲躺在上面，在他鬍子上和胸面前上圍了白布。然後取過了一把推剪，輪到他面前，低聲笑道：「那麼我就剪了。」丁古雲躺在椅子上本已微閉著眼睛，被他這樣一問，就睜了眼睛問道：「你還問些什麼？奇怪！」這理髮匠為了他這鬍子可憐，本來是一番好意，不想倒碰了他一個釘子。這時他仰臥在椅子上，頭枕在椅背的頭托上，下巴額翹起，那一部長黑鬍子像一叢盆景蒲草，由白圍布上湧起，左右鄰座的客人，都看得清楚。

大家都隨著有這麼一個觀感發生，這老頭子為什麼要剃鬍子？這時，那理髮匠也不再替他顧惜那些了，將推剪送到他左鬢上，貼肉推著試了一試。立刻一仔髮鬚像一仔青絲倒在臉上。但丁古雲仰臥在椅上讓他推剪，絲毫沒有什麼感覺，坦然處之。理髮匠也就不再猶豫，將推剪由左向右推，經過鬚叢的下巴，推到右邊鬢下。推過之後，由右邊鬢再又推向左邊來，經過了上下嘴唇。這兩次推後，立刻把長鬍子推除得一根不剩。於是放下了推剪，將短鬍刷子在肥皂罐裡攪起了許多泡沫，像和其他沒鬍子的人修面一樣，在他腮上，下額上，嘴唇上，濃濃的塗著。丁古雲躺著閉眼享受之餘，也曾睜眼看，看見理髮匠手上掌握著一柄三四寸長雪光剃刀，已向臉上放下。心裡立刻想著，那些短鬍樁子，在這刀鋒之下，必定不會再有蹤影，那岸然道貌，也就必定不會再有蹤影，這樣改變之後，不知成了個什麼形相，這形相受到社會的反應如何，疑問是疑問著，然而現在是難於自斷的呵！

第十六章

正期待著

五分鐘後，理髮匠把躺椅扶了起來。丁古雲坐得端正一眼便看到迎面一個西裝漢子，長圓的面孔，一點鬍樁也沒有。雖然略略還有皺紋，那年紀總不過四十上下。那個人正端端地面對面坐著，始而是驚訝著這個人的行為，有點不講禮貌。好在第二個感覺，立刻想到這是自己的影子。用手摸摸下巴頰，光滑無痕，自己有點欣喜而驚異的表情，還沒有表示出來。那理髮匠由鏡子裡向自己笑道：「這樣一來，你先生起碼年輕三十歲了。」回頭去看站在身後的理髮匠時，見幾個理髮的顧客都嘻嘻地向自己笑著，這就不便回過頭去，還是坐下來。然而坐下來面對了鏡子，見那裡面的人影子，還是一片笑嘻嘻的樣子。正感到難為情，好是左手原坐著一個女子的椅位，已經空出來多時，此刻又有年輕而摩登的女郎進來，坐上來補缺。原來看自己的那些眼光，現在都移到那女郎的身上去了，這才讓自己安神來完畢這理髮的工作。理髮匠似乎了解這割鬚客人的意思，先將他的頭髮抹上了油水，然後又在他臉上擦了些雪花膏。丁古雲且由他去化妝，並不加以注意。那理髮匠替他收拾完了，站在他身邊用刷子刷著他的呢帽。丁古雲給了他理髮價目之外，又另賞了他五塊錢。然後取了帽子在手，走出理髮館來。可是他心裡也就想著，那理髮匠替我刷著帽子，也許心裡在說我漂漂亮亮一個西裝少年，戴上這樣一頂帽子，大概不大相稱吧。既然向漂亮一條路上走，就益發事事漂亮，這帽子就換了它。如此想著，正好走過一家電炬通明的百貨商店。於是走進去，花了當時的價格三百元買一頂新呢帽戴著，舊呢帽倒放在裝新帽子的盒子裡來提著。商店壁上，掛有一面大鏡子，自己對鏡子照了一照，將帽沿略微扯著偏斜一點，頗有電影上，美國少年那種風度。回頭看玻璃櫃子裡，陳列了許多花綢手絹，折一個蝴蝶展翅的樣子，塞進胸前小口袋裡。這麼一來，算是西裝打扮齊備。在大街上人行路上走著，看到別個穿西裝的，向自己身上看看，覺得絕不比別人的西服減色。於是挺起胸脯子來，甩了大步子走，皮鞋走在光滑的路面上，拍拍有聲。心裡也就想著，把鬍子一剃，長袍子一脫，我照樣的可以有那分摩登氣勢。這樣想著，特別有精神，順了馬路一直的走。一直走到眼前發現了長江，這才看到腳下踏的是下半城的林森路。心想，自己住在上半城旅館裡的，到下半城來有什麼事？順腳走著，不覺和回旅館的路，背道相馳，越走越遠了。回想了一想，自己也不由得笑了起來。於是雇了一輛人力車，坐著回旅館去。

當自己到了旅館裡，叫茶房開房門的時候，茶房看了他問道：「你找哪一位？」說著，忽然又哦了一聲。他隨了這一聲呵，在丁古雲的後影上省悟過來。這是那位長鬍子客人，把鬍子剃了。因為除了他那身西服之外，他說話的聲音，還操著帶江南音的北京話。便笑著點點頭道：「你先生整了容回來，我都不認得了。」丁古雲聽說，也就笑笑。到了屋子裡，乃向茶房問道：「你看我把鬍子剃了，不年輕二三十歲嗎？」茶房笑道：「真的，不說破了，你先生一出一進，簡直變成了父子兩個人呢。」丁古雲笑道：「你別以為我真是老先生，我的太太，年紀還輕得很呢。」他帶笑著，自覺不經意地擱下了一句伏筆。心裡的一切，都在向高興的路上想。只有一件，明天見莫先生，若是在表面上看來，真過於年輕的話，又怕會引起了莫先生的輕視。改西裝可，修理鬍子也可，把鬍子剃得這樣精光，豈不有失莊重。而且自己又說過，要帶一位女弟子同到香港去，設若莫先生神經過敏的胡猜起來，豈不妨礙正事？於此想著，倒後悔自己孟浪，這鬍子遲兩天剃固然是好，就是等明日早上，見過莫先生再剃，也比今天晚上先剃的強。然而鬍子這東西，並不像帽子鞋子，脫離了身上，就長不回去的。心裡如此想了，便站到梳妝臺面前，對鏡子裡看了一看。果然這長方的臉上白淨得沒有一根鬍樁影子。再配上這套西裝，和口袋裡那條紅花手絹，卻顯得年紀輕多了。只是往日照著鏡子，自己看了鏡子裡影子，一定手摸鬍子，把胸脯挺起來，端莊一番；於今向影子看看，態度便覺欠著莊重。再看著頭上，那一頭頭髮，被生髮油抹得烏亮。雖然自己是有幾根白頭髮的，但是在這種濃重的油亮之下，已不看到一莖白髮。挺起胸脯子來，端整了面孔之後，不但不見得有什麼莊重之處，而且覺得這態度有些滑稽，不免搖了兩搖頭自言自語的笑道：「這不行，這不行！我都看著不像樣了。」說過之後，自坐在床沿上，呆呆的出了一會神。本來是一團高興，為了這件事，心裡拴上了一個疙瘩，倒大為掃興之至！這倒沒了主意，脫下了西裝，便倒在床上睡覺。旅館裡孤單無聊，少不了在枕上又顛倒著面了一番，想了一宿，總算他有了點主意。

到了次日一大早起來，便直率的到尚專員公館裡去奉訪。因為這只是七點多鐘，心裡想著，人家還未必起床，走了一大半路的時候，又有點躊躇。自己責罵著說，你心裡有事，雖道別人心裡也有事嗎？平白地，人家這樣早起來幹什麼？於是放緩了步子，藉以延長時間。路過一家豆漿店，便踏著步子進去。巧了，裡面一張桌子上，坐了一位西裝朋友，那正是尚專員。於是取下頭上這頂新帽子，向他連連點了幾下頭道：「咦！尚專員也在此喝豆漿。」尚專員見一位西裝朋友向他打招呼，猛然認不清是誰，不免向他呆呆望望。但是在他說話之後，也就明白過來。先是呵了一聲接著便站起身來。哈哈笑道：「丁兄，你果然改裝了，犧牲太大，犧牲太大！」丁古雲就著那張桌子坐下。笑道：「可是我把鬍子剃了之後，後悔的了不得。」尚專員笑道：「人家為了國家，在沙場上犧牲性命，也慷慨前進，你難道幾根鬍子也捨不得？」丁古雲道：「但是我這是不必要的犧牲，我既不怕敵人的間諜跟著我，我也不登臺表演，便算老氣橫秋一點，也不見得有礙我的交際。都是我這班朋友慫恿我的，說是像個中國式的老夫子，出外交際，給外國人笑話。」尚專員笑道：「這些朋友，實在是惡作劇，也許他們嫌你一本正經，總把他們當後輩，於今讓你也摩登一下，教你無法倚老賣老。可是這也許是成全了你，你這麼一來，至少年輕了十歲。若是你太太在重慶的話，豈不大為高興？」丁古雲笑道：「可是我太太在天津。」尚專員道：「那麼，你這回到香港去，好把她接來了。天津到香港，有直航輪船。」丁古雲笑了一笑，因道：「言歸正傳吧，我們一路去見莫先生，我的改裝的這點原因，最好請……」尚專員正端起了豆漿碗，喝了一口。一面看著手錶，放下碗來，向他搖搖頭道：「不用不用，莫先生要到西北去，起碼有一個月才能回來，你這件事，他交給我辦了。他是九點鐘坐飛機走，我還需趕著到飛機場上去送他呢。」那時，店夥早已端了豆漿，油條放在面前，他未曾理會到。現在他意外的解卻了心裡頭一個疙瘩，覺得周身輕鬆，像在肩膀上放下一付千斤擔子，便捧住豆漿碗，慢慢的呷著。尚專員道：「現在你沒有什麼問題，僅僅是錢的問題。請你約定一個時間，我把撥款子的手續辦清楚。至於你在路上要用的錢總不過數千元吧？除你支去的一部分，還可以加撥一部分，莫先生已有了話了。」說著，在身上掏出錢來便要付這裡的早點費。因笑道：「對不起，我還要先走一步。」丁古雲笑道：「你那就請便吧，不必客氣。我本當到機場上去送莫先生的，只是他事先並沒有把行程告訴我，我去送行，反覺多事。」尚專員點頭道：「這話對的。若不是我和你有交代，我也不把這消息告訴你的。」他說著，端起豆漿碗來，咕都一聲，將所剩豆漿完全喝了下去，人就站起身來。笑道：「我也來不及客氣了，明天見吧。」說著，立刻就向外面走去。丁古雲起身送他時，他已走遠了。心裡想著，人生宇宙間，也許真有所謂命運存在。事情辦得順手了，就無論什麼都順手。正愁著有點不好意思去見老莫，那老莫就先不告而別了。這且樂得坐下來，從從容容吃過這頓早點。在喝豆漿的時候，倒是有了一個新的發現。便是這飲料店的食堂裡坐著有兩個女客，一位約莫三十多歲，一位約莫二十多歲。她們除了不住的向自己打量而外，又坐著相就到一處，兩個人的頭，並到桌子角邊，唧唧噥噥說話。說話的時候，不住撩著眼皮，向自己拋了眼光過來，無疑的那是將話說著了自己。他心想這是穿長袍馬褂垂著長鬍子的日子，絕對沒有的事。可見自己已成了一個西裝革履的白面書生了。然而這兩件女人，比藍小姐是差之遠矣。想到這裡，臉上便有了得色。向那兩個女人反射了一眼，心裡說著，我還不需要你們的青眼呢。他隨了這意思，叫著店夥來付了點心帳，把掛在牆釘上的那頂漂亮新呢帽戴在溜光的頭髮上，兩手操著西服領子抖了一下，昂起胸脯子走出豆漿店去。心裡想著，我現在也是個青年，這花花世界，照樣的有我一份。從今日起我已不是站在花花世界以外，看人家快樂了。路上看到有西裝漢子挽了女人的手臂走路時，瞟了他們一眼之後，心裡想著，這不足為奇，凡人都有這麼一段戀愛的黃金時代。我的黃金時代也來了。他這樣走著，心裡像略會飲酒的人，喝上了頗為過量的好酒，人是非常的興奮。在這興奮當中，快活，輕鬆，迷惑，昏亂，兼而有之。在大街的人行路上自在的舉著步子走路。兩眼不住東瞧西望，分明是與尚專員交代了以後，一切順手，並無什麼事。可是在自己心裡，又總覺有一件事不曾辦得一樣。這樣走了兩條街，走到了一個十字路口，便停住腳想了一想。慢來，昨日剃了鬍子之後，曾跑到下半城去了，費了很大的勁走回來，今天又打算向那裡跑？正這樣站著出神，卻看到夏小姐一個人在對面人行路上走去。本打算不向她打招呼的，可又愁著她是和藍小姐一路來的，只好迎了上去，笑著叫了幾聲，心裡也想著，夏小姐一定會不認識自己的。走到她面前叫了一聲道：「夏小姐，我是丁古雲，你不認識我了吧？」夏小姐停住了腳，向他笑著，一點也不表示驚奇。點頭道：「認得認得，這樣熟的人，何至於不認得。」丁古雲向她看時，見她的頭髮，新捲成紐絲狀，分作四股披在腦後。這讓他回憶起來了一件事。昨晚在理髮店裡剃鬍子的時候，左邊的椅上，躺著一個女人，就是燙這樣的頭髮。夏小姐身上穿的是藍底白點子花衣服，也正與那個女人身上的衣服一樣。當時一心在剃鬍子，雖然身邊有個女人的後影像夏小姐，也並沒有理會，大概那就是她了。他這樣一出神，夏小姐已經有些感覺。便笑道：「這麼一來，丁先生年輕了二十歲，可喜可賀！」丁古雲笑道：「我倒認為是個損失，你還說可喜可賀呢。到城裡來了兩天嗎？」夏小姐道：「來了好幾天了。今天坐晚班車回去。丁先生什麼時候回去？」丁古雲道：「明後天吧？」夏小姐笑道：「那麼，我今天若是走不成的話，丁先生能否請我吃頓小館子？」丁古雲道：「好的好的。你住在什麼地方？」夏小姐道：「丁先生住在哪裡，我來找你吧。」丁古雲道：「我還沒有找好旅館呢。」夏小姐聽說，微微的將脖子一伸，下巴一點，舌頭在嘴裡嘖的一聲，臉上笑嘻嘻的，帶了三分調皮的樣子，似乎不相信這話。丁古雲笑道：「我們這樣熟的人，難道請你吃一頓飯，我都要躲避嗎？」夏小姐笑道：「那就再說吧。」說畢，扭轉身就走了。她走得很遠去了，回轉頭來，抬起一隻手高過額頭頂，還向這裡招了幾招。丁古雲看她這樣子，覺得她是有意頑皮，又想著她本來很浪漫，也許看到我變成青年了，有意和我親近。可是我的眼界高，目的物要比她高的多呢。心裡如此想著，也就帶了微笑走開。當時在街上混了半天，一人吃著午飯，還只有一點鐘。去著藍小姐的約會，還差三小時。心想早知如此，就該讓她上午進城了。這幾個鐘頭，不能老走馬路。若去看朋友，又怕被朋友糾纏住了，臨時脫不了身。看電影去吧？不巧，四點鐘正是第二場未完的當兒。兩條街實在也轉得累了，回旅館去休息一下吧。主意定了，依計劃而行。

可是到了旅館裡，一個人獨坐在房間裡，也是苦悶的很，便和衣倒在床上睡了。睡是睡了，睜著兩隻眼睛望了樓板，哪裡睡得著。心裡倒未曾閒住，且把藍小姐來了以後的游曆日程，先排上一排，第一是應先引她到這裡來休息一下。她若是問，就只開了一間房間嗎？就答應她沒有房間。看她的表示如何，再做道理；若是她並不問這句話。那就好了。第二步，陪她去吃小館子。不，簡直吃大館子，無論花多少錢，不必吝惜。第三步，飯後恐怕只有七點多鐘，陪她去看電影，因為回旅館太早了，她要是又問只有一間房間的問題，依然不好對付。第四步回旅館了。不必，越晚越好。那時，十一二點鐘了，無處安身，她會逼我到走廊上去站一晚嗎？北平人說，蘑菇。那時候我就給她蘑菇，想到這裡，自己噗嗤的笑了起來。可是到電影院去這一步，恐怕不能如願，因為晚場是容易客滿的。那麼，先去買兩張電影票。

想著，便跳了起來，向茶房要了一張報來，查明了電影廣告，立刻坐車到電影院裡去買票。在旅館附近本來也有兩家電影院，但這兩家影院的電影，都不好。一家是映的中國抗戰故事，一家映的是俠義美國影片，只有這一家映的是愛情電影。而且廣告上寫的是熱情趣片，一看就中意。所以路遠一點也就專車前來購票，好在這日並非星期六或星期日，預先買晚場票，究不怎樣困難。買完了票子，總算三點鐘已到，這就不必再回旅館，直奔車站，下車付了車錢，還怕藍小姐會特別提早來到，曾到車站外廣告牌子上細細尋查了一遍。見那上面，實在沒有什麼字跡，這才走到車站對麵茶館子裡去，泡了一碗茶，面對面的向著車站。

初坐的一小時，卻也無所謂。坐到一小時後，既無朋友談天，又不曾帶得一份書報來看。挺了腰桿子，坐在硬板凳上，頗覺無聊難受。好在精神已陶醉在一種桃色的幻想裡，卻也忘了身體上的痛苦。就這樣又枯坐了一小時，每當一輛公共汽車開到站的時候，都眼睜睜地望著，是否寄宿舍站來的班車。到了四點半鐘。居然望著班車到了，趕快跑到車站，在車門口立著。每一個下車旅客，都不曾放他過去，必須仔細看看，直到全車人走光，並沒有藍小姐在內。因向車站站員打聽，下班車子什麼時候到？他說：「這班車子就遲到了半點鐘，為著等客，才這樣遲到的。今天來客少，不再開車了來了。」丁古雲瞪了眼望著他道：「不會吧？」站員笑道：「信不信由你，我們車站上的人，還不知道自己站上的事嗎？」說畢，他自走了。

丁古雲站在停車廠上倒是怔了一怔。還是在此等下去呢？還是走開？躊躇了許久，覺得站員的話，只可信其無，不可信其有。藍小姐約好了等到六點鐘，當然等到六點鐘，於是回到茶館裡去，再泡一碗茶候著。車站上總是熱鬧的。寄宿舍那條來路的車子，雖然不到，別條路上的車子卻還是絡繹前來。丁古雲兩手扶了茶碗，閒閒的向車站裡看著，卻沒有怎樣介意。約莫到了五點半鐘，覺得是絕望了。站起身來伸了一伸懶腰。回轉頭來，有輛公務車子，停在車廠上，正走下零落的幾個人。卻見那車窗子裡有只紅袖子，露出雪白的嫩手，向自己這邊招了幾招。丁古雲始而未曾理會，無如那手只管向自己招著。

近前兩步看時，可不是藍小姐？見她彎了腰把笑嘻嘻的面孔，在窗子裡向自己點著。丁古雲呵呀了一聲，直奔車前。後面有人喊道：「茶錢茶錢！」丁古雲回頭看時，茶館子裡么師，在後面跟著追了出來，丁古雲呵呀一聲笑起來。在身上掏出一卷鈔票，查了一查，恰是沒有一元單票。便給了他一張五元票，多話也不提，迎向車門去。這時，藍小姐已下了車了。她眼珠在睫毛裡轉著，笑著微微咬了嘴唇。身上穿著一件紅綢衣，脖子上圍了白綢巾，左手單了青呢夾大衣，右手提了花布旅行袋，丁古雲點了頭笑道：「怎麼坐公務車子來了？我公，信人也。準時到達。」一面說著，一面接過旅行袋大衣。藍田玉向他周身上下看了一週，抿了嘴微笑。丁古雲這才省悟過來，自己已是剃了鬍子了。便紅著臉笑道：「你倒一見就看得出來。」藍小姐又向他瞟了一眼，笑道：「不是你身上這套西裝，那我果然看你不出來。」說著，跟近了一步，低聲問道：「你找到了落腳的地方嗎？」丁古雲只覺心房一陣亂跳，笑道：「找好了，找好了！我們這就去。沒有幾步路，不必僱車子了。」藍田玉挨著他，將他手膀子碰了一碰，低聲笑道：「你在前面走，我怕碰到熟人。」這句話不要緊，把丁古雲這個身體碰得像觸了電一般，周身麻木一陣。回頭看藍小姐時，見她低了頭抿嘴微笑，好像是十分難為情。

這就越發的高興。拿了藍小姐的大衣和旅行袋，就提腳很快的在前面走。自然心裡總怕藍小姐會走失了，不免常回頭去看看。可是她倒很注意，遙遙跟定自己的路線走。到了旅館門口，丁古雲站在一邊等著，藍小姐到了面前，將嘴向前一努，又低聲說了一句進去。丁古雲也就立刻鎮定起來。彷彿一切舉動，都是十分平常似的，引了她走進所住的一層樓面，故意很從容的，叫茶房來開房門。當茶房來時，自己雖不免向她觀察一番。可是看她那樣子，什麼也不感到異樣，這倒覺得是自己多慮了。藍小姐進房去看了一看四周，首先走到梳妝臺前對鏡子照照，將手理了一理鬢髮，搭訕著問道：「這房子多少錢一天？」丁古雲把旅行袋放在桌子上，將大衣卻忘了掛上衣架，還是那樣搭在手臂上，斜抱在懷裡站在桌子邊，望了藍小姐後影，藍小姐問他話時，他並沒有理會。藍小姐倒也不在乎他答覆與否，依然向了鏡子看著，自言自語的道：「路上好重的塵灰喲！」這時，丁古雲的腦筋回憶過來她所問的那一句話，因答道：「總不算十分貴，三十塊錢吧？」藍小姐回過頭來，笑道：「你把大衣掛起來吧，你怕他會飛了。」丁古雲哦了一聲，才去掛大衣。

這時，茶房送著茶水進來，自退出去。而且反手將房門帶著手掩上了。藍小姐在旅行袋裡撿出幾樣化妝品和自用的手巾，都放在梳妝臺上。她對了鏡子，一面化妝，一面閒閒的說道：「路上的灰塵好重，我不是坐了公務車子來，我就對你失信了，你在車站上等了好久了吧？我猜你十二點鐘就該去等著我了。」說著，嘻嘻一笑，回過頭來，見丁古雲呆坐在屋子正中的桌子邊小方凳上，望了梳妝臺上的鏡子，只是出神。笑問道：「你什麼事想得這樣出神？」丁古雲醒過來，身子一聳，哦了一聲，他才想起人家在和他談話。他只記得藍小姐說了一句坐公務車來的。因問道：「我在車站上打聽，知道班車沒有了，想不到你會坐了公務車來。」她笑道：「那看客人本領呀。我有本領站在公路上把車子攔住；我又有本領，教車上人歡迎我上車。你信不信？」丁古雲點頭道：「我絕對的信。」藍小姐道：「那麼，你試說說那理由。」但丁古雲又沒有了答應，還是呆坐著出神。不過他多了一個動作，將手指在桌面上畫著圈圈。藍小姐也沒有再和他談話，把面部的脂粉抹擦勻了，然後取了一柄黑骨長柄梳子梳攏著她的頭髮，她那白嫩的手，微紅的指甲，和黑梳黑髮襯托之下，越是好看。

丁古雲不覺想像著，塑了一生的人像，沒有理會到這一種黑白美。女人就是藝術，看久了女人，就會對藝術有許多發現。他這樣說著，神經便統制不了他的官能。信口說出了一聲是的。藍小姐回頭問道：「你說什麼？」丁古雲笑道：「我想起那藝術上一個問題，我自己就信口答覆了起來。」藍小姐回轉身來，將頭一搖道：「我不信，這個時候，你有功夫，說到了藝術。」丁古雲道：「那麼，我應該想到什麼呢？」藍小姐把手上的梳子，放在梳妝臺上，兩手反撐了梳妝臺，向他瞟了一眼，微笑道：「我知道你在想著什麼。」說畢這句話，她將右腳皮鞋尖點起，把高跟在地板上打著，把上面三四顆雪白的牙齒，咬了下嘴唇，微微低了頭。丁古雲也答不出，只呆望了她。這樣，屋子裡，沉寂了有五分鐘之久，藍小姐口裡滴當滴當，又唱著她的英文歌。丁古雲突然站了起來。走到藍小姐面前，顫動了他的聲帶，低聲道：「田玉，我有幾句話，總想和你說一說。」藍田玉依然緊緊咬了下唇，低頭站著。丁古雲直立著，頭可微微的彎了下來。丁古雲道：「你……你……你可以讓我說出來嗎？」藍田玉依然是低了頭。說著，抬起左手來，理了一理鬢髮。

當她將手放下來的時候，丁古雲猛可的握住了她的手，他不但是聲帶顫動了，連身子也有些顫動了。他道：「我……我……愛你。」這句話說出來了，緊接著是要藍小姐的答覆。藍小姐的手被他握著雖還沒有抽回去，可是頭還沒有抬起來。就在這時，忽然一樣東西，直撲了兩人的身體，這樣兩個在異樣情感中的人都嚇了一跳。那直撲了兩人來的東西，還沒有停止，還在陸陸續續的來。定眼看時，卻是剪碎了紅綠紙屑。這紅綠紙屑，像花雨一般的飛著，自然不是由天上落下的，不是由窗戶外飄進來的，也不是樓板上漏下來的，乃是一陣陣由房門口拋撒進來的。這拋棄的人，被門簾子隔著，只看到幾隻手，伸了過來，丁古雲想不到有人會到這裡來開玩笑，料著是人家鬧新房走錯了房間。便喝問連聲：「誰？幹什麼？」他這一喝，引動了門外一陣哈哈笑聲，門簾子掀動著，推進來一群男女。其中有一男一女，卻很面熟，一時想不起來姓甚名誰。

一個女子，手裡還捏了一把紅綠紙屑。她笑著向丁古雲一鞠躬道：「丁先生，恭喜呀！您忘了我吧？我和這個人。」說著，指了站在當前的一個青年道：「我們是你手上開除的學生呀。我們談戀愛的時候，你以為我們犯了校規。現在你應當明白，戀愛是人生所需要的吧？呵！這位是藍小姐？多麼美！恭喜你得著這麼一位甜心。」她眉飛色舞的說了一遍，這一群男女鼓掌笑了起來。另幾個女子，手裡捏著紅綠紙屑，又向丁古雲拋著。他忽然省悟過來。在北平的時候，曾在校務會議上，交出一張談戀愛的學生名單，要求學校開除。今天所到，就是其中之一部分，分明是清算陳帳，報復來了。翻了眼望著他們，面孔通紅，紅暈一直紅到耳朵根後去，由嘴唇皮的顫動，感到周身的肌肉全在抖顫，哪裡還說得出一句話來。藍田玉站在一邊，先是呆呆的。見丁古雲成了一個木雕泥塑的偶像，便忍不住了。凝了一凝神，忍下氣去，從容問道：「你們是來幹什麼的？」先前那個女子道：「恭賀丁先生得了甜心。」藍田玉喝問道：「哪個是丁先生的甜心，你指的是我嗎？」那女子被她問著，倒不便直率的答出來，藍田玉道：「你是恭賀？你是開玩笑來了。可是你沒有想到你也是女人，你也是丁古雲的學生。丁先生房間裡你能來，我也能來。為什麼我在這裡，就是丁先生的甜心？不錯，我一個人先來，你們是成群來的。大概先來的單獨來的，就是丁先生的甜心。好吧，我承認你這話。你有什麼權利能干涉我們的行動？你說，你不是來嘲笑，你是來恭賀。這是我們開的房間，我們就是這房間的主人，我有權不受你們的臭奉承。你們都給我出去！」她說時，紅了臉，瞪了眼睛，倒是理直氣壯，這一群人無話可說。尤其是幾位散花的天女，更覺得自己魯莽，都起了丁古雲的傳染病而發呆了。

第十七章

兩幕喜劇

丁古雲本來是恐懼與憤怒交襲著，一時心緒紛亂，不知道怎樣去對付這個突擊。現在藍小姐一生氣，而且給了自己一個立腳點，立刻就有了主張了。於是將臉一板，喝道：「你們是便衣巡查隊？你們是憲兵？或者你們是警察？你們若都不是，有什麼權利，可以到這房間裡來胡攪。」其中有個男生，帶了兩分尷尬的樣子，向他笑道：「我們來恭賀你，有什麼惡意嗎？」丁古雲道：「胡說！我有什麼事，要你們恭賀？在旅館裡會客，這就應當恭賀嗎？我不認得你，我不要你恭賀！出去！」說著，他搶著去掀開門簾，站在門口將手揮著，連喊出去。這群男女，沒有了調兒了，就無精帶彩的，慢慢的向門口走去。就在這時，門外有人道：「慢來，慢來，我有兩句話問一個人。」隨著這話，走來一個穿呢布學生裝的人，白淨的面孔，溜光的背頭髮。眼上架了一副大框眼鏡，眼珠在裡面閃動著。尖下頜上，有一點紅痣，顯著他的機巧心外露。他穿了一雙半舊的黑皮鞋，大踏步子走進房來，並不理會丁古雲。見了藍田玉笑嘻嘻的向她一點頭，道：「好哇！藍小姐。我知道你有了好約會要到香港去。可是，事情不那麼簡單，你還得受點拘束。」藍田玉看到這個人來，忽然臉色一變。紅紅的面孔，現出了蒼白。抖顫著道：「你……你……你來做什麼？」說著時，她退後兩步，她在沙發上坐了。

那男子喝道：「我來做什麼？我來找我的未婚妻藍田玉！」他把這「未婚妻」三個字，說的特別的響亮。丁古雲聽了，心裡也倒抽一口涼氣。藍田玉由沙發上站了起來瞪了眼向那男子道：「我早要和你廢除婚約了，你管不著我。」那男子道：「我也早知道，你要和我廢婚約，可是截至現在止我們這婚約還沒有廢掉。我有這權利可以干涉你和別一個男子在旅館談話。」藍田玉將脖子一歪道：「你管不著！」那男子道：「為什麼管不著？我立刻就可以干涉！你和我走出這房間去。如其不然，我去報告警察，你或者不在乎，可是你的老師，也是你的愛人，他受不了。他是藝術界的權威，他是教育界的名人，他是社會上的偶像。假使把他帶人家未婚妻開房間的行為暴露出來，這偶像要打破！你考量考量，我限你三分鐘內，給我一個答覆。」

他這話雖不算十分利害。可是把丁藍兩個人都鎮住了，什麼話也說不出來。那些要走的一群男女聽了這話，覺得這個報復，大家滿意，大家哄然一陣笑著。就在這時，跳進一位摩登女子，由男女青年的隊伍擠到那男子的面前，向他正色道：「密斯脫倪，你這不對。你有什麼話要和藍小姐說，你就徑直的來和她說就是了。你帶了這一群人到旅館裡來，成何體統？」丁古雲看時，乃是熟極了的人夏小姐。夏小姐在這個時候鑽了出來，又是一個意外。那男子向夏小姐苦笑了道：「你以為我不該來嗎？無論是誰，對於自己的未婚妻在這種場合，他不能漠然處之吧？」夏小姐向丁藍看了一看，見他們都紅著面孔，鼓了嘴說不出一句話來。便道：「密斯脫倪，大家擁在這裡，有什麼話也不好交涉，我們另去找個地方談談，好不好？」那人道：「我不走，要走，藍田玉和我一路走。」說著，益發在椅子上坐下來。藍小姐突然站了起來，將臉色一板道：「好！我和你一路走。你說到哪裡去？難道我還怕了你不成？」姓倪的見她站了起來，也跟著站起來。因道：「只要你肯跟我走，我們的事就好說。」藍田玉向來的一群男女道：「我們都走了，你們還打算怎麼樣？」說著話，她首先一個擠出了屋子，口裡還說：「我看你們出來不出來？」她這樣的說了，哪個還能在屋子裡站著，一陣風似的，全都擁了出來。而後夏小姐和姓倪的微微笑了一笑。因道：「現在還有什麼話說，可以出去了。」那姓倪的且不理會夏小姐，向丁古雲點了一個頭道：「對不住，打攪打攪。」說著，走出屋子去了。

夏小姐走到丁古雲面前，向他輕輕的說了一聲道：「不生關係，我會替你把這一事料理清楚。」微笑著點了一下頭，她也出去了。屋子裡，最後只剩丁先生一個人。他始終是呆坐一張木椅子上，望了這群搗亂的男女，一句話也沒有說。耳聽得房門外一陣雜亂的腳步聲，大概是這批人都走了，屋子裡靜悄悄的，人是走了，剩下來滿地紅綠紙屑。他一直呆坐了二十分鐘之久，神經才恢復過來那番鎮靜，心裡把過去的事。仔細推敲一番，覺得剛才一幕喜劇，絕不是偶然的遇合。姑無論自己開除的那一群學生，他們不會知道自己在這旅館裡開房間。就是那個姓倪的，怎麼會知道自己和藍小姐有這個約會呢？又其次便是夏小姐，今天白天，在街上遇到她，她還打聽自己的住所，要請他吃飯。這會子毋須人告訴，她也知道了這旅館了。真是奇怪。推論這幕喜劇的導演，只有兩人。一個是藍田玉。可是她不會的。她不履行這個約會，誰也不能勉強她？何必多此一番變化？而且事先她也不知道在哪家旅館，她有什麼法子，去預先遣兵調將？更進一層的說，這事於她面子很難堪，她自己會和她自己搗蛋嗎？另一個人，便是這夏小姐了。在理髮館裡隔坐那個摩登女郎，根本就是她。大概她是存心報復，老早就等著機會。她看見自己剃鬍子，必定是探聽得自己和藍小姐有了約會，所以悄悄跟在後面，把自己的行蹤，完全看了去了。不過這裡又有了一個問題，像那個姓倪的和這群開除的學生，那也不是頃刻之間，可以調齊的。她這個計劃，至少是二十四時以前，就有了準備。

果然如此，藍小姐縱不是勾通一氣，也把到城裡的消息洩漏給她了。想到了這裡，越覺這事有幾分蹊蹺。心裡頭轉念，夏小姐罷了，以前她和藝夫來往的時候，自己沒有給過她好顏色。她要報復一下，在情理之中。至於藍小姐，只有自己對得住她的，沒有對不住她的，她決無和自己開玩笑之理。你看，為了她，把鬍子也剃掉了，失掉了自己十餘年來的那份尊嚴。和她能談上愛情，已經是被人笑話。鬧一幕趣劇，那不是……不，簡直是致命的打擊，不是笑話而已。到了這群男女青年口裡去了，不是什麼趣劇，也要渲染一番。於今他們在旅館內親身目睹的事，他們絕不會客氣，一定滿處宣傳，真是那姓倪的話，這尊偶像要打破了。藍小姐，你不愛我，沒甚關係，你不應當這樣惡作劇，作個圈套讓我來鑽。我與你無冤無仇，你這樣陷害我作什麼？

想到這裡，不能坐著了，背了兩手在身後，在屋子裡轉著圈子。就在這個時候，嗅到了一種輕微的脂粉香。這種香氣，是自己經常薰染慣了的，正是藍小姐身上的香氣。這是自己的幻想，她已經去久了，哪還有……可是，他一回頭，看到了那梳妝臺上，留下了藍小姐幾樣化妝品。雪花膏罐子，脂膏盒，口紅石管，香粉盒子小粉鏡。順手拿起粉鏡來看看，見鏡子背面，嵌著藍小姐一張半身相片。她穿了翻領子羊毛衫，長長的頭髮，披在肩上，手上拿了個網球拍，瞧著一雙靈活的眼睛，笑嘻嘻地，嬌戇之極。若說天真爛漫這個形容詞，不加到她身上，加到誰人的身上？她這樣的少女，會作了圈套來害人，那簡直是不可想像的事了。他心裡這樣想著，手上玩弄了這相片，只管出神，就在這時，聽到隔壁屋子裡，有人喁喁談話，彷彿有捉姦兩個字送到耳朵裡來。接著這話，就是哈哈一陣大笑。丁古雲心裡嚇了一跳，心想，難道他們在談笑著我？於是更靜心的向下聽。先聽的是右隔壁的話，這時右隔壁的話歇了，左隔壁的喁喁之聲又起來了。彷彿又聽得有人說，我認得他，是一位名雕塑家，他心想，名雕塑家，那不是我是說誰？這麼一來，手裡拿著的那面小鏡子，不能握著了，微微嘆了一口氣，又搖了兩搖頭，自己依然呆坐下。

這屋子是本旅館的上等房間。雖然沙發是重慶極珍貴的家具了，這屋子裡依然還預備下一張椅子，但這和文豪們的主張有點兩樣，乃是新瓶裝舊酒。椅子的表面蒙著了新的灰布，而坐墊的彈簧，沒有了伸縮性，大概是把些棉花渣滓，代替了彈簧，坐下去是平的。恰是奇怪，丁古雲對這個改裝的沙發，好像有了深嗜。自這屋子裡發生了變化以後，他就老坐在這椅子上。兩手平伸放在兩邊搭上，人斜靠了椅背，算是開了睜眼的入定老僧。除非是穿了西裝褲子的兩條腿，有時架起，有時又放下直伸了搖撼幾下，他發現了對面的粉壁上，有一塊水漬。那水漬像個古裝的西洋女人，又像希臘戰爭之神，看久了，都不像，更像是一叢雲，雲裡伸出一條張牙舞爪的龍。沒有人打攪他，由他這樣想像下去。他在回憶之間，彷彿曾有人進房了一次，那大概是茶房。不自然的，無所謂的咳嗽了兩聲。隨著這咳嗽，茶房又進來了。他手裡提了一把開水壺，但他沒有向那裡斟開水，僅僅將中間桌子上那把茶壺揭開了看上一看。他沒有言語。臨去的時候，瞥了這位旅客一眼。他似乎解得這位旅客需要清靜。出門的時候，把房門緊緊地給帶上。丁古雲等他去了，立刻想到，他不是來送開水，他是來觀測我的。他疑心我會自殺嗎？於是不自然的淡笑了一下。接著又一想，雖然，大概我這幕悲喜劇，引起了全旅館的注意。本來這事太難隱瞞了，他們男女一群，來那些個人。而自是像演話劇，一個來了，一個又來，穿插得很有步驟，想到了演話劇，這裡必定有人導演。自編自導自演。是夏小姐呢？還是藍小姐呢？毒蛇似的女人，她們陷害我，毀壞了我這尊偶像。

他不住的想，不住的發恨，這樣呆坐著，不知經過了有多少時候，但覺這樣坐著，四肢都感到有些疲倦了，這個身體頗需要起來移動一下。就在這時，門推開了，門縫裡伸進來半截身體，那是藍田玉小姐。丁古雲心裡呀了一聲，嘴裡還沒有說出來。她像野兔出籠似的，用很迅速的動作，把身子鑽了進來。立刻把門閉上，又加上了搭扣。她毫不猶豫地，直撲了過來，兩腿跪在沙發前，兩手扶了丁古雲的膝蓋，頭伏在他胸前，一聲不言語，嗚的一聲，她就哭。丁古雲的神經被她震撼著，除了兩眼望她，一個字說不出來，也不會動。這時，覺得她柔軟而溫熱的手，扶著了自己的腿，烏絲一般的頭髮，簇湧在胸前，一陣陣的脂粉香氣，直進了鼻端，自己一切憤恨築下的堡壘，被這溫柔香暖的坦克與俯衝轟炸機，蹂躪了一個粉碎，再加上她這一哭，就是征服殖民地後的安民布告。自己心靈上沒有了埋怨，沒有了憤恨，自然沒有了反抗。靈魂上已插上了白色的降旗。

他情不自禁地，抬起一隻右手來，撫摸了睡在懷裡的那一頭烏雲。但這只有兩三分鐘，藍田玉突然抬起頭來。那退去了脂粉的臉上，黃黃的，掛上無數條淚痕。那靈活的眼睛外，依然簇湧了長的睫毛。臉腮上的酒渦沒有出現，黏上了幾條細髮，這一切柔媚，變成了極端的可憐相。丁古雲撫發的手，已被她帶著翡翠戒指的手握著。另一隻手被壓住了，抽不出來。他不能有動作，在四五分鐘的慌亂與緘默裡逼出了一句話：「你不要難過。藍小姐被她一句話引著，長睫毛裡，又拋出十幾粒淚珠。她先點了兩點頭，然後望了丁古雲的臉哽咽著道：「我……我……一千個對不住你，一萬個對不住你。」丁古雲道：「這不怪你呀！」

藍田玉突然站起來，坐在沙發椅扶手上。右手依然握了丁古雲的手，左手扶了他的肩膀，低下頭，那臉幾乎靠貼了丁古雲的臉，未乾的淚痕，黏在他的臉上了，她柔聲道：「你知道這事不能怪著我嗎？」丁古雲將臉偏過來，藍小姐向旁邊讓了一讓。他道：「這件事的禍水是誰，我還不能想到，可是你不會自己讓自己難堪呀。在這一點上，我想你縱然知道點事情是怎樣發生的，也比我知道的不多。」藍田玉點點頭道：「對的！你不愧是我的知己。我這顆心。……」她說著，將扶在丁古雲肩上的手，指了她的心窩。

她穿的那件半舊紅花綢袍子，腰身是那樣窄小，兩個乳峰，在衣服裡鼓起。她那個指甲塗了淺色蔻丹的食指，就指在乳峰中間。這又是一隊俯衝轟炸機，突襲丁先生的心靈一下。她接著道：「我實對你說，我這顆心，老早就屬於你的了。」丁古雲將被她握的手，反轉過來，緊緊的捏了她的手。藍田玉道：「可是，我還要你原諒一下。你可以嗎？」丁古雲握了她的手，輕輕搖撼了兩下，點點頭道：「你說吧。我什麼都可以為你犧牲。」藍田玉將手指了屋子中間道：「你要知道，今天晚上，這裡是座陷阱。」

丁古雲猛然聽了這句話，不覺臉色一變，因道：「他們打算還把我怎樣？」藍田玉說畢了這話，已是離開沙發，已是把掛在衣架上的旅行袋取過，將放在梳妝臺上的零碎物件，陸續向袋裡放著。一面向丁古雲答道：「我不在這裡，無論他們撒下什麼天羅地網，你都不必怕他們。我是抽了空來看你的，我立刻就要走。本來我是不能來的，可是我不來，我有衣和化妝品在這裡，還是會給予他們一個把柄。況且我要不來，怕你一個人住在這裡，會疑心到我身上來。」丁古雲由椅子上突然站起來，因道：「那麼，我陪你離開這裡。」藍田玉已把衣架上大衣取下，搭在手臂上，因道：「夜深了，向哪裡去呢？而且，他們正在我一個朋友家裡聚合著，等候和我談判，我們何不趁了這個機會，快刀斬亂麻，將姓倪的關係了結。我們日子長呢，有話慢慢的說。你明天可以回去，不是明天下午，就是後天一大早，我一定回到寄宿舍來。你只管進行你的事，我們有了錢，我們遠走高飛，怕他幹什麼？」她一面說著，一面向房門口走。

丁古雲瞪了兩眼，只管望著她的背影，卻是移動不得。她手扶門扭，並不曾怎樣帶動，卻回轉身來向丁古雲望著。露了她那白而又齊的牙齒微微一笑。丁古雲還是呆望了她，不曾動得。她笑道：「你這傻子。」說著，她又跑了回來。她將她那夾著大衣的手，握住了丁古雲的手，猛可的向他身上一撲豎起腳尖來，將脖子一伸，頭伸過了他的肩膀，嘖的一聲，丁古雲覺得自己的臉腮上，被一種柔軟的東西接觸了一下。他在這絕對不曾意料的境況下，不知會想到藍小姐這豐厚的賜予。他仍然是呆站著的，等他回憶到這是一個香吻，那已經在一分鐘之後，藍小姐的動作，始終是閃擊式的。她親過吻之後，她又立刻奔到房門邊去了，手扶了門扭，回轉身來，又向他笑了一笑道：「你這個書呆子。」丁古雲被他的回憶，引著他笑了。在這笑聲中，他也有了相當的勇敢，立刻追著上來，要去握藍田玉的手。可是她這次手扶著門扭，不像上次，已是把門拉開了。在門簾外人來人往的情形下，丁古雲所發生的勇敢，又如電火一般的消失了。

他只說出了一句話：「你真走了？」藍田玉將門全推開了，人背了垂的門簾站定，向他道：「我不敢在這裡久耽擱，至遲後日一定回去。一切放心，不要為今晚上這場滑稽戲著惱。」說畢，掀著簾子就走了。丁古雲站了一會，又回到那張新瓶舊酒式的沙發上去坐著。他不但一腔悲的火焰，已經熄滅，而死去了的心頭一棵情苗愛葉，卻又跟了臉上那個香吻，重新復活起來。他回憶著懷裡那一團烏絲，回憶著手掌裡握著的那一雙溫暖的小手，回憶著臉腮上所接觸的那兩片香唇，他情不自禁地，將手撫摸著他的臉腮，微微的笑了。這樣有幾十分鐘之久，他忽然想起了一件事，一直到現在還沒有吃晚飯呢。於是走出旅館去，在附近宵夜店裡，吃了兩碗麵。但是回來的時候，心裡又倍加了不快。自己來去，在身後就會發生哄然一陣大笑。他回到房裡，想了一想，還是藍小姐的話不錯，這屋子裡不僅是座陷阱，而且是床針毯，片刻坐立不得。他如此想著，胡亂睡了一會。

次日一早起來，算清了店帳，就到莫先生辦事處去會尚專員。談到去香港的事，尚專員很快的答道：「這已沒有什麼問題。到了車子開行的日子，你拿了我的信去上車，一直到廣州灣。路上費用，莫先生答應了五千元，你多花一點也沒關係，臨時來拿都有。至於到香港以後的款子，你再去和關校長接洽一下。彼此劃匯可以，拿我們的支票去換他的支票也可以。莫先生走後，我要代他辦許多事，實在分不開身來再去會關校長，丁兄說在城內無事，回去休息兩天也好。」丁古雲見這方面既安頓得十分圓滿，就放心回寄宿舍，到了寄宿舍以後，推說有點小病，只在臥室裡躲著，連兩餐飯也沒有到餐堂裡去吃。同寓的朋友來看他，見他神氣十分不好，自也相信。丁古雲睡了兩天，一早就算起，該是藍小姐回來的日子，不時在窗子裡向外張望著。到了半上午的時候，見有一群人，由田壩上直向寄宿舍走來。前面上十個人，手裡拿了紅綠紙旗，迎風招展，頗為奇怪。再近一些看出來了，那前面上十個人，都是男學生模樣。有兩個人用竹竿抬了一張籐椅子，夾在人叢中走。椅子上似乎放了東西，還用紅綠旗子陪襯著呢。籐椅子後面，是一群打赤腳的老百姓。其中有些小孩子，口裡直嚷：「快來看，接菩薩。」

丁古雲看到這群學生，心裡也就想著，莫非他們找到這裡來了？可是，他們到這裡來做什麼？腦子裡這樣疑惑著，心房卻在體腔裡砰砰亂跳。但終究覺得是自己的神經過敏，還悄悄在窗子裡向外張望了去。他們越走越近。仔細看去，可不就是鬧旅館的那幾個人嗎？自己向床上一倒！心想，看他們鬧些什麼？不管他，幾分鐘之後，忽然劈劈拍拍一陣爆竹聲，接著又是一陣哄笑聲。在硫磺氣流到屋子的時候，卻聽著陳東圃在人聲喧譁中喊了起來道：「你們這是幹什麼？」於是大家哄然一陣的道：「給丁古雲送偶像回來了。」又聽到仰天帶了笑聲道：「你們以為這是舞臺，在這裡演戲嗎？」他一說，那群笑聲更是厲害像倒牆似的轟鬧在空氣裡。在丁古雲聽得明白了，是自己送某大學作演講紀念的一尊塑像，被他們抬著送回來了。這也無關宏旨，讓他們抬回來就是，不理他，看他們怎樣。就在這時，王美今匆匆的跑了進來，頓了腳道：「丁兄，丁兄，出去罵他們一頓。這一群學生無緣無故和你開玩笑。」丁古雲道：「隨他們去。」王美今道：「以前你對付這些調皮的學生，最有辦法。現在人窮了，連管束學生的勇氣都沒有了嗎？他們那種毫無理由的侮辱，我在一旁的人，看著都受不了，你倒沒事嗎？你這樣怕事，以後還怎麼在社會上混？」丁古雲跳了起來道：「我怕他們作什麼？我是忍住這口氣。我就出去，看他們能把我怎麼樣？」說著，便跑向大門口來。

老遠見那群青年，擁在大門的過道裡，把那把籐椅子，放在一張桌子上，自己塑的那尊半身像，象徵著藝術與戰爭的，被他們供佛爺一般的供著。像面前有兩個雪花膏缸子，一隻空粉盒子，當了燭臺香爐。丁古雲還不曾仔細的看，他們見丁古雲出來了。哄然一陣笑著，鼓起掌來。丁古雲瞪眼大喝道：「你們沒有法律管束的嗎？鬧到我家裡來了。」大家笑著道：「把東西送還你，不送到你家裡來，送到哪裡去？」丁古雲聽到他們又說又笑手上拿了旗子亂揮，也不知道是什麼人答話。再走近那籐椅子一看，真氣炸了肺。他們把那長鬍子的偶像，臉上塗了兩塊胭脂，鼻子兩邊，用墨筆勾著，成了個小醜模樣。偶像身上，披了一條女人用的破花綢手絹。再看椅子上插的紅綠旗子上，寫著的標語是：「打倒偶像」，「揭破偽君子的假面具」，「打倒藝術界的騙子」，「打倒教育界的敗類」。丁古雲將桌子一拍，跳起來喝道：「你們太侮辱我了！」那些學生呵呵一陣狂笑，擁出了大門。看熱鬧的一群百姓，站在門外望著面面相覷。小孩拉了大人衣襟問道：「這不是接菩薩嗎？啥子事？」那些學生出了大門，亂喊了笑道：「奮鬥呀！抗戰呀！帶了女學生開旅館呀！禮義廉恥呀！講臺上的偽君子呀！什麼東西呀！霸占人家未婚妻呀！」他們又像唱歌，又像喊口號，老遠的隔了一片空地，揮了手上旗子，直了脖子，對了這寄宿舍的大門喊著，這寄宿舍裡的先生們看著，覺得不但與丁古雲難堪，與這些同寓的先生們也是一種難堪，便都跑出大門去，向那些學生喝止。丁古雲忽然向廚房裡跑去，發瘋一般，拿了一柄砍柴的斧頭來。他大聲道：「我不要命了，和你們拚了！」兩手拿了斧子，高高舉起，向那些學生飛奔了去。

第十八章

你真勇敢

在大門口的先生們，看到這種情形，各個嚇了一跳，連喊去不得。戲劇家仰天口到腿到，早已跟著跑了出去。所幸丁古雲跑得過於勇猛，身子向前鑽著，身體上的重點，已是放著不均衡，腳下被浮泥微微一滑，人就栽倒了。仰天跟著跑到面前，彎腰先在他手上把斧子奪了過來。然後拉了丁古雲一隻手，把他拉起。因道：「丁兄，你這是怎麼了？你值得和他們小孩子一般見識？」丁古雲道：「他們欺我太甚！你別攔著，我要和他們拚命。他說話時，全身都在抖顫著，因之他說話的嘴皮，跟著也在抖顫，臉皮紅得發黃，又帶些青色，倒不如說是沒有成熟的橘子色。他那額角上的汗珠，每粒像豌豆一般大小，不住向臉腮上掛著。他伸手要奪仰天反手掩藏在身後的斧頭，口裡只管喘氣。又一戲劇家夏水，也追了過來。

他見那群學生已停止了喊口號望了這裡，緩緩向後移動，便伸張兩手，對他們亂揮著。大聲喊道：「你們不走，還打算在這裡耗出什麼大勝利來嗎？你們這樣作法，把斧子真砍你們兩下，那也不屈。你們走不走？不走，我也惱了！」那些人聽了，方才繼續退去，可是退到對面山腳黃桷樹下，他們站住腳，又哄然一聲笑了。丁古雲抓不住那把斧子，本來也就站著呆望起來，他挺了胸脯子道：「你看，他們這樣作，就能損害我一根毫毛嗎？」夏水依然在前面走，卻叫了仰天道：「老仰，我看這事，有點醋的作用在裡面。你說是嗎？」仰天笑道：「還有什麼是嗎？他們的標語，已經說明了。幸而藍小姐今天不在這裡。要不然，又不知會演成個什麼局面？」丁古雲道：「會演成什麼局面呢？他們也不能抓住藍小姐飽打一頓吧？」說著話，已到了寄宿舍的大門口，各位先生，自然是安慰丁古雲一番。然而等仰天再度提到有些戲劇意味時，大家回想過去情形，也都哈哈笑了。

丁古雲將籐椅子上那尊偶像拿起，提起籐椅子來，連那上面的紅綠旗子，一股腦兒，扔在大門外空地上。然後口裡唧咕著走回臥室裡去。同寓的先生們，都為了這事，受著很大的刺激。覺得丁先生一生都被人尊敬，今天讓青年羞辱到門上來，這是一件不可忍耐的事。和他更要好的王美今與陳東圃兩個人走進屋子來看他，也算是安慰他。丁古雲這時把人家抬回來的那尊偶像，放在桌上，彎了腰正用紙卷，去磨擦那鼻子兩邊的黑跡。回頭看到陳王二位，唉了一聲道：「你看這是哪裡說起。他們侮辱我一陣不要緊。什麼場面我都經過了。不會被這幾個毛頭小子所苦惱。可是他們不該不擇手段，把藍小姐拖累在內。幸是藍小姐不在家，假如今天她也在這裡，她不會自殺嗎？我在這裡想著，還是到法院裡起訴呢？還是……」王美今笑道：「仁兄，你怎麼也這樣小孩子氣？他們都是乳臭未乾的人，曉得什麼輕重。他逞快一時，哪裡顧到事情前後。你去告他一狀，官司打贏了，判他們一個公然侮辱罪，辦他們幾個月徒刑，他毫不在乎，你若是打輸了……」丁古雲紅著臉道：「官司我怎麼會打輸？」王美今笑道：「這不過是比方這樣說，可是你也是要走的人。假如官司拖下來三個兩個月，你還是留在重慶打官司？你還是到香港去幹你的正經事？」丁古雲聽了這話，倒是呆了，坐在椅子上向他望著道：「那麼，我吃了這兩場侮辱，就罷了不成？」陳東圃道：「哪裡有兩場羞辱？」丁古雲被他問著塞住了口，只頓了一頓，因道：「我也是氣極了亂說話。」王美今道：「投鼠忌器，這件事你也只有罷休。要不然，拖累著把藍小姐拖了出來，不用說打官司了，就是有人把言語損壞藍小姐兩句，鬧得三把鼻涕，兩把眼淚哭著，這又何苦？」丁古雲嘆了一口氣道：「這事真也教人難於處理！這真是從何說起？把一個藍小姐拖累在內。」大家看了他那番懊喪的樣子，正也不知道用些什麼言語來安慰他。

就在這時聽到藍小姐在外面應了一聲道：「有什麼連累我？恐怕是為了我連累丁先生吧？」隨了這

話，藍小姐走進屋子來。大家看時，見她一手抱了大衣，一手提了旅行袋和手皮包，面皮紅紅的，站在屋子中間，先笑了一笑道：「剛才這裡鬧了一幕喜劇，可惜我沒有趕上。」說著，她毫不避嫌疑地，把手上的東西，都放在丁古雲的床上，隨身就坐了下去。她回頭看到丁古雲坐在那尊偶像邊，臉色十分難看，便微笑道：「這有什麼了不得？充其量，他們不過說我們戀愛。師生戀愛，這難道是什麼稀奇的事嗎？他們來的時候，我若在這裡，我一定挺身而出，對他們說：『不錯！丁先生在和我講戀愛！這幹著你們什麼事？這對他的藝術，他的學問，又發生什麼關係？你們憑著什麼來干涉我們戀愛？又憑著什麼減低了丁先生的藝術價值？』這樣，他們還能鬧，那才怪呢。」說著，她站了起來，兩手扶了臉腮上的亂發，向脖子後面順了去。

丁古雲真沒想到她會宣布彼此戀愛，心裡那一陣愉快，把剛才所受的痛苦掃蕩了個乾淨。可是他總覺得彼此還沒有宣布談戀愛的可能，不敢對人說出來。這時藍小姐對王陳二人說出來，已公然宣布了這個事，可以說自己如願以償了。可是自己一向反對有太太的人和人談戀愛，尤其反對和自己的女學生談戀愛，這樣一來，自己的威信掃地了。在一分鐘的時候，他心中五分高興，和他心中五分的顧慮，糾纏在一處。因之望了屋裡三個人，說不出話來。王美今陳東圃也知道他們在戀愛，正如這同寓的藝術家一樣，全已默契這件事。可是他們想著，他們到成熟的時期，還隔著很遙遠的距離，加之藍小姐那份隨和勁兒，也許她根本就是在拿丁老夫子開玩笑。丁老夫子去了香港，把她一人留在這裡，這是大家的期待。王陳兩人更比較和藍小姐熟識些，對這個期待，尤其感到興趣。她現在突然宣布和丁古雲在戀愛著，而且不惜人言，這是爛熟的果子了，這一個突擊，誰還能夠……他們聽了藍小姐的話，望著她的臉色，也說不出一句話來。

藍田玉兩手理好了頭髮，拿起桌上丁古雲自用的玻璃杯子，向丁古雲笑道：「我太興奮了，由車站上跑回來，口渴得很，給我一杯熱水喝。」她說時，將杯子伸到他面前。丁古雲微笑了一笑，立刻將桌子溫水瓶子，拔了塞子，向玻璃杯子注著開水。因道：「你放下吧。玻璃是極傳熱的東西，燙了你的手！」藍小姐笑道：「你關心我，比我自己關心我，還要深切些。」說著，果然，將玻璃杯子放在桌上。王美今聽了這話，心裡罵著，真是肉麻。回頭向陳東圃看時，他也皺皺了眉頭在微笑。藍小姐在身上掏出一方花綢手絹來，裹住了玻璃杯子，端著送到嘴唇邊喝水。反身過來，靠住了桌沿，將眼由玻璃杯沿上射到王美今臉上，看了一看。她放下杯子笑道：「王老師，你怎麼不言語？你對我剛才這番話，覺得怎麼樣？」王美今這才笑了，點頭道：「好！你真勇敢！」藍田玉回轉臉來，向丁古雲道：「你看，王老師都說我勇敢，你為什麼不勇敢一點呢？」丁古雲笑道：「我沒有想到你是用這副手段，對付他們，假如我知道的話，我一定不是先前那樣軟弱。」藍田玉笑道：「好了，過去的事讓他過去了，我們不必再提。現在我要回去休息一下，你送我去吧。」她這樣說著，不再問丁古雲是否同意，拿了那床上的旅行袋，就交到丁古雲手上，笑著道了一個字：「走。」隨著她自己把大衣搭在手臂上。在這寄宿舍裡，丁古雲不怕人家知道他和她親近。但自己總還維持著一種師生的位份，在朋友面前，至多是彼此客氣一番。現在藍小姐忘了那份客氣，當了陳王兩人的面，自己倒有點難為情。

王美今在這其間，說不出來他心裡頭有一種什麼不愉快，望了丁藍二人微微笑著，因道：「丁兄，你送藍小姐回去吧。你精神上確實受了很大的刺激，讓她安慰安慰你也好。」在他說話的時候，他眼珠很快的飄了陳東圃一眼。兩個人是在屋子裡僅有的兩只白木方凳上坐著，這時一同站了起來，丁古雲笑道：「你二位在這裡坐一會，我一會就回來。」王美今雖然穿了西裝兩手還抱了拳頭，向他拱揖笑道：「你這個一會，是沒有時間性的。十分二十分鐘，是一會。一小時兩小時，恐怕也算是一會。等你二位回寄宿舍來，我們再談吧。」他說著，昂頭哈哈大笑出門，陳東圃跟在後面，也格格笑著。他們去了。丁古雲向藍田玉笑道：「莫名其妙的，他們笑些什麼？」藍田玉瞅了他一下，笑道：「你說他笑什麼呢！他們笑你，那正……」。藍小姐突然把話停止了唱著英文歌的琴譜，腳跟在地面上拍著板，手裡卻把手皮包提著在前面走出房去。丁古雲被他鼓勵著，開始勇敢起來，手裡提著旅行袋，隨著在她後面走。走到田壩中間，丁古雲回頭看時，見寄宿舍門口站了一群人向這小路上望著。其中一個人，把手抬起來招了幾招，那正是田藝夫，丁古雲只當不看見，在藍小姐身後笑道：「藍小姐，他們圍了一大群在望我們，糟透！」藍田玉回頭瞟了他一眼，問道：「什麼事糟透？」她依然走著路，她覺得心裡很閒，夾著大衣的那隻手，遇到路邊一棵小樹，還隨手扯了一枝葉子在手，丁古雲望了她的後影，覺得她在健美之中，不失那分苗條。她的肩上，披著一幅花綢手絹，托住了那披下來的蓬亂長髮，一陣陣的香味，若有若無的，由那裡透過了空氣，襲進了鼻端。這香味是手絹上的呢？是頭髮上的呢？他發生了這樣一個疑問，就忘記了一切，只是跟了那香氣走。

二人默然走到高坡上莊屋後那叢竹子邊，藍田玉忽然站住了，轉身向丁古雲望著，笑道：「你又在出神想什麼呢？忘了答覆我一句呀。」丁古雲愕然站住，望了她道：「我有什麼事忘了答覆你？」藍田玉笑道：「剛才你說糟透，那為什麼事？」丁古雲道：「哦！你問這個，其實沒什麼。不過難免他們拿我開玩笑。」藍田玉面前，彎了一枝竹，她把皮包放到夾住大衣的手上，騰出手來扯著竹子笑道：「你可記得？你有一次送我到這裡，我拒絕你到我家裡去。」丁古雲搖搖頭道：「我不記得。哦！是是是，我不再送了。」藍田玉又向他瞟了一眼笑道：「你對女性，真是外行，可是……嘻嘻！」她笑了一陣，聳著肩膀道：「你可取也在這一點，太懂得女性的人，一定是油滑的不得了的。我若說這話，是表示不要你送，我的姿態就不是這樣子了。」丁古雲臉上，沒有鬍子了，他伸手撫摸了兩下臉腮。笑問道：「那麼，你為什麼忽然提出這句話呢？」藍小姐扯下一枝小竹枝，其上留有三片竹葉。她將中間那片竹葉送到紅嘴唇裡，用雪白的牙齒咬著。

丁古雲覺得她嫵媚極了，垂手提了旅行袋呆望了她。藍小姐吐出竹葉來，笑道：「你瞧，把我旅行袋拖髒了。」丁古雲也哦了一聲，把旅行袋提起，藍田玉倒不理會那袋子了，手扶了彎在面前的竹枝，昂著頭望了天道：「偉大的抗戰呀！抗戰真偉大呀！」丁古雲又呆了，笑道：「我以為你那樣子是在讚美上帝呢，原來你在歌頌抗戰。」藍田玉笑道：「你要知道，這有很大的原因在內。不是抗戰，不能沖洗許多黑暗，不能改善婚姻制度。說到這裡，我告訴你一個好消息，我和那姓倪的關係，已經解決了。他已經寫了一張字據給我，解除婚約，回頭我把這字據給你看。現在……」她說到這裡，又昂頭了向天望上一下，笑道：「我自由了。」丁古雲也不由得笑了起來，對她看上了一看，未免將頭垂下，現出一分躊躇的樣子。藍小姐道：「你不高興嗎？」丁古雲道：「我焉有不高興之理？可是……可是……我不能比你。」藍田玉臉色正了一正，因道：「你的心事我知道，你不是說你不能和你太太離婚嗎？這是不必要的，我很乾脆的告訴你。」丁古雲不覺把手上的旅行袋放下，望了她道：「不必要的？那麼，你和姓倪的解除婚約，不是為了我。」藍田玉瞅了他一下道：「不為你，為誰？你……唉！你……」她說到這裡，微微一笑，又微微的搖了兩搖頭道：「你說這話，豈不是讓我傷心。」丁古雲走近了兩步，微彎了腰道：「不！啊！不！我以為你這話太……」說著，他伸手撫摸了一下領帶，又搔了兩搔頭髮。

藍田玉將胸脯一挺道：「我知道你沒有那勇氣敢問我以下的話。我乾脆告訴你，我愛你！我既愛你，我就一切可以為你犧牲。你沒有太太，我嫁你。你有太太，我也嫁你。至多，人家叫我一聲姨太太吧？我為了愛，我不怕這稱呼，再比這稱呼要難堪些，我也樂於接受。我自己也不明白，為什麼這樣愛你？越和你相處越愛你。」丁古雲聽了她這話竟是呆了。睜了兩眼望著她，直了腳，垂了手，一動不動。藍小姐道：「你站著發傻幹什麼？我再明白告訴你。現在，你太太在天津，你無法和她離婚，縱然可以，她也太受委屈，因為她與你並無惡感，為了我，逼迫她中年以上的婦人，無故拋棄丈夫，我站在女人的立場上，這理說不通。我同情她，我同情她這在敵人壓迫下，為你吃苦的婦人。我愛你雖說與她無干，然而我已經奪了你給她二十年以上的愛情了；況且她與我並無仇恨，我這已經占便宜了，我還要逼著你拋棄她嗎？那我太自私了。我套用一句故人的口頭禪：「願為你與她和她的兒女，共存共榮。我不知道她是怎樣一個性格的婦人，共存共榮的話，那恐怕是幻想？我奪了她的丈夫，她還和我共榮嗎？然而她現在干涉不了我們，眼前我們樂得熱烈的沉醉在愛的宇宙裡。過一天是一天。到了戰事結束，大家要會面，再作那時的打算。這個計劃，不獨是我們創造出來的，現在前後方男女這樣的結合太多了，我們有什麼使不得？這是抗戰時代特殊的情形，所以我剛才讚美抗戰。我現在和你同居……」丁古雲聽她的話，每說一句，像在心坎上灌了一勺熱酒。臉色紅紅的，說不出心裡那一分衝動與感激。他兩股熱氣，衝上了眼睛，擠出了眼睛裡兩行眼淚，他搶上前一步，兩手抓了藍小姐兩隻手，亂搖撼了道：「你對我太好了，我沒有話說，你真勇敢。你真勇敢！」說著彎腰下去，對她兩手，輪流的吻著。

藍小姐笑著伸了兩手，讓他去親吻，等他抬起頭來，向他道：「我真勇敢嗎？你別看我像只可憐的小鳥。有時我也會像只飛天的鴿子。你和我到我屋子裡去，我和你暢談。」丁古雲昂頭一看，覺得這時的宇宙，都加寬了一倍，周身輕鬆是不必說，立刻提了旅行袋，和她到寓所裡去。幾小時以後，他們回到了寄宿舍。同寓的人，看到丁古雲臉上，時時透露出一種不可抑止的笑容，都十分奇怪。今天他受了這樣大的刺激，他還高興呢。

到了吃晚飯的時候，丁藍兩人雙雙走進餐廳。藍田玉走到她席上，且不坐下，站著向兩張大圓桌子上的人，看了一看，笑道：「各位先生，且請緩用飯，我有一件事情要報告。」大家聽了這話，都抬起頭來望著她，各人也就料著，必是為今日早上接菩薩的那幕喜劇。丁古雲卻只是坐了微笑，不住的整理西裝衣領，又將手去理齊面前擺的筷子。藍小姐看了大家一下，笑道：「我這話說出來，各位也許並不怎樣驚異。但疑問是不會沒有的。那麼我就痛痛快快一口氣說出來。我和丁先生有了愛情，大家是早已不言而喻的。」她紅了一下臉，露著雪白的牙齒，微微一笑。大家也都隨她這一笑笑起來，然而很肅靜的，並沒有作聲。藍小姐接著道：「這話應該由丁先生宣布，可是……還是我痛快地說出來吧。在這個星期日，我們實行同居。而且同到香港去度蜜月。完了。」說著，她向大家鞠了一個躬。大家還不等她坐下，立刻哄然一聲笑起來，恭喜呀，恭喜呀！拍手的，頓腳的，敲著筷子叫好的，鬧成一團。仰天和夏水兩個人首先離開了座位，奔向丁古雲身邊。藍田玉伸手作個攔住的姿勢笑道：「請坐，請坐！我的話沒有完。」丁古雲看了大家嘻嘻的笑，大家看看他，又看著她，由她說了幾遍請坐，方才坐下。

夏仰兩人卻是靜止的，站在丁古雲座後。她牽了一牽衣襟，下巴微揚著，眼珠向屋頂看了一看。笑道：「為什麼說同居？不說結婚呢？因為丁先生是有太太的。法律上不許可我們結婚。我們只要彼此相愛，就過著共同的生活，不結婚又何妨？朋友們口裡雖不肯說，心裡頭一定疑問著，難道，藍田玉願作丁古雲的姨太太嗎？我為解除大家的疑慮起見，我乾脆的答應一聲，願！反正這個辦法，不是自我作古。抗戰以前，家裡一個太太，外面一個太太的，多著呢！外面這個太太，而且是最公開的，有個新名詞，叫新太太。抗戰以後，不用提了，到處可以碰見，有的叫國難太太，有的叫偽組織。所以我們這樣結合，也並不稀奇，我為了愛他，我就要嫁他。為了愛情，什麼犧牲，我在所不惜，社會上說我是姨太太也罷，新太太也罷，偽組織也罷，國難太太也罷，我愛他，我就嫁他。我這股精神，各位說勇敢不勇敢？」大家不約而同的叫了一聲：「勇敢！勇敢！」仰天最高興，跳著道：「勇敢，勇敢！藍小姐，你真勇敢！」他跳著把皮鞋脫落了，索性拿在手上，向屋頂上一拋！

第十九章

愛情與錢

仰天這一隻皮鞋拋了上去，當然是不會久在空間，當它落下來的時候，卻好是冠履倒置，打在丁古雲頭上。他拿手去接時，皮鞋已敲過他的頭，落到地上來了。他向仰天笑道：「你也真勇敢。」說著，他伸手摸摸頭髮。陳東圃和他同桌，拿著筷子，敲了桌子沿道：「丁兄，丁兄，今日之下，可謂躊躇滿志矣。」田藝夫與王美今在另一席，隔了桌子角，他伸過頭來，靠近王美今的肩膀，低聲笑道：「我早想到這會是幕喜劇，但絕不想到這樣揭曉，而且這樣快。你和夏小姐的事，恐怕要落後了。」立刻兩張桌上的人，議論紛紛起來，丁藍二人只是微笑。席上也有人提議，應當怎樣慶賀。丁古雲笑道：「國難期間，一切從簡。關於我們自身，要怎樣安排，還沒有議定，自不能接受朋友的隆儀。」仰天在那邊桌上，由人頭上伸出一隻空碗來，叫道：「至少喜酒是要喝的。」丁古雲道：「好！請許可我們二十四小時以後，再作答覆。實不相瞞，關於這件事情的消息，我也僅僅比各位早曉得三四小時。我又是一個整裝待發的人，我怎麼來得及布置？」陳東圃向藍田玉道：「藍小姐，你這個閃擊戰，好厲害，事前一點不露聲色，事後閃擊得我們頭昏眼花。」仰天那邊插嘴道：「她閃擊得丁翁頭昏眼花則有之，怎麼會讓你頭昏眼花呢？」王美今道：「是有點頭昏眼花。不是頭昏眼花，怎會說出此種話來呢？」於是大家哈哈大笑。到了這個時候，丁藍二人也就不怕人家玩笑，飯後，他們索性同在工作室裡，討論當前問題。直到晚上九、十點鐘，丁古雲方才送她回寓去。十點鐘，在鄉間已是夜深了。

次日早上，丁古雲一起床，匆匆的漱洗過，就向藍小姐寓所去。昨晚夜半發生的霧，這時正還在滋生，十丈路以外的樹木田園都隱藏在瀰漫的白氣裡面，只看到一些模糊的輪廓影子。在小路旁邊，有一所草蓋的小屋，破爛不堪，外面的兩塊菜地，幾棵彎曲的槐樹。那人家既有糞坑，又餵豬，平常經過這裡，總覺它是這田壩上最討厭的一個地方。現在濃霧把遠近的風景，完全籠罩了，便是這間茅草屋，也埋葬在白氣裡，只有一個四方的立體影子模糊著現出輪廓，看不清門窗戶扇，那些雜亂的草木，也都看不見了，而幾枝槐樹的粗枝幹，在屋外透出影子，反點綴了這立體影子的姿勢，湊足了畫意。他看得很有趣，覺得這簡直是一幅投影畫的樣本。他由這裡聯想到，宇宙中的醜惡東西，給它撒些雲霧來籠罩，不難變成美術品。自己和藍田玉這段戀愛，平心論之，實在不正常，可是籠統的加上愛情高於一切的帽子，只透露著彼此的勇敢，把其餘都掩飾了，也正是一場美麗的因緣。他這樣想著，在霧氣裡面慢慢的走。忽然感覺到這樣做下去，有一天雲消霧散了，這醜茅草屋的原形，似乎……他接著又一轉念，管他呢？事情已做到了現在，還有什麼變幻不成？他自己搖了兩搖頭，又加快了腳步。到了藍田玉的寓所門口，那位房東太太，朦朧著兩眼，正開了大門出來。看見他，便笑道：「丁先生這樣早？」她一手揉著眼睛，一手扶了衣服的鈕扣。丁古雲看了這樣子，不便猛可的進去，因道：「都沒有起來嗎？」房東太太笑道：「藍小姐昨夜好大夜深才睡覺呀。」丁古雲躊躇了一會，笑道：「我在門外問她兩句話吧，我要進城去。」他果然走到藍田玉房門外，輕輕問了一聲道：「還沒有醒嗎？」裡面答道：「好早！我來開門吧。」丁古雲道：「不必了，房東說是你是夜深才睡。」她答道：「寫了幾封信，也不怎樣夜深。」說話時，門呀的一聲開了，丁古雲推著半開的門進去，見藍小姐上身穿了小汗衫，下面穿了短岔褲，踏著鞋子，趕快向床上一鑽，拖了被條，將身子蓋著。在被頭上伸出一隻雪白的膀子來，連指了兩指房門。丁古雲掩上了門，坐在書桌邊椅子上，笑道：「對不起，我來得冒失一點。」藍小姐將兩個枕頭疊起來，頭枕得高高的，白枕頭上，披散了許多長髮。向他笑道：「有什麼冒失？再過一星期……」她露出雪白的牙齒，微微一笑。又牽了一牽被子，蓋著露出來的肩膀。

丁古雲笑道：「我也正為此，一早就來吵醒你了。我想進城去和老尚商議一下子……」藍小姐伸出手臂來，輕輕地拍了兩拍床沿。又向著他勾了兩勾頭。丁古雲會意，坐到床沿上來，半側了身子，向她笑道：「我想，應該和你作兩件新衣服，打一個戒指，買一雙……」藍小姐笑著搖頭道：「你還鬧這些老媽媽大全。本來我就不需要這些虛套，而況國難期間，又是一切從簡。我們是馬上要到香港去的人，在重慶做衣服買皮鞋帶了去，有神經病嗎？」丁古雲道：「禮拜這一天，就讓你這樣平常裝束，我有點不過意。」她笑道：「你要怎樣才過意，你穿上大禮服，我披上喜紗？可是，這又是辦不到的事。」丁古雲見她有隻手在被頭上，便握住了她的手，將身子俯下一點，正了色道：「提起了這個，我真覺得是對不起你。一切都讓你受著委屈。」藍田玉道：「我既願意，就無所謂委屈不委屈，就算委屈，我也是認定了委屈來做的。不過你提到這個，我倒更有一個閃擊的法子。你能不能夠和尚專員商議一下子。在三五天之內，我們就走，把預定的這個日子，放在旅行期中。那麼，你無須顧慮到我怎樣裝束，還可以免了朋友們一場起鬨，省了一筆酒席錢。」丁古雲道：「我無所謂，但不知道車子哪一天開。若不是請護照手續麻煩，索性坐飛機到香港，把這好日子放在香港度，那就太美麗了。」藍小姐抽出手掌來，在丁古雲手膀上，輕輕拍了一下，笑道：「嗤！開倒車，好日子也說出來了。」

丁古雲笑著，臉上又帶了三分鄭重的樣子，因道：「實在的，自從你宣布了愛我以後，我覺得換了一個世界，這世界委實可愛。」藍小姐指著床柱搭的衣服，點點頭。丁古雲道：「你多睡一會子吧，我要進城去，所以特來知會你一聲。」她一掀被條，坐了起來。光著兩只雪白的手膀，抬起來清理著頭髮。她那緊身汗衫，更把兩個乳峰頂起，這位老夫子，心房不住亂跳，笑著剛要抬起一隻手。藍小姐立刻把他的手捉住。笑道：「快拿衣服來給我披上，若把我凍著了，你說的那個好口子，會展期的。」他只好站起來，取過床柱上的衣服。藍小姐已是光了腿子走下床來，將背對了他。他兩手提著衣抬肩，她伸手將衣袖穿起。笑著道了一聲謝謝。丁古雲笑道：「這就謝謝。我覺得我受著你偉大愛情的感召，我為你死了，都不能報答萬一。」藍田玉道：「但願你這話，能為我一輩子。」他笑道：「你疑心我不能為你一輩子嗎？」她沒有答覆，站在桌子邊，對了鏡子扣扭扣。向了鏡子笑道：「你說愛情偉大，還有比愛情更偉大的嗎？」丁古雲他在背影裡向鏡子裡看，沒看到她的臉色，不知她是何意思，因道：「是祖國？」她搖搖頭。又道：「是宇宙？」她還是搖搖頭。又道：「是……」她回轉身來，向他笑道：「你越說越遠了，我告訴你，是金錢！」

丁古雲對她望著，呆了一呆。藍小姐很自然的拿了臉盆去舀水，水舀來了，她將盆放在臉架上，低頭洗臉。繼續著道：「你站著出神，還沒有想透這個理。你想，我們若沒有錢，怎麼去得了香港？那個姓倪的，他犧牲了愛情，卻愛上了錢。他和我有個條件外的附帶條件，要賠償他的損失。我為了和他急於解除婚約，就答應了他賠償他五千元的損失。五千元在今日，算得了什麼？可是他為這五千元就簽字在解除婚約的字據上了。這豈不是金錢比愛情還要偉大？」她說著話，把臉洗完，走到桌子邊，將上面雪花膏盒子打開，取了雪花膏在手心，兩手揉搓著，雙手向臉上去抹勻，她對了鏡子，沒有理會丁古雲聽這話的態度。他道：「五千元自不多，可是，你哪裡有這筆款子給他呢？」他站近了桌子，看她抹完了雪花膏，繼續開了香粉盒子，左手取了小鏡子，右手將粉撲子在盒子裡搨上了粉，送到鼻子邊，向兩腮去輕輕摸撲著。她很自然，又很從容的道：「寫了一張字據給他，三天內給他錢，夏小姐作的保人。我昨晚上一宿沒睡，就是想到這五千元到哪裡去找呢？」她繼續撲著粉，只看了鏡子。丁古雲道：「五千元還難不倒我們啦。」藍小姐道：「剛才你疑心我哪裡去找五千元，現在又說難不倒我們。這個說法，不有些自相矛盾嗎？」說時，她放下了粉撲，順手摸著粉盒旁邊的胭脂盒，取了那盒兒裡的胭脂撲，將三個細白的手指夾著，放在臉腮上去慢慢塗敷胭脂。丁古雲道：「我這是有個說法的。你一個清寒的女青年，根本沒有存款，和那姓倪的匆忙辦著交涉，哪能夠立時找到五千元？你說是開期票給他的，並非當時給他錢，這疑問我是問的對了。至於說難不倒我們一句話，這理由很簡單，現在有二三十萬款子經過我們的手，難道我挪移五千元先用一下，這還有什麼問題嗎？我今天就去辦。」藍小姐抹好了胭脂，在桌子抽屜裡，取出一枝短短的鉛筆。

她換了個方向站著，面對了丁先生，依然是左手舉了圓鏡子，右手拿了那筆，對照了鏡子，慢慢的描畫著眉毛。丁古雲不說話了，嗤嗤的一笑。藍小姐放下鏡子，向他看了一眼，見他眉飛色舞，也問道：「你笑什麼？」他笑道：「就是這幾天，我唸著唐詩人朱慶餘的一首詩：『洞房昨夜停紅燭，待曉堂前拜舅姑，妝罷低聲問夫婿，畫眉深淺入時無？』」藍小姐笑道：「我以為你想到五千元有了絕大把握，忽然會想到唐詩上去了。」丁古雲道：「怎麼沒有把握？」她換了一隻手拿鏡子，繼續的描畫眉毛，對鏡子道：「你的辦法，我知道，可是這事辦不通，也當考慮。第一是老莫給我們的款子，是要交給關校長換香港支票的，不是現錢。至於給我們的幾千元現款，我們路上不用花嗎？要不然，扯用五六千元，這個小漏洞，到了香港，我也彌補得起來。就是那位會計先生，托我們帶東西的三萬元，這是夏小姐知道的，恐怕不能移動。第二，就是能在老莫款子上，可以移動五六千元，為了信用關係，也當考慮。」丁古雲道：「考慮什麼？我們用我們應得的錢，又不侵吞公款，不過在重慶提前挪移一下子罷了。至於老莫的支票，這樣好了，不是三十萬嗎？我去和關校長商量，他撥一萬現款給我，他只開二十九萬元支票給我。在私人交情上，他不會不辦，反正又不多要他一文。依然是三十萬元掉換他三十萬元。」藍小姐描畫了眉毛，放下鏡子和鉛筆，在桌上取了一支口紅管子，拔開蓋子，彎腰對了桌上支架的大鏡子，向嘴唇上抹著胭脂膏，只將眼睛瞟了他一眼，卻沒有作聲。

直等她這張臉化妝完了，才一面整理著桌上化妝品，一面向他笑道：「你今天進城就是這樣子去辦嗎？」丁古雲見她鮮紅的嘴唇笑著露出雪白的牙齒，特別的嫵媚，他失去了一切的勇敢，無法能向她說一個不字。因道：「自然是越快越好。」藍小姐道：「那麼，我陪你去。」丁古雲望了她只覺心房有一陣蕩漾，笑道：「可是我們今天回來不了。」藍小姐道：「我也沒有說要你今天回來；既然進城拿錢，當然以能否拿到錢為目的。」說到這裡突然轉變了一個話題，因道：「我們應當弄點東西吃了再走。」丁古雲道：「到場上小館子裡去吃點東西就是了。順便等著車子。」藍小姐陪他說著話，又是抽屜裡找找，床下瓦缸裡摸摸，她在書架下摸出了一隻精細的篾籃子，一籃子盛了豬油罐子，醬油瓶子白糖罐子，和幾個雞蛋，笑道：「我去作一碗點心你來吃。書架子上有幾本電影雜誌，你拿了去看吧。」丁古雲道：「你收拾得乾乾淨淨的，又到廚房裡去……」她已走出了房門，回頭向他嫣然一笑。他口裡雖然是這樣阻止她，可是對於她這種舉動，卻十二分的高興。看到藍小姐的床鋪還是凌亂的，就來牽扯被條，和她折疊整齊，當自己牽著被條抖動的時候，不但有一陣胭脂香氣，而且手觸著被子裡面，還是很溫暖的。

他拿著情不自禁的，送到鼻子尖上嗅了兩嗅。因為窗子外有了腳步聲，這才把它折疊好，堆在床頭邊，隨後是牽扯著被單，再後是拿起枕頭來，扯扯枕頭套布來放在疊的被條上。一轉頭過來，卻看到一張日記本子上的紙片，用自來水筆寫了四個字，「金錢第一。」在四個字下面，有個問號。丁古雲不覺撿起來看了一看，分明是藍小姐的筆跡。這是她的枕中祕記。心裡這樣想時，翻過紙的背面來看，還是金錢第一四個字。可是下面的問號換了個驚嘆號了。他不免對這張紙出神了一會，心想，她昨夜晚上考慮了半夜，大概就是這四個字。所以見了我就提出什麼比愛情偉大的問題了。究竟是一位小姐，五千元的擔負，就讓她一夜不安。且把這張紙條放在桌上，依了她的話，在書架子上拿了幾本電影雜誌，橫躺在床上看著。只翻了幾頁，藍田玉用籃子提了兩碗煮蛋來放在桌上，笑道：「我很武斷地，替你煮了一碗甜的，可是我自己卻是吃鹹的。」丁古雲坐起來笑道：「甜的就好！甜甜的更好。」藍小姐向桌上放著碗，看到那張字條，情不自禁地喲了一聲。丁古雲笑道：「這不算祕密，縱然是祕密，也是我們共有的祕密。所以我看了沒和你藏起來。」她立刻笑了，因道：「既是我們共有的祕密，你就不該放在桌上。你看，我想了半夜，不就是這句話嗎？沒有錢，姓倪的那張契約，不能發生效力。說著，她兩手捧了那碗蛋，送到床面前，笑道：「這個蛋，我有點技巧，糖滲進蛋黃裡去煮的，它有個洋涇濱式的名詞。」說著，她聲音低了一低，笑道：「叫著Theegg of sweet heart。」丁古雲聽了，真個一股甜氣，直透心臟，兩手接了蛋碗，向她笑道：「my sweet heart。」藍小姐微微一笑，自去吃她放在桌上的那碗蛋，這麼一鬧甜心，把那個金錢第一的問題，就放到一邊而丟開了。

吃過點心以後，藍小姐就匆匆的收拾了一隻旅行袋，陪著丁先生回寄宿舍去拿東西。不到十分鐘，兩人又並肩走著向公路上去趕汽車。在寄宿舍裡的朋友們，雖然感到這是正常的，可又感到這情形出現得過於突兀。他們倆的影子，在田壩上快消逝了，寄宿舍裡的朋友，還在窗戶裡伸出頭來望著呢。丁藍二人，自各有他們心中的偉大希望，人家的妒嫉與羨慕，他們絕未曾計較到。下午兩點多鐘的時候，在重慶找到一家上等旅館歇腳了。兩人走進房間的時候，不約而同的笑了一笑。丁古雲道：「今天不會有問題了吧？」藍田玉自脫下大衣。掛上衣架，並將旅行袋裡東西，斷續取出，似乎沒有聽到這句話。茶房送著登記簿子和筆硯進來，丁古雲右手拿了筆，左手託了簿子，送到她面前笑道：「請你填一填好嗎？」藍小姐很自然的道：「只寫你的名字，附帶眷屬一人，我還用寫什麼！」他含著笑，在她當面把簿子填好，交給了茶房。另一茶房送著茶水進來，藍小姐將自己帶來的手巾，在臉盆裡擰了一把，遞給了古雲。他雙手接著，笑道：「這樣客氣，晚上我請你吃小館，看電影。」藍小姐向他臉上看了一看，笑道：「你忘了我們是進城來幹什麼事的了，我們預備幾天之內就走，而……」丁古雲挺了胸道：「不成問題，我馬上就去找老尚，又不要他馬上拿現錢，一張支票，什麼開不出來。」藍田玉坐到桌子邊來，將桌上新泡的一壺茶斟了兩杯，一杯送到桌沿邊，向他瞅了一眼，笑道：「喝茶。」然後她自捧著一杯熱茶，坐了喝著，眼望了茶杯笑道：「這第一步，自不成問題，假如尚專員他直接的向美專方面掉一張香港支票給我們，我們是畫餅充飢。」丁古雲道：「他早就說了，莫先生到西北去了，他忙得很，支票開給我，讓我去掉，我想是這樣，今天把老尚的支票拿到手。明天一早我去見美專校長。就說明了我要在重慶用一萬元，要求他給一萬元現款，開二十九萬元支票。萬一有問題，那托我們帶東西的三萬元也可以用。那一張支票你帶在身上沒有？」她拍了胸口道：「我怕放在皮包裡會靠不住。很小心的放在我小背心口袋裡，只是這一筆款子最好不動。因為……」她喝著一口茶，把話停頓了。丁古雲道：「那也好，我們和人家新共事，信用是要緊的。」他說著話，手裡捧了杯茶在屋子裡來回的踱著步子。藍小姐道：「既然如此，你就去吧，我在旅館裡等著你。」他笑著，正要說什麼，她又笑道：「你不要耽心我在這裡寂寞。昨晚上沒睡得好，我正可以在這房間裡補上一覺。」笑著，她嘆了一口氣。丁古雲道：「沒有什麼困難呀，你發愁幹什麼？」她笑道：「還是金錢魔力大。你看，我們奔到城裡來，一點兒也不曾休息得，就要出去奔走了。」口裡雖是這樣說著，可是她已把掛在衣架上那頂新呢帽子，取了在手，交給丁古雲。他一手接過帽子，一手拍著她的肩膀，笑道：「你在旅館裡等著吧，我一定給你帶了好消息回來。」說著，含了笑容出去了。藍小姐卻真是依了他的話，掩上房門，橫倒在床上睡了。丁先生回來的時候，屋子裡已亮著電燈。他見她橫睡在床上將被子蓋了半截身體，兩只腿露在外蜷縮著。便輕輕的牽了被子給她蓋著。自言自語的道：「讓她休息一下吧。」藍小姐將眼睛微微的開著，瞥了他一眼。丁古雲道：「你沒睡著？」她笑道：「我耽心你支票沒有拿著，老在這裡想，我們第二步應該怎麼作呢？」丁古雲站在床面前含著笑，在身上一掏，掏出一張支票來，彎了腰伸手交給她。她接過一看，上面是丁古雲的抬頭，三十萬元的數目，一文不少。不由噗嗤一聲笑了。丁先生將身子伏在床上，向她低聲笑問道：「你笑什麼？」她道：「我笑支票開著你的名字，好像你真有這些錢一樣。我們真有這些錢那就好了。」說時將手在他臉上輕輕擰了一把。丁古雲見她兩只靈活的眼珠一轉，臉上小酒窩兒掀起兩個圓印，雪白的牙齒，在紅嘴唇裡露出，他把生平所倡導的一切尊嚴都消失了，三分鐘後，他和她並頭睡在折疊的被單上，笑道：「果然我真有這樣多的錢，你該多麼高興？」她笑道：「你沒有這張支票，我就不敢承認我是你的。雖然這裡面的錢，只有二十分之一而已。我倒要問你一句話，為什麼老尚不寫美專的抬頭的名字寫著你的名字呢？」丁古雲道：「這是我的要求。我想，與其再去求美專校長一次，不如明天早上直接兌換一張二十九萬元的支票交給他。我們先騰下二十分之一來用。你覺這辦法好嗎？」藍小姐連說著好好。他們格格的笑著，又寂然兩三分鐘了。

第二十章

???

晚上的十點鐘，丁古雲先生，和藍田玉小姐，已經吃過了小館子，看過了電影，一同回到旅館裡來了。藍小姐一進房門，就回沙發上賴著身子坐下去，抬起一隻手來，輕輕捶著額角道：「喝醉了，喝醉了！」丁古雲望了她笑道：「只有三杯白酒，你就喝醉了嗎？」她斜了身子，靠在椅子背上，把手扶了臉腮微閉了眼睛。屋子裡很沉寂。藍小姐酒後加重的呼吸聲，遠站兩丈外，都可以聽得見。懸在屋子中間的那盞電燈，越發的亮了，光線照在醉人臉腮上泛出了桃花瓣的顏色。電燈光也射照在梳妝臺上，旅伴帶來的化妝品，很整齊的陳列著，那脂粉上的香氣透過了電燈上的空間，襲入了鼻端，讓人更加了一種幽思。電燈光也照在床上，鴛鴦格錦綢被面的被條，平平的展開了鋪在床上。兩個雪白枕罩的枕頭，一字兒排在床頭邊。電燈光也照在床邊的小燈櫃上。丁先生的手錶，放在那裡。短針過了十點，長針在九點鐘那裡向前爬動。人生是那樣長，也許有七八十年，也許有一百年，可是他都在這表針慢慢爬動間很容易的消失了。一生如此，一日一夜可知。當這短針第二次在十點鐘上，長針在九點鐘上慢慢爬起的時候，屋子裡放進了透出重霧的陽光，沒有電燈光了。藍小姐站在梳妝臺上，手心裡揉搓著雪花膏，對了鏡子，正慢慢向臉上去敷。

丁古雲背了兩手，站在她身後，不住地對了鏡子裡微笑，藍小姐向鏡子裡一撩眼皮微笑道：「你愉快得很嗎？」他將手輕輕拍了她的肩膀道：「你不覺得愉快嗎？」藍小姐笑道：「我自然愉快。可是我們別為了眼前的愉快，忘了大事。」她說著，拿了粉撲在手，繼續地在臉上撲著粉。丁先生道：「我曉得，我立刻去兌那張支票。」藍小姐道：「錢不忙，銀行裡整日的開著門，還怕來不及取款嗎？只是第二件事應該辦了，這車子是什麼日子開行呢？我就是這樣性急，第一件事辦完了，我又趕快要辦第二件事了。」丁古雲道：「好的好的，我立刻到南岸去，打聽打聽車子是什麼時候走。那麼你怎麼呢？」藍田玉道：「我還是在旅館裡等你。你有三小時可以回來嗎？我想等你回來吃飯。丁古雲把小燈櫃上的手錶，拿了起來，帶在手臂上，一看時間，已經到了十點三刻了。便沉思了道：「就算一點鐘吃飯吧？也只有兩點鐘了，要我趕回來吃飯，可有些來不及。那麼，吃了飯再去吧。」藍田玉拿小烏骨梳，從容的梳著頭髮。她對鏡子搖搖頭道：「那不好。吃過飯去，混混就是一兩點鐘了，假如遇不著答話的人，今天豈不要耽誤一天？」丁古雲道：「那麼，我陪你去吃些早點吧。」藍小姐道：「吃點心也是要耗費一點鐘的。總之，午飯只好各自為政，晚上我痛痛快快再陪你喝兩杯酒。」他聽了這句話，似乎觸著了他的癢處，不由得扛了肩膀，格格的笑道：「昨天你就埋怨我存心把你灌醉了，今天還要痛痛快快陪我喝幾杯酒呢？」她已是梳好了頭髮，將一條綢手絹拂著肩膀上的碎頭髮。回轉頭來向他瞥了一眼，將嘴一撇道：「還說昨天呢，你這人不守信用。」丁先生笑道：「可是這酒是你很興奮的喝下去的，不能完全怪我，而且照你的計劃，我們也不過僅僅提前三天罷了。」藍小姐瞪了他一眼，微笑道：「不像話！」丁先生將手連連的推了她的肩膀，哈哈大笑起來。

　　藍小姐把化妝品的盒子罐子，匆匆整理了一番，對鏡子又看了一看，便將衣架上的大衣取了下來，搭在手臂上。丁古雲道：「你也要出去嗎？」她道：「你瞧，你老是在我身邊糾纏著，正事不去辦。乾脆，我陪你到南岸去，午飯也就在南岸吃，免得你一心掛兩頭。」他笑道：「那太好了，我是有這個要求又怕你身體疲倦，所以沒說出來。」藍小姐挽了他一隻手臂，笑道：「走吧走吧。」丁先生隨了她這一挽，走出了旅館，兩人坐了車子，直奔儲奇門江邊。下了車，由馬路上踏著下岸的石坡，兩人在挽了手臂走。約莫走了一半的石坡，藍小姐呀了一聲，站定了腳。丁先生看她臉上時，面皮紅紅的，似乎帶了三分驚慌。因問道：「你落了什麼東西嗎？」她道：「怎麼不是？你那三十萬元的支票，放在我手提皮包裡，那皮包放在旅館裡沒有拿來。雖說那是抬頭支票，可是昨晚在上面蓋了章。萬一有個遺失，那還了得？」丁古雲笑道：「不要緊，銀行裡付出三十萬元的大款子，絕不肯含糊交給人家的，而且那銀行裡的協理認得我，我的抬頭支票，我相信別人無法可以冒領得去。」藍小姐道：「雖然如此，究竟這數目太大了，我們應當小心一點。這樣罷，放棄今天上午到南岸去的計劃，我們一同回旅館去，把那張支票拿著。」丁古雲站著，躊躇了一會子，笑道：「那麼，我就和你回去吧。」說著，挽了她的手，向回頭路上走。走了幾十步路，藍小姐搖搖頭道：「還是不妥。假如我們到了旅館裡，就在這個空當裡出了毛病，那未免睜開眼睛吃虧。這裡到銀行裡不遠，我們先到銀行裡去通知一聲吧。順便我們就去吃個小館。」丁先生笑道：「你一小心起來，就加倍的小心，好，我和你一路到銀行裡去吧。」

說著，兩人坐了人力車子，立刻就奔向銀行。這銀行，丁先生果然是相當的熟識，他經過營業處，向櫃檯裡面的人，連連的點了幾個頭。人家看到丁先生後面跟著一位摩登少女，也是不約而同的向她注視著。他見人家注視了他的新夫人。他心裡就發生了一種不能形容的愉快，昂起了他那頂新帽子，向屋子後面走去。轉過小天井，便是經理室。那協理趙柱人先生，隔了玻璃窗戶就看到他帶一個少女進來。他心裡立刻解釋了一個疑問。近來外面傳說，丁古雲割鬚棄袍，愛上了一個少女，快要結婚了。頗不相信此事，這一雙人影，證實這傳言不假了。便迎了出來道：「丁翁今天有工夫到我這裡來？」丁先生和他握了一握手，介紹著她道：「這是藍小姐。」他說著話，身子略微閃到一邊，向兩人看看，臉上帶了一種陶醉的微笑。因為他臉上略有紅暈，而雙眉上揚，又像是極得意的樣子。

藍小姐略露笑意從容地一個九十度鞠躬，並沒有談話。趙柱人讓著一對男女進了經理屋子，他見著藍小姐蘋果色的鵝蛋臉，兩隻水活的點漆眼睛，首先就有了一個聰明而美麗的印象在腦子裡。及至讓坐以後，藍小姐兩手操了大衣袋正襟危坐，並不向周圍亂看一眼。趙柱人想道：摩登的風度，封建的操守，這不是一般男子對占有女人的希望嗎？這位藍小姐，漂亮，貞靜，太好了，怪不得丁先生要犧牲那一部大鬍子了。丁先生見主人臉上帶了笑容陪座，自知他心裡在那裡發著議論。這議論毋寧說是自己很願意人家發生的。便笑道：「我們是老朋友。有事必得告訴你。我們兩人最近要有點舉動，大概是到香港去舉行。」趙柱人拱拱手道：「恭喜恭喜。可是，我們要喝不著喜酒了。」丁古雲笑道：「倒不是有意躲避請客，因為，我們兩人都有點工作，急於要到香港去進行。自然重慶的朋友，都要引著見面一下。等我們回來，一定還是要補請的。今天我引了她來，正是有點關於出門的事托你。我們的一張三十萬元的抬頭支票，請你兌付一下。」趙柱人立刻接了嘴笑道：「那還成為問題嗎？你拿支票來，我交給營業部去辦。當然你是要帶到香港去用？還是買港幣呢？還是……」藍小姐微笑了一笑，攔著道：「我們要現款，就在重慶用，支票還放在旅館裡忘記帶出來。也是慎重的意思，特先來通知貴行一聲，這款子我們自己來取。」趙柱人點點頭道：「那當然，這樣大數目的款子，又是抬頭支票，我們也不會胡亂付出去的。」藍小姐聽了這話，向丁先生看了一眼，好像表示，這才算放了心。

兩人坐了一會，起身告辭，出去就在附近找了一家小館子，吃過午飯。藍小姐一看手錶，已是一點鐘。她坐在桌子邊，微開著口，要打呵欠，立刻拿著手絹，將口掩上。丁古雲笑道：「你疲倦得很嗎？」

她搖搖頭道：「不！我陪你到南岸去一趟吧。」她這樣說時情不自禁地，又抬起兩隻手來，要伸一個懶腰。但她自己很警覺地中止了。兩隻手微微有點抬著，就垂下來。丁先生笑道：「你還說不疲倦呢。南岸不必去了，你回旅館去休息休息吧。」藍小姐微笑著瞟了他一眼道：「都是你昨晚上擺龍門陣擺得太久了，睡眠不夠。」丁古雲笑道：「今天晚上不說天說地就是了。那麼，我到南岸去打聽車子，兩小時以內準回旅館。」藍田玉想了一想道：「我實在想去，我有一個女同學的家庭，住在南山新村，我想去問一聲，她在香港什麼地方？她是我最好的一個女朋友。到了香港，我非找著她不可！我不過河，你能不能和我跑一趟呢？其實也不必你走路。你坐轎子來往，有一小時，也就可以回到江邊了。」丁先生笑道：「你叫我作的事，我有個不去的嗎？你開個地址給我就是。」她道：「用不著開地址，他們是南山最著名的一幢房子，叫『蘭桂山莊』，門口有兩棵大的黃桷樹，最容易找。」丁古雲道：「好！我一定找到，給你帶個回信轉來。你回去休息吧。」藍小姐笑著，手扶了桌沿慢慢站起。笑道：「這真成了那話，飯後呆，現在疲乏的不得了。」說著，將手絹掩了嘴。又悶住一個呵欠，不讓它打了出來。

丁先生看到她這樣嬌懦無力的樣子，便挽住她一隻手臂，向館子外面走著。笑道：「我本來可以陪你回旅館，可是耽誤打聽車子的日期，又是你所不願意的。」藍田玉站在街上的行人路上。向街兩邊張望著。丁古雲道：「你要叫車子嗎？」她道：「時間不早了，你趕快過南岸去吧，我自己還不會叫車子嗎？」丁先生對這位未婚妻卻是疼愛備至，哪裡肯依從她的話，直等把人力車子叫好了，看到她上了車子，車子又拉走了，方才開步向過江的碼頭走去。老遠的，藍小姐在車上欠過頭來笑著叫道：「你要快點回來喲，我還等著你去看電影呢。」丁先生笑著連連點頭。藍小姐的背影不見了，他看看手錶，只是一點半鐘，他心想，三點半或四點鐘，可以趕回旅館，看五點鐘這場電影，是不會有什麼問題的。於是趕著坐車，趕著上渡輪，在四十分鐘之內就到了海棠溪。尚先生所說開往雲南的汽車，現時停在江岸不遠的地方。公路邊的旅館裡，有個接洽車子的辦事處。丁古雲慢慢將這地方訪到了，會著這裡的辦事員。他知道丁先生是為了替國家盡力，要到香港去的。除了告訴他，車子後天一早就開走之外，並說，這雖是卡車，決定把司機座邊兩個座位，讓給丁先生。請丁先生後天一早過江，若能夠早一天過江在海棠溪住上一晚，那就更方便了。丁古雲聽說，心裡十分高興。心想，真合了俗話，人的好運來了，門板都抵擋不住。看看手錶，還只有兩點半鐘，這對於藍小姐所約，趕著去看五點鐘這場電影，絕沒有什麼問題。於是雇著轎子到南山新村去找蘭桂山莊。

坐在轎子上，曾把這個莊名問過轎伕。無如這名字太雅了，就用著純粹的重慶話去問他們，他們還是答覆不出來。也就只好讓他們抬到南山新村口上為止。下轎付過了轎錢，自己順著一條修理整潔的石板路，緩緩向村子裡走去。這裡有草房，有瓦房，有西式樓房，有舊式院落，卻不見那幢房屋門口有兩棵大黃桷樹的。站在一個高坡上，對四處打量一番，依然看不到黃桷樹。到四川來了兩年，對黃桷樹已有相當的認識，它是樹形粗大醜陋，樹身高聳，樹葉濃綠肥大的，在曠野或樹林裡都極容易看出來。藍小姐又說的是兩棵大黃桷樹，這應該沒有什麼難找？是了，必是最近有人把這兩棵老樹砍伐了，這個標誌即取消了。一望幾座山谷，全是零落高低的屋子，這要糊裡糊塗去找蘭桂山莊，必須大大的費著時間，為了趕回重慶去看電影起見，還是向人打聽打聽吧。於是等著有人經過，就把這個莊名去問人。不料在一切進行順利之中，這件小事卻遭遇到困難，一連問了七個過路人，年老的也有，年輕的也有，操本地腔的人也有，操外省腔的人也有，所答覆的話，不是說不知道這個地方，就是說沒有這個地方。

自然，自己也不肯灰心作罷，曾順了這條路，向更遠的地方走去。上坡下坡，累得周身是汗。一連拜訪了二十幾幢房屋，不但不見人家門首掛著蘭桂山莊的匾額，而且也見不著一棵黃桷樹。由大路分走過三條小路，走過三條小路之後，又回到大路，還是訪問不到。抬起手臂上的手錶看時，已是三點半鐘了。心裡想著，要替她找到這位同學家，就不能陪她去看五點鐘這場電影，論勢不能再向下去找蘭桂山莊。走著，自己躊躇了一會子。順了腳下的石板路，繞著一道山腳快要回到原來土山的大路了。閃過一叢小樹林子，卻看到山埡裡有一棵很古老的黃桷樹，雖在霧季還簇擁著一部濃綠的樹葉子，伸入了高空。在那黃桷樹蔭裡，正有一所瓦房，被灰色的磚牆圍繞著。心裡想道：哈！踏破鐵鞋無覓處，得來全不費工夫。這就用不著什麼考慮，徑直的就向那樹下走去。這人家門首，倒是有塊直匾，但是不橫在門上，懸在門邊。上面寫的字，不是蘭桂山莊，而是某某軍某某司法處。看著那塊直匾，未免愕然一下，一個武裝同志，身上背了步槍，由樹身後轉了過來，操著北方口音，問道：「幹嘛的？」丁先生扶了帽子，點著頭道：「對不起！老鄉，我是尋找門牌的。」那武裝同志，見他西裝革履，又很客氣，是個體面人，就含了笑道：「尋找門牌的？這裡幾所房子，全是軍事機關，沒有住戶。」丁先生也不便再向他打聽蘭桂山莊，點了個頭，趕快走開。再看手錶，已是四點鐘了。自己埋怨自己，不該誇下海口，一定可以找著這蘭桂山莊，現在趕回旅館，就沒有法子交捲了。雖然，這究竟不是什麼要緊的事。回旅館去，向她陪個不是也就完了，於是帶了三分掃興，順著下山路向江邊走去。

來時有轎子坐，還不覺怎樣路遠，現在走了回去，就透著這路是加倍的遠。本待提快了腳步，趕著走一截路，正是自己走不到五十步路的時候，路上的人問道：「有空襲嗎？他雖然說明不是，可是繼續的跑下去，究竟引人太注意，只好放緩了步子走。這樣，渡一道長江，爬兩次坡，再坐一大截路的人力車子，趕到旅館，已經五點三刻了。藍小姐所托的事沒有辦到，電影又看不成，自己也是相當的懊喪。先預備了滿臉的笑容，以便向藍小姐表示歉意，然後才到房門口去推門，一推門時，門卻是鎖的，正奇怪著，茶房隨後來開房門，笑道：「太太留下話來，她先下鄉了。請丁先生明天一早就回去。」丁古雲哦了一聲，看時，見衣架上的女大衣與旅行袋都不見了。那梳妝臺上，倒還有一合香粉，和一把烏骨梳子，未曾帶走。想來走的匆忙。鏡子旁，有一個洋紙信封斜立著，上面寫「丁兄親啟、玉留」六個字。乃是自來水筆寫的，正是藍小姐留下的信，拿過來，抽出裡面一張信箋，依然是自來水筆，草寫了幾行字說：「回旅館時，途遇倪某，出言不遜。我想，一人留在旅館，恐受包圍，只好匆匆下鄉，回寄宿舍去，免遭不測。支票及現款，我均已帶回，請釋念。速回，明晨八時至九時我在公路上接你。旅館費已代付清矣。你的玉×。」丁先生將信看了兩遍，心想道：她不是和姓倪的把交涉辦好了嗎？怎麼反害怕起來了呢？

他拿了信，站著出了一會神，點點頭道：「是呵，那倪某同黨不少。她究竟是個少女，手邊上帶有三十多萬元款子，就加倍的小心。不看她在今天上午，因為沒有帶支票在身上，嚇得不敢渡江，就要回來嗎？」他隨後看到你的玉×一行字，又忍不住笑了。因為這「你的玉」三個字固然是夠親切，而這個×呢，彼此約好了的。代著吻字。她那樣忙著要回去，還沒有忘記留下一個吻。究竟新婚燕爾，彼此都是十分的甜蜜親愛。他在這裡想著出神，茶房已給他送過了茶水，帶上了房門而去。總有十分鐘，丁先生才回想過來，看看手錶，還只六點半鐘。心想早回來一點鐘就好了，也許還趕得上末班長途巴士。現在除了坐人力車，沒有法子回去。然而就是坐人力車，也未必有車子肯拉夜路。再說，有了這張字條，她已說得很明白，為什麼要先回去。若是冒夜趕了回去，到家必已夜深，難道還能在三更半夜，到她寓所裡去捶門問她什麼話不成？反正是明天早上見面，又何必要忙著今晚上就去？他坐在屋子裡呆想了一會，雖然感到她突然的離開了旅館，是一種不愉快的事，可是想到上次在旅館裡，姓倪的那班人惡作劇的事，又覺得她首先走開，卻也是必要的手段，只怕她這樣匆匆的走著，已是受驚不小了。自己想了一會，自己又解答了一會，覺得也沒有什麼意外問題會發生。縱然有，自己一個人住在旅館裡，那姓倪的來了也好，那班被自己開除的學生再來也好。實在是無須乎把他們放在心上的。

如此想著便把心中略有的疑慮丟開。身上還有五百多元法幣，零用錢是很充足的。便到飯館子裡去獨自吃了一頓晚飯。此晚不作他想，老早的回到旅館裡來休息。自己預先計算好了，坐七點半鐘第一班汽車回去。免得藍小姐一大早的冒著早晨的寒氣在車站上等候。如此想著，一覺醒來，便要起床，可是看看手錶，還只有十二點半鐘，自己暗笑了一陣，依然睡了。第二次醒來，遙遙的聽到喊著一二三四，是受訓的壯丁，已經在馬路上上操，總覺心裡不能坦然睡著，雖然到上汽車的時候還早，也就不必再睡了。起來把旅館夜班茶房叫來用過了茶水，屋子裡還亮著電燈。推開窗子，向外面看去，天空裡雖已變成魚肚色，宿霧瀰漫了長空。這裡是山城最高的所在，但見下方三三五五的燈火在早霧裡零落高低的亮著，還看不到一幢房屋。向右看齊，開步走，那一種粗魯的口令聲，隨了霧中的寒氣，不斷地傳了來。於是閉了窗戶，再在電燈下看一看手錶，原來是五點三刻，到天亮，至少還有一二十分鐘呢。兩手捧了一壺熱茶坐在桌子旁出神，心想，人一受了愛情的驅使，就是這樣糊裡糊塗的。自己五十將近的人，還是這樣鎮定不了自己，怪不得年輕人，一到了愛情場合，就什麼事都幹得出來了。他這樣靜靜的思想了一陣子，還是忍耐不住。看手錶到了六點一刻鐘，就夾著皮包，提了旅行袋，直奔汽車站。這時，大街在混茫的霧氣裡，還很少有幾家店戶開著店門，汽車站車棚底下，零落的幾個旅客，都瑟縮在寒氣裡。丁古雲縮在站角落裡一張椅子上坐著，閒看旅客消遣。其中有兩個青年，卻是異樣的引人注意。兩個都是軍人，面皮黃黑，帶滿臉風塵之色，一個穿了元青布面皮大衣，一個穿了黃呢大衣，全濺了泥點。

心裡這就有了個念頭，這是前線來的，而且是西北前線來的。自己這個念頭，正沒有猜錯。那兩個青年，彼此說著話，卻是一口極純粹的國語。這樣有半小時之久，他兩人忽然說了幾句英語。這更引起了他的注意了，心想大兵有這份兒程度？遙遙的聽到那個穿皮大衣的青年說：「「我們把山上的衣服，穿到這戰時首都來，實在有些情調不合。」這句話把丁先生的心事突然引起「莫不是西山上下來的？那是我大兒子的同志呀！」心想到這裡，櫃上擠了一群人，正在開始買票，只好丟了這兩位青年，擠著去買票。等著買完了票來尋找那二位青年時，已不見了。看看拿著車票的人，已紛紛上車。自己怕沒有座位，也就趕快上車了。上了車以後，心裡就想著藍小姐一定已到公路上等自己了，天氣相當的冷，不知道她穿不穿大衣出來。若不然，穿一件棉袍子站在公路上的溼霧裡，這還冷得能受？一路替藍小姐想著，車子到了站，趕快的就向窗子外張望著。但是這天鄉間車站上，特別零落，除了兩個站役與一個站員而外，並沒有第四個人。下了車，在公路上站著望望，並沒有一個女人的影子。看看手錶時，是八點三刻鐘。心想，她不會失信的。必然是大霧的天，她不知道時間，睡失了曉了，索性到她寓所裡去，出其不意的到了，讓她驚異一下。或者她擁著棉被，散了滿枕的烏雲，還在好睡呢。他如此想著，左手夾了皮包，右手提了旅行袋，匆忙的向她寓所走去。遠遠看到高坡上那一叢綠竹，而綠竹上又擁出了一角屋脊，心裡又想著，陰冷的天，這裡雞犬無聲，正好睡早覺呢。她若披了衣服起來開房門，我首先……自己格格的笑了。

很快的，走到了那叢綠竹下，隔了竹子，聽到女人的笑聲，隨著這莊屋裡的女人出來了。她蓬了一頭乾枯的短髮，歪斜著一件青布袍，臉上黃黃的，還披了一仔亂發，卻是女房東，她笑道：「丁先生回來了？早哇！藍小姐呢？」丁古雲正待放下笑容來要問她一句話。被她先問著，不由得站在小路當中，呆了一呆。女房東向丁先生身後看了一看，是一條空空的田壩上小路，因又問了一聲道：「丁先生一個人回來的嗎？藍小姐沒有回來嗎？」丁古雲望了她道：「她，她昨天不就回來了嗎？」房東道：「沒有回來呀！」丁先生覺得這句話，實在出乎意外，要給藍小姐的一下驚異，卻是自己受到了。

第二十一章

「尋尋覓覓冷冷清清
淒慘慘慼慼」

這是一件不可想像的啞謎，在丁先生心裡這樣驚異著。他和藍小姐的愛情之火，正燃燒到頂點，彼此幾乎要溶化到形神合一，她怎麼會離開了旅館，而又不曾回家呢？難道出了什麼意外，她在昨晚上遇到了姓倪的，把她劫去了？或者昨日汽車出了什麼毛病，拋錨在路上，她沒有趕回來？除此，不會有第三個可疑之點。可是依據前說，姓倪的不會有那樣大的膽，敢在這首都所在地搶人；而況藍小姐不是一個無抵抗力的弱女子，可以讓人搶了去的。依據後說，汽車拋了錨，也不會把她丟在公路上過夜，公路局必須另謀補救，把旅客送到，或者運回。那麼，另外還有別的岔子了，這岔子是什麼呢？他聽到了房東的答覆，立刻發生了這種感想，站在路頭上，足足發呆有十分鐘之久。女房東道：「丁先生丟了什麼東西了嗎？」丁古雲這才發言了，答道：「沒有丟什麼。我一把鑰匙在藍小姐身上，她沒有回來，我開不了門了。」房東笑道：「她要知道丁先生回家了，她還不會趕快追了回來嗎？」丁古雲也沒有多說話，心裡對於房東這個報告，還有些不相信，或者是藍小姐回來了，她還不知道。

於是提了旅行袋，繼續的走到這莊屋裡去。到了藍小姐房門口，見她的房門，果然是向外倒鎖著。由門縫裡向裡面張望一下，屋子裡還是前天離開時那個樣子，桌上陳設，是往日那樣擺著，床上被縟，也是往日那樣疊著，這樣看來，絕不是她自動的不回來，屋子裡沒有一點她預先知道不回來的象徵。也許房東那話對了，她會趕了回來的。她回來的話，必定先奔寄宿舍去找未婚夫，聲明她犯夜的原故。那麼，回寄宿舍去等著她吧。他轉了這樣一個想法，覺得是比較正確的，於是又立刻奔回寄宿舍。這時，宿霧是漸漸收了，雞子黃色的太陽，由半空一層淡煙似的空氣裡穿了過來。地面上是灑了混沌不清的黃光。遠遠看寄宿舍那一幢草房子，還被灰黑的薄霧籠罩了。時間這樣的早，在霧氣裡，各位先生，大概都沒有起來。於是悄悄的走了進去。工友迎著，待開了房門，笑問道：「丁先生這樣早回來，藍小姐沒有回來嗎？」他隨便答應了一聲，心裡可也就隨著發生了一個感想，藍小姐也許今天早晨會趕回來的。如此想著，就推開了窗戶，向外望著。

工友笑道：「丁先生，恭喜你，和這樣美的一位小姐結婚。藍小姐真好，有學問，又年輕，對人又和氣。」丁古雲對工友這一番稱讚，心裡自也高興。自己有這樣一位新夫人，連工友都加以羨慕。此生幸福，這還是剛開始，值得人家羨慕的事，日子還長著呢。這樣想時，自己也自笑了。可是又在窗子前站了一小時，而藍小姐卻沒有蹤影。也不知道是什麼時候的事，工友已經送了茶水來了，自己喝著茶出了一會神，卻聽到外面工友叫道：「藍小姐才來？丁先生早回來了。」隨了這聲音，卻聽到她格格的笑了一陣。丁古雲趕快走到窗子邊，伸頭向外看去。只聽到藍小姐的皮鞋咯咯發聲，一件女衣的衣襟一閃，就由那邊進大門來了。丁古雲想著，她開了我一個玩笑，我也開她一個玩笑，於是趕快關上了房門，倒在床上睡著。而且把眼睛緊緊閉上，作一個睡著了的樣子。心想等她來時，只管裝了個不知道。

可是他這一個啞謎又為藍小姐所猜破，那關著的房門，始終是不曾聽到有開動的聲音，翻過身來向外看看，並無動靜，只得坐了起來，靜靜的聽著，遠遠的聽到藍小姐一陣笑聲，卻在那邊房間裡，於是自言自語的笑道：「我們這些朋友，一來就把她包圍住了，簡直不要她到我這房間裡來，我還是去解圍罷。」於是牽牽西裝的衣領，將領帶也順了一順，對著牆上掛的那面小鏡子，將手摸了幾下頭髮，這才開房門走了出來。那笑聲特別清楚，迎了那笑聲走去，卻是在田藝夫屋裡，丁古雲也沒有加以考慮，在外面便笑道：「她一來了，大家就把她包圍住。」裡面有人笑道：「丁先生快來解圍吧。」說著的，是夏小姐。丁先生走進屋裡，所看到的，也是夏小姐。夏水仰天王美今全在這裡坐著。田藝夫又是躺在床上，把兩隻腳在桌沿上架著。夏小姐兩手反過去，撐了桌沿，背也靠了桌子，臉向外。她的皮鞋尖在地面上點著拍子，臉上含了很愉快的笑容，口裡叮叮噹噹唱著英文歌的琴譜。這和藍小姐一般，搭訕著的時候，就是這樣一個舉動。

她看到了他，口中止住了奏琴，笑著點了個頭道：「丁先生大喜呀！藍小姐呢？」丁古雲聽了她這一問，心裡頭就是一跳，自己以為這裡女人的笑聲就是藍小姐，於今她這樣一問，顯然她不是和藍小姐一路來的。他心裡猶豫著走進房來，就呆了一呆。夏小姐笑道：「把藍小姐隱藏起來也好。你看這些先生，一來了，就哄我。」丁古雲向大家看看，就在旁邊椅子上坐著，問道：「怎麼樣哄你呢？」夏小姐笑道：「他們怎麼樣哄藍小姐，就怎麼樣哄我。你瞧，我都成了老太婆了，哄我什麼意思？哄藍田玉那樣的時代小姐才有趣味，哄我幹什麼？丁先生你豔福不淺呀！」仰天拍了掌笑道：「有趣有趣！夏小姐還說我們哄她呢？她還在這裡哄丁老夫子哩！」丁先生笑道：「你怎麼知道我把田玉隱起來了？你看見她了嗎？」夏小姐道：「我看見了她怎麼又會說是你藏起來了呢？有道是金屋藏嬌。嬌這個字，我武斷說，藍小姐十分承當得起，但不知道所預備的金屋是怎麼樣子一個金屋？」丁古雲沒有什麼話說，只是笑了一笑。這裡朋友們，哪裡會知道丁先生有什麼心事，大家是繼續的笑談著，都說丁先生此生幸福，於今開始，抗戰把一班藝術朋友抗苦了，只有丁先生一個卻是抗好了。丁古雲依然沒什麼辯護，只是笑著。

大家一陣喧笑，轉眼就是午飯時間。丁先生與朋友們吃過了午飯，卻不能再事安定，他想著，藍小姐在今天上午不回來，一定發生了什麼事情。然而這件事既不好打聽，自己也不願公開打聽，悶在寄宿舍裡等著吧？而藍小姐萬一出了什麼事情，需要自己去補救時，自己不去，豈不教她大為失望。在屋子裡悶坐了一會，並無較好的主意，還是悄悄的走到公路車站上來等候。車站斜對門，有家茶棚子，便擇了最外面一副座頭坐著，預備車子一到了，就可以看到車子上下來的每一個人。恰是這碗茶還不曾滲上開水，汽車就到了。自己還怕坐在茶棚子裡不能看得清楚，便匆忙的付了茶錢，起身迎到車站上來，那長途巴士開了車門，只下來三個旅客，三個全是男子，很容易看得清楚。丁先生還不放心，怕是藍小姐擠著下不來，又走到車邊，伸頭向車窗子裡張望了一下，雖有幾個女客在座，都不是摩登裝束，不會有藍小姐在內。直等車子開走了，他才回轉身來，依然回到茶棚子裡去。那茶棚裡么師自認得這班寄宿舍裡的先生們。他泡那碗茶，還不曾收了，見丁古雲坐下來，他又提著開水壺來滲水，因問道：「你先生是來接人嗎？」他道：「可不是來接車子？怎麼今天這裡下來的旅客這樣少？」么師道：「哪天也是這樣，你接不著人，就覺得人少了。」丁古雲想了一想，因問道：「昨天同今天，這裡沒有翻車的事情嗎？」么師笑道：「沒有沒有，出了這個危險，路上那還不是鬧翻了嗎？現在交通困難，出門人趕不上車，那也是常事，接不到人，就疑心人家翻了車，那要不得。」丁先生點點頭笑道：「你說的是，這樣疑心，那也讓出門人喪氣。」他這樣說著，也就另作一番想法，必是藍小姐另出了什麼事情？於是靜悄悄的扶了那茶碗坐著。

約莫有一小時，第二班車子來了，迎到車子邊一看，下來的人和車上的人還是沒有藍小姐。拿起手錶看看，已是下午三點鐘，久在這車站上等著，也是不耐，心裡想著這事發生變化的可能，順了腳步向寄宿舍裡走去。心想，她和夏小姐是好朋友，夏小姐現在這裡，果然有什麼變化，夏小姐應該知道，去問問夏小姐吧？自己這樣估計著分明是要向寄宿舍裡去，忽然面前有人問道：「丁先生，藍小姐回來了？」看時，女房東站在她家莊屋門外看水裡站著的一對白鷺鷥在出神，口裡說著，還在看了那對鳥。丁先生搶近一步問道：「藍小姐回來了？我在車站上接她沒有接到。」女房東笑道：「我是問丁先生她回來沒有？你們像那鷺鷥一樣成雙作對，怎樣會分開了？」丁先生聽著微笑了一笑，還沒有答話，忽見那對鷺鷥刷的一聲，扇起四隻白翅膀，飛了起來。水田那邊，人行路上，有個工友，遠遠的抬起一隻手，叫著道：「丁先生，快回家，城裡有專差送了信來。」女房東笑道：「藍小姐派人來催丁先生進城去了，快去快去！」丁古雲道：「大概是她派人通知我，和她收拾行李吧？除了她，也不會有別人專差送信來。」他說著，立刻減去了滿臉的愁容，轉身就向寄宿舍走來。不過雖是這樣想著，他還不能斷定藍田玉為什麼派人送信回來。她身上還收著一張三十萬元的支票呢，雖然除了自己，別人拿不著這批款子，可是若把這支票弄毀壞了，少不了請尚專員補上一張，而又要特別聲明一下，也是不少的麻煩。

這樣想著，也就急於要看看藍小姐送回來的信，到底說的是什麼。一口氣跑回寄宿舍裡，早見一個穿灰布制服的勤務，在大門口站著。心想這是機關裡人，藍小姐怎麼托機關裡人送信來。這時那個先跑到的工友，指了他告訴那勤務道：「這就是丁先生。」那勤務迎上前一步，舉了一個大信封，雙手遞過來。丁古雲接著一看，卻是莫先生辦事處的信封，下款還注了「尚緘」兩字。他想，藍小姐直接找老尚去了？於是就在門口將信拆開，抽出信籤來，只是一張八行。上面略寫：「往滇專車明日午後準開，請速來城搭車前往。今晤關校長，支票亦尚未掉換，何故？亦請從速辦妥。」此外，並沒有一個字提到藍小姐。不料這又是一個錯誤，那勤務見他看完了信，怔上一怔也不解他何意。便道：「尚專員還請丁先生回一封信。」丁古雲道：「不用回信了，我和你一路進城就是。」於是將信揣在身上，匆匆走回房去，取了旅費在身，夾了一個皮包，和那勤務就一同走著。工友由後面趕了來，將一把鑰匙交給他，因道：「丁先生這樣忙，房門都沒有鎖。」他接了鑰匙，對著工友呆站了一站，然後又自己搖著頭道：「也沒有什麼要對你說。」

說畢，扭轉身來就走。走了幾步，反回轉來，向工友招了兩招手，叫他近前來，因道：「若是藍小姐回來了，你說我進城了，可以在尚專員那裡找到我。」工友笑著答應是。工友之笑，本是一種禮貌，在丁先生看來，覺得這裡面帶有一點譏諷，他不再說了，跟著來人趕汽車去了。到了城裡，尚專員已下辦公室，留下一個字條，也就走出來。但是他心裡有此一念，萬一藍田玉到這裡來過也未可知。便又回轉身來，走向傳達室裡。向傳達打聽著道：「有一位藍田玉女士來見過尚先生沒有？」傳達雖是以前曾向他傲慢過的傳達。可是因他換了一身精緻的西裝，加上一件細呢大衣，便客氣多了。他笑道：「這裡很少有女客來。」這個答覆雖不十分滿意，丁先生也就料到她沒有來。第二個感想，便是重慶上百萬人口，又不曾知道她哪裡有落腳之處，人海茫茫，哪裡去找她，但是她那天沒有離開重慶的話，也許會回到旅館裡去找我。這至少是一線希望，且從這裡著手。於是回到原來住的旅館原來那層樓找去，巧了，還我的是原來那房間住下。他還怕猛然問著茶房，會露出什麼形跡，當了茶房送茶水進來的時候，很從容地向他笑問道：「我們太太先來等著我的，她竟是沒有來過嗎？」茶房道：「你的太太不是那天先走的嗎？」丁先生道：「她就是這樣性急，先走可又先來。」茶房道：「沒有來，也許到別家旅館去了。」丁先生只說了一聲不會的，也沒有再談。他在旅館裡休息了一下，心中按捺不下，便揣想著，也許在馬路上可以碰見她，便起身要向門外走。

然而他只剛剛起來，但自己搖著頭想道：「若能在街上走，她就回寄宿舍了；若不肯回寄宿舍，她也不必在街上蹓躂。」於是又回轉身來，依然坐在椅子上。這椅子和藍小姐同坐過的，回想了一下，不是滋味。這樣坐了十分鐘之久，心裡又悶得慌，還是叫茶房鎖上門，向街上走來。毫沒來由的，在街上轉了兩小時，直覺得兩只腳有點疲痛了，經過一家電影院門口，正遇著電影散場，又在門邊站了一會，心想，萬一藍小姐在這人叢中走著呢。直等這群看電影的人都走完了，方才回旅館去。當晚是糊裡糊塗的睡了一宿。也夢了一宿。睜眼看時，電燈已息了，窗外別處的燈光，隔著玻璃放射進來一些朦混不清的亮光。四周的房間，沒有了什麼聲息，這讓他想起了不是新婚之夜的新婚之夜，在半夜裡醒來，枕上洋溢了脂粉香。正和藍小姐談著下半輩子的共同生活。

正是七月七日長生殿，夜半無人私語時。現在是旅館的被縟單薄，匆忙的睡下，不曾叫茶房加被子，身上有些冷颼颼的。這情況和那晚的香暖溫柔，有天淵之隔了。以那晚她所說的話而論，她不會有什麼變卦的。一切都是她操著主動，自己並不曾過分的追求。他一個轉念，唯其是她對於這個半老先生主動著戀愛，擬乎有所企圖吧？若是有企圖的話，必是那三十多萬元。可是以她那樣目空一切而論，還能把她這一條身子來騙錢嗎？自己反覆的推斷了一番，有時覺得是對的，有時又覺得自己錯誤了。床上既然寒冷，忍受不住，只好穿衣坐了起來，靜等著天亮。天亮以後，便叫茶房送了洗臉水來。漱洗以後，再也忍耐不住了，就到豆漿店去用些早點。這時，心裡憋著一個問題，亟待解決。吃過早點，立刻就奔上銀行去。可是他到了那裡，銀行還未曾開門。

看看手錶，八點鐘沒有到。站著出了一會神，又想到那位趙柱人協理，不是一個普通行員，也不能銀行一開門就來辦公。益發在馬路上多兜兩個圈子，又到兩處輪船碼頭看看。這雖然是一種消磨時光，無可奈何之舉，卻也不是完全沒有意義的，他想著，萬一在這裡發現了一點藍小姐的行蹤，也未可知，這樣俄延到了十點鐘，方才向銀行裡來。到了銀行門口靜站了兩三分鐘，定住自己的神色，總怕自己的臉上，有什麼驚慌憂鬱的樣子會透露出來。自己覺得精神穩定了，然後走向銀行的協理室來。那位趙協理又是在玻璃窗裡看到了他，老遠的就迎了出來道：「丁兄，你還沒有走嗎？」說著，握了古雲的手道：「我曉得你所以沒有走是什麼原因了。」丁古雲一路走來，已老早的在心裡盤算了一個爛熟，要怎樣來和趙柱人談話，以便問及那張三十萬元的支票，是否業已兌換，不想一進門就被他將謎底揭破。便也笑了一笑道：「你自然會知道我的心事。」說著，兩人走進屋子坐了。趙柱人笑道：「這件事，今天報上都登載出來了。」丁古雲聽說，心裡大大的嚇了一跳，立刻站了起來道，新聞記者怎麼會知道這消息呢？趙柱人說：「這事怎麼會瞞得住人呢？你看吧。」說著，他對桌上的一張報，用手一指題目。丁古雲也來不及再問，將報拿起來，就捧了站著看了。那行題目是華北游擊隊壯士丁執戈來蓉。他看著，口裡哦了一聲，還繼續將報看下去。那報上載的是：

華北游擊某某隊，向來縱橫河朔，威名卓著。並曾數度迫近北平破壞敵人各種建設。現有若干隊員，來後方述職。其隊長丁執戈，為某大學生，少年英俊，勇敢有為。據云：「彼係大雕塑家丁古雲之長子。不日將往陪都，與其父會晤。在蓉僅有極少時日之勾留。此間各界，敬佩其為人，定今晚作盛大之歡迎。

丁古雲放下報導：「是他來了。」趙柱人看了他道：「丁兄還不知道這件事嗎？」丁古雲坐下，點點頭道：「前兩天我看到他兩名同志，雖有他到後方來的消息，我並沒有接著他的信。」趙柱人道：「那麼，你現在要在此地等著與他會面。你這位新夫人大概也不知道此事吧？」丁先生點了一點頭道：「那也無所謂。」趙柱人道：「你新夫人來拿款子的時候，很和我談了一陣，她的見識極其開展，便是令郎來了，我想彼此見見面，也沒有什麼問題。」丁古雲看到兒子到後方的消息心裡自是猛可的興奮著。然而在心裡頭還蔽著一個重大問題，未曾解決的時候，這興奮還衝破不了他憂鬱的包圍，所以臉上還沒有歡喜的顏色。及至趙柱人說了新夫人來拿款子一句話，那顆碰跳著的心臟直跳到腔子外面嗓子眼邊來。脊梁上的汗直冒，他幾乎有點昏暈了。

第二十二章

完了？

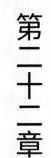

自到這銀行門口以來，丁先生就喪失了他問話的勇氣。於今趙柱人代他說出那個問題的一半了，他還是沒有那直率相問的勇氣。他怔了一怔，發出那種不自然的笑容，來遮蓋他的驚慌。他看到趙柱人桌上放了一盒紙菸，自走過來取了一枝在手。他拿起桌上的火柴盒，從容地擦了火柴點著菸吸了。他彎了腰將火柴盒輕輕放到桌上。他坐下椅子上去，架了腿，將手指夾了菸枝，盡一切可能的，裝出他態度的安逸，然後笑問道：「那麼，她來拿款的時候，和你談了些什麼呢？」趙柱人笑道：「我當然是稱讚她漂亮聰明。喂！其實她真也是漂亮聰明而且年輕。」說著深深的點了兩下頭，表示他的話切實。然後接著道：「難得的，她竟猜著了社會的心理，她說：『我嫁了丁古雲，人家都奇怪的，以為年歲不相稱，而且丁先生是有太太的。其實，愛情這個東西，是神祕的，只要彼此同心，什麼犧牲在所不計。世間難得做到的，莫過於皇帝。你看，前任英皇就為了一個女人犧牲了皇位。我這點身分上的犧牲，算得了什麼呢？』丁翁，她這樣說著，可真是愛你到了極點，你今生幸福，是幾生修到？」

丁古雲微微一笑，又吸了幾下菸，將身子向後靠著，覺得更安適的樣子，將架了的腿，微微的搖撼著笑道：「雖然你很贊成她，不是我事先帶她到這裡來一趟，你還不能把這批款子兌給她吧？」趙柱人道：「那是自然，我倒要問你一句，那多錢，你為什麼都要現款？當時，我聽說要現款，也曾驚異了一下子。她說一家工廠要和你們借了一用，我也不便再問。可是你們不是馬上就要走的人嗎？借給人用，人家可能不誤你的時期？」丁古雲到了這時，知道藍田玉是處心積慮把三十萬元弄走的，簡直不曾用一元錢的支票與劃匯。

心臟被自己強制的鎮定著，已是很安貼了，把這些話聽到耳朵裡去之後，那顆心又拚命的跳躍了起來，他兩條腿本是微微的搖撼，來表示他的態度瀟灑自然。可是到了這時，那兩條腿的搖撼，連及了他的全身，甚至他口裡包含住了的牙齒，也在表示著瀟灑自然，他默然的用力吸著菸，沒有接著說一個字。趙柱人便笑道：「那天我是盡可能的予以便利，全數給的百元一張的鈔票。要不然，她帶來的小皮箱，怎樣容納得下呢？她來取款的時候，說你到飛機場上接莫先生去了，在這裡還等了你一會子，你到哪裡去了？」丁古雲道：「我是被瑣碎事情糾纏住了。」

他說完了這話，又自來桌上取第二枝菸，他坐下去吸菸，沉默著沒說什麼。趙柱人對他望著，笑道：「丁兄，當你看過報之後，你心裡好像陡然增加了一件心事。但是這無所謂。你和藍小姐既沒有用什麼儀式結婚，也沒有登報宣布同居。你願意告訴令郎，你就告訴他。你不願告訴他，作兒子的人，也沒有權利可以質問父親的男女交際。好在藍小姐對於身分問題，毫不介意，也沒有什麼困難給你。你不妨回去，看看她見過報之後，是一種什麼態度。」丁古雲突然站了起來，點著頭道：「是的，我要回去看看。再會了！」他把掛在衣架上的帽子，取了在手緩緩向外走。

走到門外，他又回轉身，來向趙柱人笑道：「那天來拿款子的時候，她還說了什麼？」趙柱人走過來握了他的手笑道：「難道你還疑心著為你大大犧牲的美麗小姐嗎？那天根本沒有想到令郎來川的消息，我們也無從談到這事。」丁古雲笑道：「我也不是談這事，因為這筆款子她拿到手之後有點問題。」趙柱人道：「是那家工廠不能如期還你呢？還是你們匯港匯不出去？」丁古雲道：「倒也不為此。我先回去一趟，明天再來和你談談。」他交代了這句話，很快的走出銀行。站在街中心，向四周看看，覺得眼前的天地都窄小了一半。

心裡說不出是一種什麼情緒，胸中火燒一般。他兩手插在大衣袋裡，緩緩的低了頭走著。他心想錢是無疑問的，她一手在銀行裡拿走了。但拿走之後，她把錢帶向哪裡去了呢？要找這線索，還是要問趙柱人。他出了一會神，轉身要向銀行裡走。然而他還不曾移動腳步，立刻想到，若把話去問他，就要證明自己受騙。自己受騙不要緊，這公家一筆巨款，卻必須自己立刻拿錢去彌補。除那三十萬元之外，有零支的一萬餘元，還有那位會計先生託買洋貨的三萬元，總共要拿出三十五萬元來，才可以了結這件事。

一個抗戰時代的藝術家，要他拿出三四十萬元來，那簡直是夢話。既不能拿出來，就必須祕密著，另想辦法。這祕密兩個字在腦子裡一晃，他就失去了問趙柱人消息的勇氣。於是低了頭再緩緩的向前走著。忽然有人叫道：「丁兄，哪裡去，正找你呢！」看時，尚專員正迎面走來。他笑道：「你還有工夫在街上閒蹓躂，車子在今天下午就要開了。」丁古雲不想偏是碰到了他，自己極力的鎮定了自己的顏色，笑道：「我一切都預備好了。」說著就走。尚專員道：「那張支票你和關校長方面掉換過了沒有？」丁古雲聽他一問，心裡像羊頭撞著一樣，亂點了頭道：「照辦了，照辦了！」尚專員道：「那方面連一個電話也沒有給我。」丁古雲脖子一挺，笑道：「那不要緊，款子反正有我負責，我不是給你收據了嗎？」尚專員笑道：「也就因為信任丁先生，這三十萬元才隨便交出來，請你自己去掉換支票。一路遇到大站，望都給我一封信。我只好等你到香港再給你信了，再會再會！」說著，伸手和他握了一握，含笑告別。丁先生站在街頭，望著他的後影，去得很遠了，然後自言自語的道：「到香港你再給我信？我永遠是不會到香港的。三十萬元我負責，一切我都負責。」

他口裡將他的心事，不斷的說出來，他自己得著一點安慰，覺得這並無所謂，無非是賠款，不會要賠命。自己牽了一牽大衣的領襟，鼓起了一陣勇氣，毫無目的地又隨了這條街道走。心裡不住想著，車子是今天下午要開走了。自然是趕不上，便趕得上，自己也不能走。沒有錢，一隻空身子，能到香港去作什麼呢？現在唯一的希望，是藍田玉並非有意拐了款子走；或是她有意拐了款子，在大街上遇到了她，還可追回一部分款子回來。

繼而又想著，不會，不會！細細想她以往的布置全是一個騙局。她犧牲一夜的肉體，白得三四十萬元，一個流浪在荒淫社會上的女子，何樂不為？何況她們這類人，根本無所謂貞操，和男子配合，也正是她的需要，她又何嘗有所犧牲？那麼，所犧牲的只是我丁某了。我還不出老莫給的這批款，我就不能出頭，縱然出頭，吃官司，受徒刑，那還事小，數十年在教育界所造成的藝術偶像，變了卷拐三十萬元款子的騙子。此生此世，休想有人睬我。

這樣想，剛才那股不致賠命的設想與勇氣，便沒有了。老是低了頭走，卻被對面來的人撞了一下。猛可的抬起頭來，忽然眼前一陣空闊，原來這馬路到了嘉陵江邊了。冬季的江，雖在兩邊高岸之下，成了一條溝，然而在十餘丈的高岸上向下看去，那水清得成了淡綠色，對岸一片沙灘，像是雪地，越是襯著這江水顏色好看。他心裡暗叫了一聲，好！就在嘉陵江裡完結了吧！與其落個無臉見人，不如變個無人見人。他一轉念之間，順了下江岸的石坡，立刻就向下走。當那石坡一曲的所在，一堵牆上，貼了許多日報，有幾個人昂起頭來，對報上看著。心想我若跳江死了，屍首不漂起來，也就罷了，若是屍體飄起來而為人識破，報紙上倒是一條好社會新聞。

自然人家會推究我為什麼投江？若推究我為了國事不可為，憂憤而死，那也罷了；若是人家知道了事實的真像，是為了被一個女子騙去三十五萬元而尋死，那是一個笑話。一個自負為藝術界權威，造成了偶像之人，為一個流浪的女子所騙，人騙了我的錢，我卻失了社會的尊敬與信任。同是一騙，而我的罪更大。想到了這裡，他也站住了出神。又怕過路人以為形跡可疑，就順便站在牆腳下，看那牆上的報。恰是一眼望了去，就看到了丁執戈到成都的那條消息。

這張報和在銀行裡看的那張報不同。在版面的角上，另外還有個短評，那評大意說：「我們知道丁執戈是丁古雲的兒子。丁古雲在藝術界裡有聖人之號，所以他自己教育的兒子，絕對是熱血的男兒。而丁先生最近有赴香港之行。要作一批雕刻品到美國去展覽募款。一來一去，都是為了祖國。而丁執戈這回受到後方民眾的盛大歡迎，也許鼓勵他父親不少吧？」丁先生把這短評看了一遍，又再看上一遍，他忽然自己喊了出來道：「死不得！」這裡正在有幾個人在看報，被他這三個字驚動，都回轉頭來向他望著。丁古雲被所有人的眼光射在身上，自己猛可的省悟過來，這句話有些冒昧，自言自語的笑道：「報上登著一個教授自殺的消息。」

他這樣說了，搭訕著昂頭看看天色，便順腳走上坡去，他這時覺得在煙霧叢中得到了一線光明，心裡想著，自前天到這時，人已是如醉如痴，失去了理智的控制。在馬路上這樣胡想，如何拿得出一個主意來。旅館裡房間，還不曾結帳，不如到旅館裡去靜靜的睡著，想一想心事。這事除了銀行裡的趙柱人，還沒有第二個人知道，料著遲疑一夜半天，還沒有什麼人來揭破這個黑幕的。這樣想了，立刻走回旅館去，當自己在躺椅上坐下，感到了異樣的舒適。就由於這異樣的舒適，想到過去這半上午的奔走十分勞苦。自己把背貼了椅靠，閉上兩眼，只管出神。

靜靜之中，聽到隔壁屋子，有兩個操純粹國語的人說話。其初聽到兩三句零碎的話，未曾予以注意。其後有一個人道：「這件事，等我們丁隊長來了就好辦。他的父親丁古雲，在教育界很有地位的。」他聽到人家論著他自己的名字，不由他不為之一振，便把精神凝聚了。把這話聽下去。又一人道：「我們丁隊長思想嶄新，可是舊道德的觀念又很深。他對人提起他父親來，他總說他父親很好，是一個合乎時代的父親。」那一個笑道：「合乎時代的父親，這個名詞新奇極了。也許這話說在反面，這位老丁先生是不十分高明的人物。」這一個人道：「不，據丁隊長說，他父親簡直是完人，他把他所以做到游擊隊長，都歸功於他父親。他說，他到重慶來，若遇到了盛大的歡迎會，他第一講演的題目，就是我的父親。同時，他要介紹他父親給歡迎會，他以為這樣，對於國家兵役問題是有所幫助的。」

丁先生沒有料到無意中竟會聽到這樣一篇話。心裡立刻想著，若是自己這個黑幕揭破了，不但是自己人格掃地，而自己的兒子，也要受到莫大的恥辱。和浪漫女子幽會，損失了公款三十餘萬元的人，這就是游擊隊長的合乎時代之父。在旅館的簿籍上，寫的是自己的真姓名，若被隔壁這兩個人發現了自己前來拜訪時，自己這個慌張不定的神情，如何可以見人？正在這時，茶房提著開水壺進來泡茶，因向他招了兩招手，叫他到了面前，皺了眉低聲道：「我身體不大舒服，要好好的休息一會，明日一早下鄉去，若是有人來找我，你只說我不在旅館裡。」茶房看到他滿臉的愁容，說話有氣無力，他也相信丁先生是真有了病。因點點頭道：「丁先生是不大舒服，我和你帶上房門。」

茶房去了，丁古雲倒真覺得身體有些不舒服，索性摸索到床上，直挺挺躺著。他雖未曾睡著，他忘了吃飯，也忘了喝茶，只是這樣靜靜躺著，由上午十一點，躺到下午六點，丁古雲都沉埋在幻想裡，這幻想裡的主題，是藍田玉小姐，三十五萬元現款，丁古雲的偶像，丁執戈游擊隊長的榮譽。

這些事情糾纏在一處，越想越亂，越亂越想，自己也找不出一個頭緒。直等屋子裡電燈一亮，這才想起，竟是在這旅館的屋子裡睡了一整天，連飯都沒有吃呢。於是走出旅舍，在附近的小飯館子裡去吃飯。自己摸著口袋裡，還有四五百元法幣。心裡想著，我根本用不著留什麼錢在身上，今天完了是完了，明天完了是完了，再過十天半月完了，也無補於自己的生活。管他呢？痛快了再說。

這樣一想，就要了兩菜一湯半斤酒，一人在館子裡慢慢的享用。他本是在散座上坐著的。這裡差不多有十來副座頭。雖是電燈下照著各副座頭上，坐滿了男女顧客，而丁先生卻絲毫沒有感覺。他兩隻眼睛只是看桌上的酒和菜。心裡可在那裡計算著，藍田玉小姐，兒子丁執戈，自己的偶像，公家三十萬元的款子。在他出神的時候，左手扶了酒壺，右手扶了杯子，或筷子，看到杯子裡淺了些，便提起壺向杯子裡斟著酒。斟了，也就跟著喝下去。

他忘記了自己有多大酒量，也忘了酒是醉人的。那壺酒被他提著翻過來斟著。要現出壺底的時候，忽然有個人伸過一隻手來，將他的手臂按著，笑道：「丁先生怎麼一個人喝酒？」丁古雲回過頭來，向那人望著，見是一個穿青布棉大衣的青年，雖有點認識，卻想不起他姓名。手扶了桌子站起來，向那人點了兩點頭道：「貴姓是？我面生得很。」他牽著丁古雲的衣襟，讓他坐下，他也在桌子横頭坐下。回頭看了看鄰座的人。然後低聲道：「我是你學生，你不認得我了。上兩個月我還去拜望你，得著你的幫助呢。這不去管他了。我是特意來和你來送一個信的。」丁古雲迷糊的腦筋裡忽然省悟一下，問道：「你和我送信的？」青年低聲道：「是的。這話我本來不願說的，現在不得不說了。那藍田玉為人我們知道得最清楚。

她說是你學生，你想想看，有這麼一個姓藍的女生嗎？」

丁古雲望著他道：「你這話什麼意思？然而……」青年道：「是的，她實在也是你的學生，然而她不姓藍。丁先生腦筋裡，也許有她這麼一個舊影子，姓名你是記不清的了。我知道她，我也小小的受過她的騙。」說著微笑了一笑，搖搖頭道：「那值不得提了。到現在為止，她已改換姓名四次之多了，她是個失業的女子，住在一個姓夏的女友那裡。她原來的意思，也許是想找你和她尋點工作，正如我們男生尋你一樣，因為你是藝術界一尊偶像，只要你肯出面子，你總有辦法的。那個介紹她給你的夏小姐，是為你常常給她難堪，她故意教姓藍的來毀你這偶像，無非是報復而已。可是到了現在，已超過了報復的限度。我知道，你手上有公款二三十萬，預備到香港去，而且帶她同去，丁先生，這是一個極危險的事情。你那公款，千萬不要經她的手，經她的手，她就會吞蝕了的。她在漢口的時候，曾和一個公務員同居一個多月，騙了那人兩三萬元入川。那個時候，錢還很值錢，兩三萬不是小數目，那人補不上虧空，急成一場大病，大概是死了。上次，不是有一個被你開除過的同學，和你去搗亂嗎？那也是她幹的事。」

丁古雲手扶了酒杯，始終是睜了大眼向他望著，聽他把話說下去。聽到了這裡他忍不住了，問道：「你何聽見而雲然？」青年道：「這有許多原由。她要促成你到香港去，就故意在重慶給你造下許多不愉快的事情。二來，她也故意要造一個騎虎之勢，非和你同居不可。自然，推波助瀾，那夏小姐和幾個被開除的老同學也是有之。」丁古雲慢慢的聽著，舉起那最後的一杯酒，向口裡送去，嘖的一聲響，一仰脖子喝乾了。他那正慌亂著的心房，七碰八跳，他只有把這酒去遏止它。他放下杯子在桌上，將手按住了，望了那青年道：「這一些，你也這樣清楚？」那青年紅了臉，將眼光望了桌上一下，接著笑道：「我不是說，我也小小的被她騙過的嗎？她怕我說破她的真面目，在前一個星期，還在把我當情人。和我暗下通信。你若不信，我可把她的情書給你看。」丁古雲搖搖頭道：「無須，我已經很相信你了。但是你為什麼不早一點來告訴我？」

青年道：「丁先生，對不起，這就是我對你不起之處。她知道我有個哥哥當司機，老早和我約定，要我護送她到桂林去，就坐我哥哥這輛車子。而且一切的費用由她擔任。你想，這不是我一個極好的機會嗎？青年人是容易被騙的。我忘了她以前的罪惡，我便介紹她和我哥哥認識了。我哥哥的車子，本來是今天上午開……」丁古雲搶著問道：「她坐了你哥哥的車子走了？」青年道：「若是那樣，我今天還會在重慶嗎？昨天下午我就在海棠溪等著她了。然而直到開車前五分鐘，我才明白受了騙，她借了我哥哥介紹又認識了好幾位司機，她所認得的司機，天天有人走，說不定她已經坐別人的車子走了。我曉得她和我通信的時候，她正宣布要和你同居，她告訴我不必吃醋，那是她要取得你一筆款子的手腕，不能不如此。我實在不對，我竟默認了和她作惡，而不來告訴你。到了今日下午，我十分後悔了。但依然沒有勇氣去告訴你。今晚上，不想和你遇到了，我看到你這一種喝酒的情形，有著很大的心事，我的良心驅使我還是告訴你罷。萬一你的錢……」丁古雲聽他如此說著，搖著頭，口裡連連的道：「完了！完了！」最後將桌子一拍道：「完了！」

那青年見他這樣子，倒呆了一呆。丁古雲突然站起來，伸著手和他握了一握，酒紅的臉上發出慘然的微笑。因道：「老弟臺，我不怪你。我造成功了的一尊偶像，我也被她誘惑得無惡不作，何況你不過是一個崇拜偶像的人呢。」說著，便在身上掏出一張五十元的鈔票，丟在桌上，叫道：「拿錢去。」茶房走過來，他問道：「錢夠不夠？」茶房道：「多著呢。」丁古雲道：「明日再來算帳。」說著，晃蕩了身子，就向店外走。至於那個青年，他卻不顧了。他回到了旅館裡的時候，茶房迎面嗅到他周身都帶著一股酒氣，知道他有些醉意，沒有敢多問他的話，引著他進房去了。他進房之後，首先看到了床上的被縟和枕頭。他心裡感覺到，在這時候，天下沒有比被縟枕頭更可愛的東西了。他昏昏然倒上床去，就失了知覺。

在他恢復知覺的時候，是個驚異的呼聲！失火失火！丁古雲一骨碌爬起來，卻見電燈息了，而呼呼的火焰衝動聲，帶了一種很濃厚的焦糊氣味。急忙中拉開房門來時，早是一陣濃煙，向屋子裡衝了來。在這一瞥間，但見門外煙霧瀰漫，臭味蒸人。便又關了門，再回到屋子裡來。回頭看玻璃窗子外面時，別人家的粉壁牆上，一片紅光。這紅光的反映，把他幾小時前喝的酒興，完全都消失了，打開窗子向外看去，下面一條窄巷，但見左右窗戶裡，向外面亂拋東西。這是一個三層樓所在，去地面，雖還不十分高，自己扶了窗臺，向下看去，陡削的牆壁，卻又不敢跳。看到巷子裡有幾個人跑來跑去，便大喊著救命。可是這些跑來跑去的人，正也是自己逃命的，也許是匆忙中，不曾聽見，也許是無心管別人的性命，竟沒有人對他望上一望。丁古雲沒有了辦法，還是開房門走吧。扭轉身來，二次去開房門。但門還不曾完全開得，便有一股火焰，搶了進來。嚇得身子向後一閃，門被火焰沖得大開。那火焰像千百條紅蛇，飛騰著身子，像千百只紅鳥展著翅兒，像千百頭怪獸在衝突，嘘嘘呼呼的一片嚇人聲音中，焰煙帶了狂烈的熱氣，向人撲著。丁古雲站在屋子裡，大叫完了完了！

第二十三章

活死人

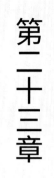

在兩小時以後，丁古雲所住的這家旅館，固然只剩了一片瓦礫，而且附近有七八戶人家都也是一堆焦土。發火的時候，是晚上一點鐘，在睡夢中的人，是否一一逃出來了，這就是個疑問。到了次日早上，大家已在火場裡發現了五具焦糊的屍體，旅館所在，卻占了五分之四。這些屍體是什麼人，當時雖無所知。而這位旅館帳房，恰好把旅客登記簿子搶出，他便把這個登記簿呈送到警察局，以便調查，倒也不致毫無線索可尋。有那勤敏的新聞記者，把當晚火災情形，記述了個大概在報上發表。次日來看火場的人，已可以在火場邊上買到報紙作參考了。

去這火場不遠，有個茶館，昨晚由火場裡逃出的人，正也不少在這兒喝茶，以便等候親友來訪的。大家拿了報看，嘆惜著這旅館被燒死的人，死的不值。尤其是這位藝術家丁古雲死的太可惜了。然而，他沒有死，當他在那火焰向屋子裡衝擊的時候，他曾撕開一床被單，結成一根長帶子，將帶子頭縛在窗臺上，他終於是抓了這帶子溜下地了。他在這旅館裡，只遺落下個旅行袋，所失有限，根本不曾介意。因是夜深無地可去，便在火場周圍徘徊著。天明以後，打算喝杯茶下鄉去，所以在茶館裡喝茶。他對了桌上一碗茶，心裡正想著，昨晚燒死了也好。現在回鄉去，至多能安貼住著三日。

到了三日以後，尚專員知道自己未曾去香港，便要追問所拿去的三十萬元的支票兌了現款交在何處？我或者可以說這三十萬元鈔票，放在旅館裡燒了。那麼他必問：「這支票分明約定美專劃撥的，你把支票交給美專好了，為什麼要把款子提出放在手邊。」既無帶三十萬元現鈔去香港之理，這一個舉動，分明就不可問。退一步說，帶鈔票去是可能的，為什麼有專車不坐，要在重慶住旅館？必是借了這場火，想賴去那三十萬元，既可認為是賴帳，更不妨疑心這火都是丁古雲放的了。這樣說來，這場火不但不能為三十萬元的巨款解除負擔，竟是要增加自己一種犯罪的嫌疑了。這一分推測，讓自己心裡涼了大半截，那下鄉的意思也完全都動搖了。只有兩手捧起那茶碗，吸一口茶又吸一口茶，聊以排解心中的悵惘。他正沒了主意，忽聽得旁座茶客說是丁古雲死了，這倒心裡一動。立刻向報販子手上買了一份報來看。關於自己這段消息，報上這樣記載著：

據旅館茶房云：「當時確知有旅客數人，未曾逃出火窟。因彼係最後跳下樓房，曾目睹數人為煙焰熏倒也。此數人為誰，彼當時在火焰中突圍而出，亦不能詳認。但事後回憶，在九時前後，有一熟旅客名丁古雲者，大醉而回旅社，回後既閉戶熟睡。直至彼逃出四層樓時，見其門尚依然緊閉。因疑其將罹於難，逃出火窟後，曾以此告之同夥，在火場四周尋覓。雖大聲疾呼，卒未之見，其身遭浩劫，大有可能云云。按丁古雲為當代大塑像家，不但才學兼優，而道德尤極高尚。若果未脫險，是誠藝術界極巨大之損失矣。」

丁古雲將這段消息再三的看了，心裡想著，新聞記者都疑心我死了。今天朋友們看到這新聞，必定到城裡來探訪我，我若被他們探訪著，我的死訊可以證實不確。而我拐款的消息，卻要證實為千確萬確了。我無論如何，暫時見不得朋友，讓他們暫時疑心我燒死了吧，雖然，我那兒子會因知道了這消息而難過，那不比宣布他父親和奸女學生，拐款三十五萬元，要好的多嗎？他一面沉思，一面喝茶，突然會了茶錢，站起身來就走。

他留在身上的那五六百元零用錢，還有一大半不曾用去，短程旅行，還不成問題，於是他毫不躊躇的，直奔了江邊輪船碼頭。在四小時以後，他藉著輪船的力量，到了重慶上游一個水邊鄉場上了。這個水碼頭，是三日一趕場的，他來的這個日子，正是場期。時間雖已過了十一點，去散場還早，他下得輪船來，首先驚異著的，便是這江灘有一里路寬，沙地上擺滿了攤販，將每一條人行路擋住，向前一望，一片曠野在陰黯的江風裡，全是人頭鑽動，看那個場的正街，高高的，擁著一帶房屋，分了若干層，堆疊在山麓上。與江邊上一排木船，高下相對照。雖不看到街上的情形，那裡鬧哄哄的一種人聲，不住在空氣中傳了過來。他心想，沒有料到這樣一個鄉場，有這麼些個人？中國真是偉大。以中國之大，哪裡不能安身？你看，這江灘上亂紛紛的人，誰曾挨著餓嗎？暫時離開重慶市，正不必放在心上。大家有辦法，難道就是我沒辦法。

他坐在輪船上納悶幾個小時，現在被這廣大活動的人群刺激了一下，心裡便又興奮起來了。當時在這水碼頭上，轉了兩個圈子，來到街上，又在人叢中擠著走了兩個來回，遇到一家比較乾淨的小客店，便在那裡住下了。次日，這街上已過了場期，出得門來，空蕩蕩的一條小石板街，由十層坡子踏上去，窄狹得相對的屋簷相碰。在陰風裡只有兩三個行人走路，簡直是條冷巷，回想到昨日那些個人，街上洶湧著人浪，便覺得這裡特別有一種淒涼的意味。那小客店雖是比較乾淨的，然而一間小樓房，可以伸手摸到瓦下面的白木緣子。屋子裡只有五尺寬的竹床，上面堆了薄薄的一層稻草，將一條灰床單遮蓋了。一床小薄被捲了個藍布大枕頭似的，堆在床頭。此外，屋子裡只有一張兩尺多長的三屜小桌，連椅凳都沒有一具。人在這小屋子裡走著，由樓板到四周的竹泥夾壁，一齊在抖顫。加之朝外的小窗戶，是固定的木格子，上面糊了舊報紙，屋子裡漆黑的，要在屋子裡悶坐也不可能。因之他在江邊望望，到小茶館裡喝喝茶，終日的鬧混著。餓了，便到小飯館子裡去吃一頓飯。飯後無事，還是在江灘上走走。

這裡已不像昨日那樣，被人潮遮蓋了大地。這裡是一片沙灘，有些地方，也露出兩三堆大小鵝卵石。枯淺的江水，帶了一分鴨綠色，流著蟲蛇鑽動一般的急溜，繞了沙灘下去。水裡有載滿了蔬菜擔子的木船，打槳順流而下。這船是去重慶的，他便順了江流，看向下方，那些鋪展在薄霧裡青黝而模糊的山影，那裡該是重慶了。無端的，自己拋開了這個戰時首都，竟是不能再去。這麼一想，心裡頭便有一種酸楚滋味。不敢再向下想。於是低了頭走回去。可是沙灘上的地面，和他毫無關係，也會添了不少刺激。某一處地方，布滿了橘子皮。某處地方，灑了不少的爛蘿蔔與青菜葉，某些地方，又灑了些零碎的稻草與木炭屑。他覺這都是昨日滿沙灘熱鬧局面，所遺留下來的殘影。人生無論在什麼場合，總必會有這樣一個殘影吧？他抬頭一看，沙洲上遠遠的有兩個挑水的人，悄悄而去，此外便無伴侶。更回頭看那江邊昨日那一排木船，今日也只剩了兩三隻。在空闊的地方孤單地停著。

儘管這一些是這裡很平常的情形，而他覺著事事物物，都是淒涼透頂的，他彷彿有了極悲哀的事發生在他面前，非痛哭一場不可。可是他決無在曠野痛哭之理，便又立刻走到街上來。街上唯一可留戀的所在，只是幾家小茶館。在茶館裡坐了半小時，又走出來了。他一面走，一面不住的想著心事，也忘記了飢餓。有時，他站著抬頭望了一望。心想，沒有想到我孤孤單單一個人會在這個地方過活著。雖然，這樣也好，沒有了身分，也沒有了負擔，也沒有了毀譽。這樣活下去，自然沒有什麼意思，但是那晚上在旅館裡燒死了，又會有什麼意思嗎？幸而是沒有自殺，自殺是太冤枉了。從此起，社會上沒有了丁古雲。我是另外一個人，也可以說是才出世的一個毛孩子吧！他想著，自己笑起來了。這樣單獨的在街外江灘上走了大半日，終於是覺得有些餓了，又慢慢走回鄉場來，在小館子裡吃了兩碗麵。吃後又打算上小茶館裡去喝茶。無意中，卻發現了街頭轉角處，有三間矮小屋子，門口掛了一塊民眾教育館的牌子。隔了窗戶，向裡面張望，見有兩三個人坐在長凳上翻閱雜誌。心想，以前沒有發現這地方，這倒是個消磨時間所在。於是信步踏了進去，見長桌上攤開了兩份報，便坐下來，隨手取了一份報來看。在那封面上，有丁古雲三個大黑字，首先射入了眼簾，不覺心房卜卜的連跳了幾下。仔細看時，原來是一則廣告。上面載著兩行大字是追悼大雕塑家丁古雲先生籌備會啟事，其下有若干行小字是這樣的說著：

大雕塑家丁古雲先生潛心藝術，為一代宗匠，而處身端謹，接人慈祥。服務教育界二十餘年，誨人不倦，尤足稱道。

近正擬出其作品，赴港展覽。俾便籌募巨款，作勞軍之用。不料旅館失火，先生醉臥未醒，竟罹於難。同人等聞訊震悼，猶冀其非實。茲赴警局，檢查旅館當日旅客登記簿，先生名姓，赫然尚在。加以旅館侍役言，目擊先生酒醉歸寓，火焚臥室時，門猶未啟。災後尋覓旅客，而先生又蹤跡渺然。凡此諸跡象，均能證明先生之不幸。同人與先生多年友誼，萬分悲感。除電其長公子執戈，即日來渝，共策善後外。敬念先生為藝術界泰，一旦物化，實為學術界之莫大損失。謹擇於□年□月，在□□堂開會追悼，以資紀念。先生友好及門弟子在渝者頗多，望屆時蒞臨，共慰英靈。如有祭奠物品聯幛，請先期送□□辦事處為荷。

文字下面，便是一大串熟人的姓名。第一個署名的，就是莫先生。心想老莫由西北迴來了？這個啟事，至少是經他過目的，他也相信我燒死了。在啟事中這樣對我表示好感，那一筆款子，大概是不去追究，以不了了之了。錢的責任，大概是沒有了。只是他們這樣的大張旗鼓和我開追悼會，我便承擔賠償那幾十萬元，再挺身出來，也是一場大笑話。笑話不管它了，又哪裡去找幾十萬元呢？找不出這幾十萬元，我只有將錯就錯，這樣死下去了。既是死下去；那麼，必須記著，我是一個死人，千萬不可讓人發現我還活著。自己這樣設想，竟把這份報看了一小時之久。最後，他想得了一線希望，且看這廣告登出之後，有什麼反映？於是自這日起，每日多了一項事，便是上民眾教育館看報。三日之後，在報上得著反應了。在新聞欄裡，標著一行長題，民族英雄丁執戈莅渝。大題目上，另有一行掛題，形容著民族英雄的人望，乃是珊瑚壩歡迎者千人。心想，也罷，我雖死了，我兒子有功於國，代我補了這項罪過。且把新聞向下看，那文字這樣記著：

華北名游擊隊長丁執戈，於昨日上午，由蓉乘機抵渝，民眾團體及男女青年，到珊瑚壩歡迎者，達千人以上。多數手舉旗幟，上書各歡迎字樣。丁氏下機後，即為歡迎者所包圍，並受有熱烈之鼓掌聲數起，勢如潮湧。丁氏身著灰色軍服，外罩黃呢大衣，年僅二十餘歲。身體壯健，目有英光，毫無風塵疲倦之色。丁氏接受群眾請求，乃立凳上，作簡短之演說。

略云：「受同胞如此歡迎，實不敢當，以後更當努力殺賊，以答謝同胞。關於在華北作戰情形，未便發表，但略可言者，三年來，大小曾與敵人接觸一百二十餘次，除破壞敵人建設與交通外，且虜獲其軍用品不少。（言時，指身上黃呢大衣）此即得自敵人之禮物。（熱烈掌聲）予來重慶，除述職外，即省視予慈愛偉大之老父。不幸予竟未能與予父得謀一面。最近因火燒旅寓而遭難。（言時，作哽咽聲，面有戚容。）予父為國內唯一無二之大雕塑家，即丁古雲先生是也。然予與其稱讚其藝術，莫如稱讚其道德。予之受有良好教育，固予父所賜。而予之在華北游擊，亦予父之命。彼離開北平時，曾先遣予赴某游擊根據地。且云：「吾已年老，不能執干戈衛社稷。爾當在敵後殺賊，以代予出力。諸君須知一事，予為獨子，且為大學畢業生，人之愛子，誰不如我父。而予父獨能犧牲其愛子，留在敵後殺賊，此種偉大精神，出之有身分之人士，請問有幾？彼有身分者，早已送其子赴美國或大後方矣。（眾熱烈鼓掌）故予之成就，皆予父所賜，愈受諸公歡迎，予愈哀念老父雲雲。當時始終掌聲不絕，丁君之思念老父，溢於言表。而知之者雲，丁古雲之為人，亦確如其子所稱，故歡迎者均為其言所感動。丁君定敬謁主管長官後，即為其父開一盛大之追悼會。但在後方時期不多，否則將展覽丁老先生遺作，而以所得勞軍。以竟其父生前之志願。丁老先生有此民族英雄之子，亦可含笑於九泉矣。

丁古雲一句一字，把這段新聞看了下去。看到兒子稱讚他的時候，只覺心裡一陣陣的熱氣，由每個汗毛孔裡向外噴射。脊梁上不住出著熱汗。心裡那份酸楚滋味，雖極力忍耐著，而肌肉卻禁不住抖顫。他兩手捧了報，斜遮了臉看著，報紙的下幅，有一片溼跡，丁先生的眼淚，已奔上了紙上，和他兒子的言語接著吻了。這教育館裡，還有幾個看報人，他不能讓別人看到他哭，他兩手捧了報抖顫著，亂咳嗽了一陣。就著彎腰咳嗽這個姿勢，他放下了報，轉身趕快跑出了館門。在街上他不敢抬頭，他由小巷裡穿出來，直奔上沙灘中，周圍一看，並沒有人。於是放出聲音來叫了一句，我那可憐的孩子！也只這一句，他不能再說了，張開了口，不能合攏，眼淚就像奔泉一般的在臉上掛下，他背朝了西，向東望著重慶那一帶青隱隱的霧中山影。江上的西北風，由他身後吹來，將他的頭髮，吹散了在滿頭亂舞。將他每一角大衣的下擺，吹得向前飄動，似乎它們在那裡勸著：向東到重慶，看兒子吧？

丁古雲跌了腳，哽咽著道：「我要去看他，我要去看他，我不能忍耐下去了。」這江灘上始終是無人，空闊的地方，連丁先生的回聲也沒有，站立得久了，耳根清靜，似乎聽到急湍的江流，在江岸上繞了過去，發出一些澌澌的微響。他靜靜的想了許久，沒有人鼓勵他，也沒有人勸阻他。他再把腳一頓，口裡唸著道：「我還是去，馬上就去。」說畢，立刻就向街上走去。他本來一身之外無長物，無須回客店去拿什麼。到重慶是坐船，也不必走上街去，他走了幾十步路，忽然止住，心想，今天輪船是沒有了，我就坐木船去罷。兒子坐飛機到重慶，是上千的群眾歡迎著。而自己卻坐了木船，隨著挑擔背筐的人上市，不但無人歡迎，而且還怕會讓人家看見。這一個強烈的對照，頗令人難堪。這樣轉唸到了難堪二字，就把剛才要進城去看兒子的那股勇氣，慢慢消沉下去。

他站著想了一想，自己這樣去看民族英雄的兒子，若是被人發現了，自己這尊偶像毀壞了，是毫無問題。而人家豈不要指摘丁執戈？你那樣稱讚你父親是個了不得的人，而你的父親卻是一個誘騙女生，捲款潛逃的罪人，證明丁執戈所說的一切，都是撒謊。那是毀了我丁古雲之外，再又要毀一個丁執戈。我兒子既成為了民族英雄，這是自己教育成功，是兒子的榮譽，也是我的榮譽，年紀輕的人血氣方剛，愛榮譽甚於生命，我若在他有極大的榮譽之時，給他一個極不榮譽的影響，也許會影響到他的生命，那如何能作這創傷自己愛子的事情？他想到了這裡，又發生了第二個轉念，便是我索性忍受到底，成全了我的兒子。成全了我的兒子，也就成全了我。我本來是個好人，我自己弄到這樣子，我應當受著懲罰。我應當受懲罰！

他的心裡這樣責備著自己，他又第三次跳著腳，昂了頭對天上看望了一陣。那江面上似乎發生了一點異樣，澌澌的響聲，變成了唆唆的響聲，烏雲像淡墨紙上，更加了一重濃墨的影子，天只管在頭頂上壓下來。儘管川東的冬天景象，本來是如此的，但他所感到的，便是今日的空氣，壓在身上，也壓在心上。他覺這時站在沙灘上，幾乎不能支持這條身子，只得扭轉身來，再回轉到街上去。經過那民眾教育館的門口，他覺著那報上所登的消息，還有重看之必要。於是又回到裡面去，再把那份報紙撿起，將這段消息，仔仔細細的，再看一遍，看後，他靜靜的坐在長凳子上想了有半小時，將粉壁牆上張貼的圖畫與格言，一一的看了。看到其中有一條雙行正楷標語，乃是如下十二個字，「有殺身以成仁，無求生以害仁。」他暗暗的想著，我若死了，雖不見得殺身成仁，而我還活著在社會上去胡混的話，損人而不利己，簡直是求生害仁。而況我並不須要死，我只要不在社會上再露面，就可以保留我兒子的榮譽，也可以保全我的榮譽，再不遲疑，就是這樣辦了。他如此做了最後的決定，覺得心裡空闊了許多。

心裡盤算了一天，又忘記了飢渴，回到小旅館去，便靜靜的躺在小床鋪上，把墊被將頭枕得高高的，仰面望著天花板的席蓬。他在這席蓬上，幻想出許多的影子，越看那影子像什麼，也就越像什麼。在那席蓬上看出了一個長鬍子的人，哭喪著臉，微閉了眼睛，垂直了兩手，並直了兩腳，橫躺在一堆亂草上。心想，大概我將來的下場就是如此？想到這裡，不由得悲從中來，臉上又垂了兩行眼淚。便在這時，這樓屋一陣搖撼，有許多腳步聲，擁著幾個人進了隔壁屋子。始而沒有理會到這是什麼人。後來聽到其中有個人道：「這個丁執戈這樣年輕，作出這樣驚人的事業，這是我們青年的好榜樣。」丁古雲覺得這話太與自己有關了，便走出房門來看看。見那小屋裡，有三個穿學生衣服的青年，坐了談話。那三個青年見他穿了灰呢大衣，也是住這小客店的人，同樣有點驚異，便共同站了起來。丁古雲站在門外，向他們點點頭道：「你三位自重慶來？」其中一個道，「是的，我們回鄉下去，路過這個場上，今天趕不到家，只好在這裡住下了。你先生怎麼也住在這小客店裡？」丁古雲笑道：「在這鄉場上有點事情，這算是最好的一家旅館，只好住下了。剛才三位談到丁執戈，認識他嗎？」一個學生道：「昨天晚上，我們在一個演講會上看到他，他說到他深入敵後，而且出長城兩次，講了幾件鬥爭的小故事，那實在讓人太興奮了。」丁古雲道：「那位丁君，除了說游擊戰的話，還談了別的什麼？」那學生道：「那就是他父親丁古雲的事了。他說他父親是一位偉大的藝術家，是一位正直的教育家，他之所以成為游擊隊長，就是他父親教育成功的。然而不幸得很，丁古雲先生被火燒死了。」

丁古雲笑道：「中國人就是這樣，死了的人，都是好的。這位丁隊長，那樣誇張他的父親，也許是他父親是死人的原故。假如丁古雲是個活人，他就不會誇讚他了。」另一個學生由屋子裡迎到屋門口來道：「不，這個丁執戈先生，在他父親未死以前，在成都發表幾次演說，就是這樣誇讚他父親的。而且丁古雲許多朋友在報上登著啟事，對他遭難，就很表示惋惜，這可證明，丁執戈絕不因他父親是個死人才說他是個好人。」丁古雲站著想了一想，點著頭道：「我也略認識丁古雲這個人。聽說他曾……」他猶疑了這句話，把字音拖長，沒有說下去。有一個學生便攔著道：「那丁執戈給予我們的印象很深。我們相信他，我們就相信他的父親。假使丁古雲還活著，他必定經他的兒子介紹，和我們青年見面，我想他會給我們一個極好的印象的。」丁古雲怔了一怔，也不自覺的，抖動了一下他的衣領。態度有點振作。他心裡叫著，我就是丁古雲，你的印象如何？然而他又自己警戒著，絕不可說出來。雖然活著，丁古雲卻是個死人。不但現在如此，我有生之年，而我永遠要作個活死人。他不再言語，他回到那小床上去仰臥著，去看屋頂下席蓬上幻想出來的那些幻影。

第二十四章

各有因緣莫羨人

在這個水碼頭上，住到三十天之後，丁古雲帶的幾百元鈔票，已經花光了。而在這三十天之內，他雖晝夜的想著解救之法，也正和他收著的鈔票一般，越想越少，因為在報上看到，朋友已經在重慶和他開過追悼會了。在他用到最後五十元鈔票的時候，他覺得不能坐以待斃，就離開了這水碼頭，走到鄰近一座大縣城去。那時，拍賣行之開設，已傳染到外縣，他把身上這件大衣，現價賣給拍賣行，按著當年的行市，得了八百元。拿了這八百元，再離開了這個縣城。因為這裡到重慶太近，下江人太多，識出本來面目，是老大的不便。但這時生活程度，已經在逐日的增漲，八百元的旅費，在一個月後，又用光了。他身上作的那套西服，還不破爛，又向所到的城市拍賣行裡，將西裝賣掉，買了一件青布夾袍子穿著。而身上殘留下的，卻只有二百元了。他住在一家雞鳴早看天式的小客店裡，吃著最簡單的兩頓飯，加上旅店費和坐茶館費，每天還要十五元開銷。他終日想著，這二百元又能用幾時呢？用完了，就不能再向拍賣行想法了。這一日，他徒步到河邊，在一家小茶館的茶座上，獨捧了一碗茶，向著河岸上出神。他看到碼頭上的運夫，光著肩膀，流著汗，抗抬著貨擔來去。其中有兩個年老的，頭髮一半白了。他忽然想著，賺錢不一定要資本，智慧可以換到錢，勞力也可以換到錢。那種年老的運夫，還在把他將盡的氣力去為生活而奮鬥。我不是那樣老，氣力雖沒有，智慧是有的，我不能拿出我的智慧來換錢嗎？丁古雲死了，我只是一個穿青布夾袍的流浪者，已沒有了縉紳身分。沒有了縉紳身分，什麼賺錢的事不能幹？以前穿了那套西裝，深受它的累，蒙人家叫一聲先生。既為先生，作那下層階級的營生，就會引起人家驚奇，只得罷了。於今人家客氣相稱，在這件青布夾袍上，至多叫一聲老闆。開銀行的是老闆，挑破銅爛鐵擔子的也是老闆。既是老闆，幹任何下層營生，也不會引人注意，那就放手去作吧。十分鐘的工夫，他把兩三個月來所未能解決的問題，突然解決了。於是回到小客店裡，向老闆商量了，包住了他一間屋子。拿出幾十元資本來，買了一些竹籮削刀顏料之類。在野田裡選擇了一塊好泥地，搬了一籮黃泥回店，關起房門來，將黃泥用水調和得合宜，大大小小，做了幾十個泥偶像胚子，放在窗戶邊，讓它們陰乾。另外做些飛機坦克車的小模型。然後就用簡單的顏料，塗抹著，分出了衣冠面目，與翅膀車輪。在一個星期之後，第一批偶像，完全成功，就在十字街頭，找個隙地，把來陳列了。為了是內地的縣城，怕沒有識貨者。每個偶像下，用紙條標著價錢，至多是五元錢一具。少的卻只要一元錢。自己買了頂草帽子戴在頭上，席地坐在人家牆陰下，守著這堆偶像與模型。事有出乎意料，第一日的生意就很好，所有做的飛機坦克車，一元一具，被小孩子買光。其次是做的幾個摩登女子像，五元錢一具的高價，被首先經過的幾個西裝朋友買去。此外是空軍偶像，與將官偶像，也被人買去了四五具。到了下午四五點鐘，收拾偶像回家，就賣得了七八十元。這一種情形，給予了他莫大的鼓勵，連夜點起油燈，就加工做起飛機坦克車模型來。這樣作了兩三天生意，索性帶了黃土坯子和顏料，就一面陳設攤子賣偶像，一面坐在牆陰下工作。引著好奇的人，成群的圍了他看。只要有人看，就不愁沒生意。又這樣繼續有十天上下，生意慢慢平淡下來，他就學得了小販趕場的辦法，用竹籮挑著偶像，四處趕場。把近處的場趕完，再走遠些。好在黃土是隨處可得的東西，而配合的材料，如顏料彩紙竹片之類，也不難在城市裡買得，就索興以此為業，遊歷著內地大小城鎮，生意好，一個城鎮多住幾天，生意不好，再走一處。倒也自由。為了生意經，自己也起了個字號，用條白布作了長旗，寫著偶像專家鄧萬發七個字，在陳設偶像的地攤前，用一根竹竿挑起。這種生意，雖不能有大發展，每天總可賣三四十元，除了每日的房飯，還可略有剩餘，作為陰雨天不能擺攤子的補救。這樣混過了十四個月，熬過了一個夏天，又到了秋深。先是由重慶慢慢的走遠了去，現在卻又慢慢的走了回來。

這日到了一個縣城，看到一家像館，猛然想起，自己在下層社會裡混了這樣久，也不知現在是個什麼樣子，那門口正有一塊鏡子，且去看看。於是自己走向前，對了鏡子一看，卻見一個穿破藍布夾袍的白髮老人，瞪了一雙大眼向人望著。他臉腮向下瘦削著，圍繞了下巴，毛茸茸地，長了大半圈白鬍子，左邊臉上，長了一塊巴掌大的頑癬，右邊臉上，夏天長了兩個癤子，兀自留著兩個大瘡疤。究因為這十個月來，住的始終是下等客店，一切起居飲食，都講不到衛生，把一張臉，弄成這個樣子。這頭髮和鬍鬚，卻不成問題，是憂慮的成績。他對這鏡子出了一會神，嘆著一口氣，挑了他身後的擔子，便走去了。原來他在流浪的一年中，也治了些私產。一條竹子扁擔，配了兩個竹簍子。竹簍子，一頭放了小鋪蓋捲兒。也有兩只碗和一把壺，另是幾件衣褲，一頭放著了偶像和一些製造偶像的材料。他一路走著，他一路暗想。假使我這個樣子，向重慶走去，也不會有人認識我的，誰會在鬚髮皓然的小販裡面，去找藝術界權威丁古雲呢？這樣的想著，他也就坦然的在這個縣城裡混下去。究竟這是離首都較近的一個大縣。他這些小偶像拿出來在地攤上陳列的時候，頗能得著識貨的。這事傳到教育界的耳朵裡去了，竟有人找到他攤上來，向他買偶像的。丁古雲也因偶像銷路太好，便在這城市滯留住了不曾走開。約在一個月之後，卻有個穿西裝的人，找到這地攤子上來。丁古雲一抬頭，便認識他，乃是自己一個得意的學生。他得了丁先生一些師傳，已經在中學裡當美術教員。在這個縣城，中學不少，他必然是在這裡當先生了。丁古雲心虛，便將頭來低了，不去正眼看他。那人將地面上陳列的偶像，輪流的拿起來看著，因點點頭道：「這些東西，果然不錯，你在哪裡學來的這項手藝？」丁古雲手揉著眼睛向他微笑了一笑。那人把小偶像仔細的在手上看了一看。

笑道：「形象做得可以，比例也很合，只是有一個毛病，缺少書卷氣。做手藝買賣人和雕塑家的出品，有著大不同之處，原因就在這裡。假使你們把這些匠氣去掉，那就可以走進藝術之宮了。」丁古雲聽了這話，他怎樣禁得住大笑？然而他能夠開口來，只說出了一個哈字，立刻將聲音來止住。彎下腰去，咳嗽了一陣。那人見他這樣子，如何不知道他是嘲笑自己。便正色道：「你手藝做到這樣子，當然你很自負。可是你仔細想想，假使你這副手藝，沒有可以批評的地方，你還會挑了個擔子，在街上擺攤子嗎？你不妨到重慶去看一個塑像展覽會。那都是塑像大家丁古雲先生的遺作。他兒子丁執戈和他舉辦的。你看過這個展覽會之後，保證你的手藝有進步。實不相瞞，我也是個學塑像的。丁古雲就是我的老師。我正是站在藝術的立場上，才肯和你說這些話。」丁古雲頗也能說幾個地方的方言。他就操了湖南音問道：「我也知道丁古雲這個人的。有人要替他的遺作開展覽會，怎麼報上還沒有登廣告呢？」那人道：「快要登廣告了。他的兒子還在華北，等他的兒子回到重慶來了，才可以決定日期。」丁古雲自言自語的道：「他又要來？」那人拿起一隻偶像，放在一邊，在身上掏著鈔票，正要照著他標的定價來給錢。聽了這話，忽然省悟。因道：「這樣說來，你倒是很注意丁先生的事，你都知他的兒子來過了？」丁古雲道：「也無非因我懂得這一點手藝的原故。」那人笑著將鈔票交給他。丁古雲搖了手沒有接受，笑道：「我的東西，怎麼敢賣藝術家的錢，你先生願意要那個玩意兒，你拿去就是了。有不好的地方，請多多指教。」那人聽了，很是歡喜，丟了鈔票在地上，把那一尊小泥人拿走了。丁古雲望著他的後影子走了，呆了很久，心想這就是我得意的學生。我的作品放在地攤上，他就認為不是藝術，那罷了，老師坐在街頭擺小偶像攤子，也就不是老師了。這樣看來，也許我這個人是太不像以前的我了。經過這番試驗，倒解除了我的憂慮。自今以後，儘管在外面當小販子，大概就是自己兒子看到了，也不會相識的。他如此想著了，越發大膽的在這縣城裡擺下攤子去。過了幾天，那人又帶了別人來買泥人，順便交了一張報紙給他。因道：「這是今天到的重慶報紙，你看，這上面已經登著展覽會的廣告了。」丁古雲向他道謝了一聲，接過報來一看，果然登了雙行大字廣告：丁古雲先生塑像遺作展覽會預告。日期是這個星期五起，至星期日止。另有幾行小字是：「丁先生塑像。冠絕一時，其藝術精妙，不讓唐代楊惠之；且兼取西洋雕塑技巧，於筋肉眉宇之間，象徵各種情緒，實為含有時代性之藝術結晶。先生在日，原擬製造大批作品，送歐美展覽出售，以其所得，作勞軍之用。不幸壯志未成，身罹火難。今其哲嗣丁執戈師長，欲完成乃翁遺志，除將先生遺留作品，大小八十餘件，胥以展覽外，並得各友好之贊助，將先生送贈各校及機關團體或私人之作品，一律隨同展覽，藉增賞鑑者之興趣。此項展覽，在國中尚屬鮮見。愛好藝術諸公，幸勿失之交臂。」下面是王美今十幾個朋友出名同啟。丁古雲心想，原來我的兒子當了師長，現在不是帶游擊隊，是正式軍官了。且不問他是在哪種部隊裡服役。可是像他這樣年輕輕的，作到這個階級，這實在是我丁古雲一種榮耀。少年人總是好面子的。他自己作了一個民族英雄還嫌不夠，又要把他已死的父親拉了出來，捧成一位藝術大家。才覺得父是英雄兒好漢。那麼，他要完成我的未竟之志，我也必須顧全到他十分風光的顏面。我這個人更只有永遠地活著死下去，不要再露面了。他拿著報在手上，這樣的出神了一會，才想到面前還站著一個送報的人。然而抬頭看時，那個得意門生已經走去了。他又將報看了一遍，心想，果然把我的作品，開了展覽會，我倒要去看。反正我這副面目，已經沒有人認得的，何妨去試上一次。倘若借了這個機會，能把我兒子看到，卻不是好？這樣想了，自這日起，就開始準備到重慶去。除了他那滿頭白髮，滿腮白鬍鬚，已幫著他一個大忙，把面目改換了以外。而他左臉頰上一塊頑癬，右頰兩個瘡疤，也掩飾了他不少的原來面目。他自己是個塑像聖手，他自然會化妝。因之買了一些枯荷葉熬出汁水來，將臉塗抹過幾次。讓臉上發著慘黃色。再剪一塊大橡皮膏藥，橫貼在鼻梁上，借得街頭百貨攤販的小鏡子照過兩次，他絕對相信自己不認識自己。到了星期五，他買了一張輪船票，便回到了重慶。這次來，他沒有挑著那個出賣小偶像的擔子。身穿一件短平膝蓋青布舊棉衣。下面是長筒粗布襪子，套了一雙麻鞋。他肩上背著一隻大的藍布的旅行袋。隨著登岸的旅客，一齊爬上坡來，這樣讓他發生了一個欣慰而又悽慘的感想，不料今生今世，居然還有到重慶來的一日。他首先找到一家小客店，安頓了背著的那個大旅行袋。又在附近公共食堂吃了一頓便宜飯，街上的電燈，便發著光亮了。但時間並不晚，看看人家店鋪裡陳設的時鐘，方才只交四點。

原來今天的陰霧特別濃厚，彷彿是遮上了夜幕。他的計劃，原來也就是如此，越是陰暗的天氣越好，這又可以代他臉上裝了一層暗影。他將荒貨攤上買來的一副接腳眼鏡，自衣袋裡取出。向眼上罩著，自己鼓了十二分的勇氣，向那塑像展覽會走來。遠遠看到那高聳的樓房之外，有一幅長可兩三丈的紅布。橫列廣場的上空。上面寫著白字：丁古雲先生遺作展覽會。會場門口，交叉著國旗。其下又橫了一幅紅布，寫著展覽會場四個字。也不知是丁古雲號召的力量，也不知道是丁執戈號召的力量，那進會場去的人，正是三三兩兩，牽連不斷。他走到門口，見攔門廊放了一張長桌子，上面放了筆硯和簽名簿。兩個穿著西服的年輕人，散坐在旁邊椅子上，正照料入場的人。丁古雲悄悄地由椅子邊擦過去。偏是一個年輕人看到，用了很粗暴的聲音問道：「幹什麼的？」丁古雲看他時，站起來瞪了兩隻眼，頗不客氣。因道：「我要到會場裡去參觀參觀，要入場券的嗎？」那人翻了眼向他周身望著，因道：「你也要參觀？」丁古雲笑道：

「先生，你不要看我穿這一身破舊，我也是個藝術信徒。」正說到這裡，出來一位黑胖面龐的青年，穿著一套青呢中山服。在畢挺的腰幹上，透著壯健，丁古雲雖罩在黑眼鏡裡，然而會場裡，四處電燈通明，他已看出了那是他兒子丁執戈。

他不覺得周身麻木一陣，像觸了電似的，立刻把頭一低。丁執戈笑問那人道：「什麼事有了爭執？」那人笑道：「這個白鬍老頭子，他也要進去參觀。他自己還說是藝術的信徒呢？你看他臉上，又是疤，又是癬，又是橡皮膏藥，弄得怕死人的。」丁執戈笑道：「那倒不然，好藝術的人，也不一定每個人的臉上都擦著雪花膏。」便向丁古雲點個頭道：「老人家，你多大年紀了？」丁古雲依然不敢抬頭，右手伸出大拇指，中指，食指，分了叉伸著，比著一比。丁執戈道：「呵！七十歲了。難得難得！請進請進。」說著，便在前面引路，將他引進會場來。丁古雲看時，這展覽場在一個極大的禮堂裡，布置的人，卻也煞費匠心，用了許多高低方圓的桌案茶几，在四周間雜的陳列著。每一張桌子和茶几，都陳列著一項作品，作品旁邊，或配上一個小盆景，或配上一小瓶花，使每個這作品，陳列得不至單調。

在那正中的禮堂臺上，正擺了一張長桌子，用雪白的桌布將桌面罩了，上面大小陳設了兩尊偶像。這偶像便是丁古雲得意之作，塑著自己的半身像。那一尊大的，是放在自己工作室裡的。旁邊配著一隻大瓷盤子，裡面放了六七個大佛手，那一尊小的，是自己送給某大學陳列的，也是那幾位不滿意自己的學生，演了一幕迎神喜劇，送回寄宿舍的。旁邊配了個瓷瓶子，裡面插了一束紅梅花。丁先生對於這種香花供奉的待遇，一見之下，心裡實在受著極大的衝動，在丁執戈的引導後，身子聳了兩聳，更向後退了而走。丁執戈一回頭，看到他更退得遠些，便點了個頭道：「老人家，你過來看，這兩尊偶像，就是這位丁老先生自己的塑像，是多麼慈祥，是多麼莊嚴？又是多麼靜穆？」

丁古雲在他這每一句誇張中，都覺得身子顫動一下。但他極不願這種震動，在形態上表現出來。因之在臉上極力的放出一種欽敬那偶像的微笑。但他相距著丁執戈，總還有五六步路。丁執戈很可憐這位老頭的畏縮情緒，近前一步，向他點了頭道：「老人家，我告訴你，這偶像就是我的……」這話未曾說完，忽見一個穿西服的人，老遠的走了過來，昂著頭道：「丁先生，丁先生，這裡有人要和你談話。」這一句丁先生已是嚇得丁古雲心裡亂跳。而偏偏這個人，卻向自己面前直奔過來，這更讓他心慌意亂，不知道怎樣是好。隨在這個西裝之後的，乃是一個豔裝少婦。這天氣還不算十分冷，她已穿了一件海勃龍的大衣。在那大衣下面，露出一截桃紅色的綢袍子，用白色的漏花辮子滾了邊，頭髮前半截，蓬鬆了個螺峰，後半截燙了幾綹長的螺旋紐披在肩上。她手上提了一隻朱漆皮的大手提包，鍍銀鎖口與鍍銀鏈子，明晃晃地。那鵝蛋臉上的胭脂，抹得很濃，越襯出一雙睫毛簇擁的點漆眼珠。

丁老先生雖然已變為了活死人，然而他的記憶力，還依然存在。在展覽室的燈光下，他認得這個女人，正是騙去自己三十餘萬元公款的藍田玉小姐。他一見之下，心裡頭一股股怒火，由體腔直奔上了腦門子。兩隻被眼鏡擋住了的眼珠，幾乎由眼眶裡突出來。遍身的肌肉，都在發抖，他有一句話，在胸口裡要碰出來，暗下喊著，這就是女騙子藍田玉呀！然而他同時看到自己的兒子正站在那裡和她說話。若把她的真面目揭破了，自己的真面目，也必然揭破。一個掛有民族英雄名譽的師長，就在他老子的遺作展覽會上，也就在那莊嚴慈祥的偶像下，發現了他老子還活著，而且是個偽君子，這給予這軍人神聖的榮譽上，要塗上一層腥臭的黑墨。這個遺作展覽會，也必然成了笑話製造所。

正想到了這裡，抬頭見對面白粉壁上，有兩張偶像的標語。一副上寫著：民族至上，國家至上，一副上寫著：有錢出錢，有力出力。他繼續的想著，這個展覽會，是丁執戈要完成他父親之志，賣了這些作品，作勞軍獻金之用的。把自己當個死人，由負著聲譽的師長來舉行，這成績一定很好的。若是戳穿了這個紙老虎，丁古雲的作品會不值一文，那就是把這個很有意義的展覽會，也根本取消，而傷透丁執戈的心。為公為私，那是都不許自己和藍田玉一拼的。在這樣幾分鐘的工夫，他心裡翻來覆去，轉了好些個念頭。而丁執戈已引著那個西裝少年和藍田玉走到偶像臺前來。他指了那偶像道：「這就是丁老先生的塑像，他在這像上，表現出了他內心的思想。」那個西裝漢子問道：「這兩尊偶像，原來是非賣品。但有哪個看得中意，願出一萬元的時候，我就讓一尊給他。為了獻金的數目，可以更多一點，我是可以犧牲成見的。柴經理，你可以……」藍田玉插嘴道：「可以的，我們願意出一萬元買那一尊大的偶像。既幫助了丁師長，我們也得著一項超等的藝術品。」丁執戈笑著向她點了個頭道：「柴夫人這樣慷慨，我感激之至。」那西裝漢子笑道：「我原來沒有這個力量。但是我太太這樣說了，那我就勉力從事。我身上沒有許多現款，開一張支票，可以嗎？」丁執戈道：「當然可以，就是柴經理先付一些定錢，也可以。」柴經理笑道：「反正遲早兩三日就付清的，又何必費兩次手腳，我就來開支票給你。」說著，他就走向定作品的桌案邊去。

他和藍田玉由丁古雲身邊，繞了路走向那邊，丁古雲將身子退後了一步，不敢去看她，把頭低了。但覺得一陣濃厚的香氣留在身子周圍。丁執戈對這個湊成義舉的柴夫人，是不能不跟了去敷衍一下，也隨著走了去。走時，還向丁古雲點個頭道：「老人家，你自由的參觀吧。」丁古雲是什麼也不能說，只睜眼遙遙的看了他們在那邊簽支票。心想，這個傢伙，支票帶在身上跑，真有錢。就在這時，只見田藝夫陳東圃王美今三個人，由旁邊休息室裡走出來。田藝夫先呵喲了一聲道：「藍小姐，藍小姐，久違啊！」於是他們在那桌子邊一一的握著手。田藝夫笑道：「我聽說有人出一萬元定了這尊偶像，特意出來看看，原來是你。好嗎？」藍田玉笑道：「托福！我們在仰光，有所頗好的房子，外子他要買些藝術品去點綴點綴。啊！田先生，我正在昆明看到夏小姐的。我們結婚，她還是來賓呢。」田藝夫搖著頭笑道：「不必提她了。我們一個窮畫匠，她早已忘了我了，應該結了婚吧！」藍田玉道：「聽說和一個汽車公司的經理很好。」說著，她向陳王兩人望著笑道：「陳先生王先生好？」陳東圃淡笑了一笑。王美今道：「總算沒有像丁先生一樣飲恨千古。」藍田玉笑道：「客氣客氣。」她扭過頭去向丁執戈道：「我們也許明天一早要飛昆明。假如我們走了的話，閉會以後，就請把作品送到航空公司，我們會收到的。」丁執戈答應了一聲好。她向在面前的人，點頭說了一聲再見，挽著那西裝漢子的手臂就走出去了。

田藝夫叫起來道：「她嫁了這個有錢的。門口那輛漂亮的藍色汽車，是她的了。她有這樣的好結果，也就怪不得姓夏的那個女人和汽車公司經理很好了。」丁執戈道：「她是什麼人？」陳東圃道：「不相干，是王先生一個窮學生罷了。」丁執戈笑道：「作晚輩的要說一句老氣橫秋的話了。有道是『各有因緣莫羨人』。各位的精神，寄託在藝術上，純潔高尚，比寄託在女人身上，那就好的多。有錢算什麼，人死了錢都是人家的。只有建功立業的人，可以千秋。先父一生，他就是把精神寄託在藝術上，有許多人欣慕他呢。」丁古雲在屋子那邊聽了這些話，他又覺得心裡有一陣痠痛。正因為陳東圃幾個人都把眼光看了自己，不敢再留戀了，低了頭，悄悄的由出場門溜了出去。

他一路想著，是啊！「各有因緣莫羨人」。我恨她幹什麼？我又欣慕幹什麼？她死了，不過是一堆黃土。我死了，我是個大藝術家，這展覽會就是個老大證據。我兒子是個抗戰英雄，我是抗戰軍人之父。我雖完了，我成就了我的兒子，我的兒子那樣年輕光明的前途，正不可限量呢。我也許還不至於名隨人亡。我兒子呢？他有那個志氣，他可以千秋。我的舉動沒有錯！

他照此想著，心裡坦然了，走到街上，覺得所見的東西比來的時候，都分外的有生氣。越發是坦然的看看重慶之夜。轉了兩個彎，走到一所新開的大酒家門首，有兩個窮老兒在爭吵，一推一讓，碰了他一下，他一個不留神，向後倒坐著，落在水泥路面上，只聽到嗶啦一聲，站起來看時，那件舊棉袍下半截，橫短了一條大縫。丁古雲不曾開口，第一個老兒叫道：「好，你把人家衣服撕爛了。你要賠人家。」第二個老兒道：「管我什麼事！是他自己跌爛的。」丁古雲扯過衣後襟，抖了兩抖，慘笑道：「聽你二位說話，都是下江口音，那境遇也和我差不多。我自認倒楣，不必吵了。」

第一個老兒道：「你不吵，我還要和他吵呢，我們要打官司。」正說著，一輛藍色汽車停在面前，車門開了，柴經理牽著藍田玉的手走下車來。柴經理站著望了道：「三個窮老頭子吵什麼？」第一個老兒指了第二個老兒道：「我撿了一張十元的鈔票，這個窮瘋了的老傢伙眼紅，要分我的。」指了丁古雲道：「他自己跌破了衣服。這個老傢伙叫我賠他。」藍田玉笑道：「十塊錢，小事一件，吵什麼呢。說著，將手提包由脅下取出，刷的一聲，扯開皮包口上的銀鎖鏈。取了幾張十元鈔票在手。向第二個老頭子問道：「鈔票分了沒有？」他道：「我撿的錢，分什麼？」她笑道：「就算你的。你拿去吧。」向第一個老頭子道：「各有各的命運，你不必分他的。我送你十塊錢。」說著，掀了一張鈔票交給他。又指了丁古雲道：

「這個白鬍子老頭，滿臉是傷，衣服又破了，怪可憐的。喂！老頭，我送你二十元。」在一陣香風中，走向了丁古雲面前，她左手夾了皮包，右手將拿著的鈔票，向丁古雲的手裡一塞。笑道：「這老頭子發愣幹什麼？」丁老先生垂了兩手站著，正是呆了作不得聲，鈔票塞在他手上，他始而還沒有感覺到。及至藍田玉轉身走了，他才醒悟過來。望了她時，她正挽著那柴經理的手，笑嘻嘻地，同走進大酒家。

他拿了鈔票在手上看了一看，自言自語的笑道：「她很慷慨，也很慈悲。」正說著，街上哄然一聲，原來是停了電，街上人一陣喧嚷。滿街正不曾預備其他燈燭，立刻眼前一片漆黑。他就在這黑暗中，摸索的走回了旅館。第二日在雞叫聲中，他提著小包裹離開了小旅館。走到江邊，天色已經微明，上下游的山影，在薄霧中露出了幾帶黑影。抬頭看時，一架巨型郵航機，飛入天空，鑽入山頭上的雲霧叢裡。心想，這是藍田玉和她新的丈夫回仰光去了吧！再看看江灘碼頭邊，停著一隻小輪船，離開重慶的人，紛紛向那船上走。便向天空點個頭道：「再見吧，藍小姐！我也有我的出路。仰光不一定是天堂，我去的城市，也不一定是地獄。」說畢，他提了包裹，一步一步，走向水邊，去登那走上水的輪船，到他所要到的地方去了。

偶像：

細膩地描繪人心複雜，諷刺地批判虛偽墮落

作　　者：張恨水
發 行 人：黃振庭
出 版 者：崧燁文化事業有限公司
發 行 者：崧燁文化事業有限公司
E-mail：sonbookservice@gmail.com
粉 絲 頁：https://www.facebook.com/sonbookss/
網　　址：https://sonbook.net/
地　　址：台北市中正區重慶南路一段六十一號八樓 815 室
Rm. 815, 8F., No.61, Sec. 1, Chongqing S. Rd., Zhongzheng Dist., Taipei City 100, Taiwan
電　　話：(02)2370-3310
傳　　真：(02)2388-1990
印　　刷：京峯數位服務有限公司
律師顧問：廣華律師事務所 張珮琦律師

定　　價：375 元
發行日期：2023 年 10 月第一版
◎本書以 POD 印製
Design Assets from Freepik.com

國家圖書館出版品預行編目資料

偶像：細膩地描繪人心複雜，諷刺地批判虛偽墮落 / 張恨水 著 . -- 第一版 . -- 臺北市：崧燁文化事業有限公司 , 2023.10
面；　公分
POD 版
ISBN 978-626-357-629-2(平裝)
857.7　　112014027

電子書購買

臉書

爽讀 APP